莎士比亚书店

〔美国〕西尔维亚·毕奇 著

恺蒂 译

译林出版社

图书在版编目（CIP）数据

莎士比亚书店 /（美）西尔维亚·毕奇
(Sylvia Beach) 著；恺蒂译. -- 南京：译林出版社，
2024.10. -- ISBN 978-7-5753-0262-3
Ⅰ. I712.65
中国国家版本馆CIP数据核字第2024L3J083号

莎士比亚书店 〔美国〕西尔维亚·毕奇/著　恺　蒂/译

责任编辑	鲍迎迎　张远帆
装帧设计	草鹭设计工作室
校　　对	施雨嘉
封面绘图	何为民
责任印制	颜　亮

出版发行	译林出版社
地　　址	南京市湖南路1号A楼
邮　　箱	yilin@yilin.com
网　　址	www.yilin.com
市场热线	025-86633278
排　　版	南京展望文化发展有限公司
印　　刷	南京爱德印刷有限公司
开　　本	850毫米×1168毫米 1/32
印　　张	9.75
插　　页	4
版　　次	2024年10月第1版
印　　次	2024年10月第1次印刷
书　　号	ISBN 978-7-5753-0262-3
定　　价	68.00元

版权所有·侵权必究

译林版图书若有印装错误可向出版社调换。质量热线：025-83658316

西尔维亚·毕奇
(Sylvia Beach)

*1887*年　于美国巴尔的摩出生

*1919*年　在巴黎左岸开办英文书店,取名"莎士比亚书店",遂成英法文学交流中心

*1922*年　为乔伊斯出版被英美两国列为禁书的《尤利西斯》,声名鹊起

*1933*年　书店开始面临困境,幸而在文化界友人的支持下,仍勉力经营

*1941*年　受到纳粹威胁,被迫将书店关门,后被投送进集中营。出狱后无心再开书店

*1951*年　授权乔治·惠特曼再开"莎士比亚书店",传奇延续

*1956*年　写下自传《莎士比亚书店》

*1962*年　于巴黎逝世,享年75岁

恺 蒂
撰稿人、译者、策展人

本名郑海瑶，毕业于上海复旦大学和伦敦城市大学。

二十世纪九十年代，初赴英国留学的恺蒂以撰写"英伦文事"而蜚声文坛，成为《读书》《万象》的王牌作者之一。

恺蒂在英国、南非、中国上海等地生活并工作，业余写作，笔耕不辍。已出版作品《海天冰谷说书人》《酿一碗怀旧的酒》《书缘·情缘》《书里的风景》《南非之南》《聆听南非》《南非歌行》《约堡黄昏》《小英国大伦敦》《这个小时属于你》等，译有《我自己的世界：梦之日记》《大英图书馆书籍史话》《藏书ABC》《造书：西方书籍手工装帧艺术》等。

怀念
阿德里安娜·莫尼耶

目 录

毕奇与莎士比亚书店　　　　　　　　　　　　　　　　　　i

第一章　　　　　　　　　　　　　　　　　　　　　　　　1
"谁是西尔维亚？"

第二章　　　　　　　　　　　　　　　　　　　　　　　　8
王府饭店｜A.莫尼耶窄小灰暗的书店

第三章　　　　　　　　　　　　　　　　　　　　　　　　15
自己的书店｜准备开店｜莎士比亚书店开张了

第四章　　　　　　　　　　　　　　　　　　　　　　　　25
美国来的朝圣者｜庞德夫妇｜来自花街的两位顾客｜舍伍德·安德森

第五章　　　　　　　　　　　　　　　　　　　　　　　　39
《尤利西斯》在巴黎｜詹姆斯·乔伊斯，由莎士比亚书店转交

第六章　　　　　　　　　　　　　　　　　　　　　　　　52
莎士比亚书店前来救援｜第戎的达戎提耶｜预订者中的缺憾

第七章　　　　　　　　　　　　　　　　　　　　　　　　64
瓦莱里·拉尔博｜剧院街十二号｜希腊蓝和西茜女妖

第八章　　　　　　　　　　　　　　　　　　　　　　　　77
乔伊斯的眼睛｜在拉尔博家｜海绵上的大蒜｜乔伊斯和乔治·摩尔｜
在阿德里安娜书店里的朗读会｜"圣女哈里特"

第九章　90
最好的顾客

第十章　99
最早的《尤利西斯》｜智慧女神密涅瓦——海明威｜布卢姆先生的照片｜"我的那些涂鸦之作"｜莎士比亚书店非常遗憾……｜第二版《尤利西斯》定居此地

第十一章　117
布莱荷

第十二章　123
杂务｜访客和朋友｜"圈内人"

第十三章　139
菲茨杰拉德、尚松和普雷沃斯特｜A.麦克莱许｜"机械芭蕾"

第十四章　151
《银船》｜惠特曼在巴黎｜接触出版社和三山出版社｜杰克·坎恩｜克罗斯比夫妇｜平价出版社｜《怪兽》及《大西洋两岸评论》｜欧内斯特·沃尔许和《这一区》｜《变迁》｜《交流》｜我们的朋友斯图尔特·吉尔伯特

第十五章　174
儒勒·罗曼和"伙伴们"｜一个法国的莎翁迷｜让·施隆伯杰｜莱昂-保尔·法尔格｜雷蒙德

第十六章　185
"我们亲爱的纪德"｜我的朋友保尔·瓦莱里

第十七章　194
乔伊斯的《流亡者》｜"A.L.P."｜两张唱片

第十八章　208
《一诗一便士》｜《我们……之考察》｜海盗版

第十九章 220
《尤利西斯》的后继者｜詹姆斯和两个约翰

第二十章 230
去远方｜乔伊斯的生活方式

第二十一章 241
《尤利西斯》去美国｜三十年代｜莎士比亚书店之友｜"一九三七年博览会"

第二十二章 256
战争和沦陷｜莎士比亚书店消失了

第二十三章 261
解放｜海明威解放剧院街

译 后 265

毕奇与莎士比亚书店

（一）

一九六四年，海明威的回忆录《流动的盛宴》出版，回忆上世纪二十年代的巴黎文艺圈。书中对许多在巴黎活动的作家颇有不逊之词，但有一段描写却充满了赞扬："西尔维亚有一张生动的，如同雕塑般轮廓清晰的脸，她褐色的眼睛如同小动物般充满活力，又如同小女孩般充满快乐。她的波浪般的褐色头发往后梳，露出她漂亮的前额，在耳朵下剪短，与她褐色的天鹅绒外套的衣领相平。她的两条腿很漂亮，她善良，愉快，非常有趣。她很喜欢开玩笑，也喜欢八卦，在我认识的所有人中，没有人比她对我更好。"

被描写的是西尔维亚·毕奇，《流动的盛宴》出版时，毕奇已去世两年。在毕奇之前几年出版的回忆录《莎士比亚书店》中，她对海明威也有许多同样温馨的回忆和由衷的赞扬。一九一九年到一九四一年间，毕奇的莎士比亚书店是大洋两岸英语法语作家的聚集地，这里既是书店，也是图书馆，一批又一批的作家到这里来买书、借书、会朋友、聊天、喝咖啡、谈心事。庞德、乔伊斯、海明威、斯坦因、菲茨杰拉德、拉尔博、罗伯特·麦卡蒙、

i

多斯·帕索斯、桑顿·怀尔德、曼·雷、茱娜·伯恩斯、尚松、普雷沃斯特、麦克利什、莱昂-保尔·法尔格、纪德、布莱荷、保尔·瓦莱里、乔治·安太尔、亨利·米勒、托马斯·伍尔夫等等。莎士比亚书店是自我流放的作家们在巴黎的家,是他们收取信件的稳定的通讯地址,是他们的"左岸银行"和"邮政总局"。

毕奇是一位古怪的书商兼图书管理员。她的图书馆毫无系统,她要出售的书上从无价码,她更没有任何营销活动。而且,她与她要卖出的每一本书都难舍难分。但她是位好书商,因为她知道不同的读者需要不同的书,她曾形容她的工作,说向读者推荐书,就像是鞋店老板为顾客找鞋子一样,非得合脚才行。一九九一年出版的《莎士比亚书店》新版中,有美国诗人、出版家詹姆斯·拉何林(James Laughlin)写的序言,其中一段描写了毕奇的书店:

和现在的许多书商不同的是,西尔维亚鼓励顾客们在书店里随便读书。对她来说,莎士比亚书店不只是一个生意,它更是一个事业,是为最好的文学作品服务的事业。她自己在年轻的时候就博览群书,阅读极广,她想和大家一起分享她的文学品位。为了鼓励大家随意阅读,她还特地到跳蚤市场上去买了好几把巨大古老的扶手椅回来,我还能记得,这些椅子坐上去非常舒服。所有的书架都是靠墙摆着的,书店的中间部分是开放式的,就像一间起居室一样,明亮的光线能通过窗子照进来。你一走进商店,目光马上就会被两面墙的书架之上挂着的作家们的照片吸引住,最重要的位置上挂着惠特曼、爱伦·坡和王尔德(还有两张非常精美的布莱克的素描),其他还有当时所有一流作家的照片——乔伊斯,庞德,劳伦斯,威廉·卡洛斯·威廉姆斯,等等。书店里的一个支架上，摆放着当时最出色的评论杂志：《小评论》、《扫帚》、《日晷》、《这一区》、《千册诗评》、《自我主义者》和《新英文评论》，当然还有尤金·约拉斯和他的同仁们"语言革命"的阵地《变迁》。一九三六年，我的新方向出版社出版的第一本年鉴就是题献给"语言革命"的。因为冬天没有暖气，所以，在书店中还有一个炉子。在旁边有一个小房间，需要时，西尔维亚或哪位没有地方住的作家可以在那里过夜。

对于毕奇，拉何林的印象是：

> 西尔维亚虽然长得像小鸟一样灵巧，但她却如一匹良种赛马那样充满力度和能量。她抽烟很厉害，总是不停地在忙这忙那。我还记得她在书店中，不管做什么，动作都是那么迅捷。我也记得她的眼睛非常明亮，她很有幽默感（特别喜欢用双关语），无论别人说什么，她总能妙语答对。在莎士比亚书店中，从来不会有一刻让人觉得无聊。

二十世纪二三十年代聚集在巴黎的美国作家们，大多是愤世嫉俗的"迷惘的一代"，他们实验新的写作方法，试图打破传统常规。与这些叛逆的作家们相比，毕奇就显得很循规蹈矩。出版史家休·福特（Hugh Ford）在一篇题为《毕奇：从普林斯顿到巴黎》（*From Princeton to Paris: Sylvia Beach*）的论文中说，她给人的印象是"自我控制""脚踏实地""端庄整洁""可敬可畏"，她更喜欢穿男装："精心剪裁的天鹅绒外套，低开的白领子上的蝶形领结，一顶小毡帽，一件没有什么特色的深色布料做成的衬衫，一双舒服的美国皮鞋"，"她的头发被卷成整齐的小波浪，她的视力一直非常糟糕","她戴着一副钢质框架的眼镜,让她看上去稍稍有些严厉"。但正是她和她的书店的稳定性让她成为一块吸铁石,一个中心,来来往往的作家们星转斗移,划过巴黎的夜空,消失在远处,但过了不久,可能又会飞驰回来,出现在莎士比亚书店里。

毕奇一九一七年到巴黎定居,两年后创立莎士比亚书店,她在巴黎一直住到七十五岁去世,巴黎是她的第二故乡。二战前在巴黎有两个著名的美国女人,一个是毕奇,另一个是斯坦因。斯坦因曾说:"美国是我的祖国,但巴黎是我的家",此话也许形容毕奇更确切,因为斯坦因毕竟只是巴黎的一位过客。毕奇的法语比斯坦因的要好很多,瓦莱里曾说自己最喜欢毕奇能"以完全美国的方式说出最有把握的法国成语",这让"她做出的每一句评论都有警句和寓言的深度与力量"。

毕奇是谦卑的,这让那些自傲的作家们感觉到舒服与安全。毕奇也是以谦卑恭敬的态度对待巴黎。我喜欢英国女作家布莱荷所描述的毕奇:"她热爱法国,她让我们觉得住在巴黎是一种特权,但她没犯那种常见的错误,她从未试图与这个异域土地有太亲近的认同,因为她毕竟没有在这里的童年记忆。她能将伟人和俗人混在一起,她能让大家密切相连的纽带是因为我们都是艺术家、探索者。我们会改变,城市也会变化,但是,在离开这个城市一段时间后再回来,我们总能看到西尔维亚在等着我们,怀里捧满了新书,在她身边的角落里,往往还站着一位我们正想要见到的作家。"

(二)

当然,让莎士比亚书店不朽的,是因它曾是《尤利西斯》的出版商。毕奇的回忆录中写道:"我等在站台上,我的心就像火车头一样怦怦直跳。我看着第戎来的火车慢慢停下来，我看见火车司机下了车，他的手上拿着一包东西，东张西望地寻找着，他在找我！几分钟后，我就敲开了乔伊斯家的门，把第一本《尤利西斯》交到他们的手上，那天正好是一九二二年二月二日。"那天正是乔伊斯四十岁的生日，此书的出版，当然是最好的生日礼物。

一九二〇年夏天，毕奇与乔伊斯在朋友家相遇，乔伊斯一家刚刚搬到巴黎。毕奇崇拜乔伊斯，在回忆录中写到她第一次与乔伊斯握手："我们握了握手，更确切地说，他把他软绵绵，没有骨头的手放进我硬邦邦的小爪子里……"第二天，乔伊斯顺着小街走向莎士比亚书店，那个镜头是文学史上一个不朽的定格："乔伊斯就顺着我书店前窄窄的上坡路走来，他穿着深蓝色的斜纹哔叽布料西装，头上朝后戴着顶黑色的毡帽，在他窄窄的双脚上，是一双并不太白的运动鞋。他的手上转动着一根手杖"，"乔伊斯的衣着总是有些寒酸，但是他的神态是如此高雅，他的举止是那么出众，所以，人们很少会注意到他究竟穿着什么。"

乔伊斯抱怨没人出版《尤利西斯》，毕奇毛遂自荐，担当起出版此书的重任。回忆录中将出版《尤利西斯》的前前后后交待得非常详细：第戎的印刷厂，希腊蓝的封面，催促乔伊斯完成修改稿，发动在巴黎的作家们兜售《尤利西斯》预订单，走私进入美国，等等。后来有不少人批评毕奇不够专业，说她出版的《尤利西斯》中错误百出。确实，乔伊斯的手书难以辨认，而且他又对原稿不停修改，至少有三分之一的内容是后来添加的，而且初版时，因为要赶时间，共有二十六位压根就不懂英文的排字工人对此书进行排版，所以，第一版《尤利西斯》中大约有两千多个错误。以后的各个版本中，错误依然很多，修改了前版的错误，又

v

增加了新的错误。最近,在伦敦"名作展"中一位善本书商处,见到一本当年售价一百五十法郎的纸印本《尤利西斯》,蓝色封面大开本雍容大方,书商的要价将近三十万英镑。

毕奇不仅是乔伊斯的出版商,更是他的助理、秘书、银行、邮局。乔家大事小事都要找她,她简直就是乔伊斯一直拄着的一根拐棍。即使她出门在外,乔伊斯也不放过她,他们之间的许多通信,大多数都是毕奇夏天在山中度假或旅行在外时所写。乔伊斯总是要求毕奇最晚第二天就必须回信,信必须特快寄出,或由送信的邮差直接带回。而且,乔伊斯花钱大手大脚,常常入不敷出,莎士比亚书店就像是他家的钱口袋。

在《尤利西斯》初版后的十年中,莎士比亚书店将此书重印过十一次。文坛对它的兴趣和热情不减,所以,大家都觉得这本书赚了不少钱,乔伊斯的夫人诺拉和他儿子更这么认为,他们屡屡给乔伊斯施加压力,让他去叫毕奇把账算清楚,到底有多少利润。

对于乔伊斯的这位夫人,毕奇下笔相当客气。一方面,她写道诺拉"整天责骂她的孩子们和她的丈夫,说他们偷懒无能",而且,她"是个不愿和书发生任何关系的女人",对《尤利西斯》,"她连翻都懒得翻开",她还曾告诉毕奇她"后悔自己没有嫁给一个农夫或银行家,甚至是一个捡破烂的",而是嫁给了一个"可鄙"的作家。从毕奇的描述来看,乔伊斯的婚姻肯定不幸极了,但毕奇却能打圆场,说"乔伊斯喜欢被诺拉叫成是窝囊废,因为他在别处一直受人尊敬,所以这种谩骂反而是一种调剂",还说,"他和诺拉的婚姻是他这一生中最幸运的一件事。在我所知道的作家的婚姻中,他们的婚姻可以说是最幸福的"。这样的断语让人怀疑毕奇是否在用反讽。但是,毕奇有一点是对的:"我能理解诺拉根本就没有必要去阅读《尤利西斯》,难道她不正是这本书的灵感来源吗？"

但是，在出版《尤利西斯》究竟花了多少赚了多少这个问题上，莎士比亚书店确实只有一笔糊涂账，所以，这也是后来乔伊斯与毕奇关系恶化的原因之一。为此，阿德里安娜一直想把毕奇从乔伊斯身边拖开。一九三一年五月，她写了一封很愤怒的信给乔伊斯，因为纪德曾经说过乔伊斯对名和利漠不关心，简直是圣人，所以，阿德里安娜在信中说："有一点纪德并不知道——就像我们要在诺亚的儿子身上盖一块遮羞布一样——正相反，其实你对金钱和成功都非常在乎！"信的最后，阿德里安娜也道出她们的苦衷："我们现在的生活很困难，但是更困难的还在后面呢，我们现在只能坐三等席了，再过一段时间，我们只能骑着棍子出门。"这封信虽然让乔伊斯很受伤害，但是他没有和阿德里安娜开战。但是他与毕奇的关系没有再恢复过。

毕奇在回忆录中所描述的乔伊斯彬彬有礼、对人和蔼可亲，他是她心目中的英雄。毕奇虽没太多抱怨，但后期的字里行间能看出她的委屈："人们可能会觉得我从《尤利西斯》中赚了不少钱，其实，乔伊斯的口袋里肯定装了一块吸铁石，所有赚到的钱都被吸到他那个方向去了"，"当然，我从一开始就知道，和乔伊斯一起工作，为乔伊斯工作，所有的乐趣都是我的——确实也是其乐无穷——而所有的利润都是他的。"

美国作家、评论家马尔克姆·考利曾说："乔伊斯接受别人给他的好处，或是要求别人替他做什么时，仿佛他不是一个人，而是一个神圣的使命。他好像是在说，能够献身给他，那可是一种特权，谁帮他还了债，以后是能在天堂里得到报酬的。"T.S.艾略特后来回忆说，乔伊斯去英国看望他时，他惊奇地发现乔伊斯竟然没有银行账户，"他需要钱花时，就写信给西尔维亚，她会很快给他寄一张银行汇票来，然后他就可以到我的银行里把它兑换成现金。"

拉何林在他的新版序言中说他对毕奇与乔伊斯的关系没有资格多做评论，但他觉得在《尤利西斯》出版那天，乔伊斯仿照《维罗纳二绅士》中的诗句写的那首感谢西尔维亚的打油诗"不痛不痒""有气无力"，"想想他那一年给人带来的种种麻烦，他应该多花些心思来写首感谢诗吧。但是这位被庞德称为'耶稣詹姆斯'的乔伊斯是很少会认识到别人给他带来的好处，只有对他的大恩主哈里特·韦弗除外。随手翻翻庞德—乔伊斯的那本通信集，就能从至少几十封庞德的信件中，看到埃兹拉如何想方设法运用各种关系帮助穷途潦倒的乔伊斯，帮他寻找出版社，寻找赞助人，甚至帮他去取衣服，为他的眼疾寻找药方，但是，在乔伊斯的信中，我们看不到一句对庞德的劳碌表示兴趣的话"。

一九三二年初，乔伊斯通过家中亲戚与兰登书屋联系，兰登书屋有意出版《尤利西斯》，但必须要毕奇放弃其版权。乔伊斯没有亲自出面对毕奇提出要求，但有不少他的说客来劝毕奇为"伟人"考虑，把乔伊斯的利益放在第一位。毕奇别无选择，只得无偿放弃。同年三月，乔伊斯和兰登书屋签约。

毕奇回忆录出版时有不少删节部分。关于放弃《尤利西斯》版权一事，原稿中有一段这样评论乔伊斯："这以后，我看到了他的另一面，他不仅仅是一位非常伟大的作家，他也是一位相当精明的生意人，手腕非常强硬。"并称他为"虽然讨人喜欢，但也相当残忍"。在当时给姐姐霍莉的信中，毕奇抱怨："他就像拿破仑一样，觉得其他人都是为他服务而存在的，他可以把他们的骨头磨成面粉，做成他的面包。"但在最后出版的《莎士比亚书店》中，毕奇只这样写道："至于我个人的情感，我并不以此为荣，而且现在我怎么想都无所谓了,我也就应该及时将这样的情感抛开。"

(三)

《莎士比亚书店》虽是毕奇的回忆录,但书中几乎没怎么谈到她的个人情感。当然,毕奇和她的伴侣阿德里安娜的关系随处可见。阿德里安娜自己的书店和她出版的文学杂志是当时法国文坛的一部分,她也一直是毕奇的顾问和坚强的后盾。但是,毕奇对她们的关系不愿张扬,在一段删节的文字中,毕奇这样写道:

> 我想那个夏天,当纪德来耶荷镇与我和阿德里安娜一起度假时,我们之间什么奇怪的事情都没有发生,这可能让纪德很失望。一位认识我那令人尊敬的父亲且每周都要去美国教堂的女士曾告诉别人,她知道我的书店中尽是些见不得人的事,她压根就不会到我的店里来。我的"爱情",不管怎么列单子,可能都是阿德里安娜·莫尼耶,乔伊斯和莎士比亚书店。仅仅有一次,麦卡蒙如此吸引我,我给他写了一封信,告诉他我的感情……当我还是个少女时,有一次我母亲告诉我"千万别让男人碰你",从肉体上来说,我总是很害怕男人,也许这是为什么我这么多年来一直幸福地和阿德里安娜生活在一起。

有关她对麦卡蒙的那段感情,毕奇在另一段删节掉的回忆录中写道:

> 不管是男人还是女人,都深深地被麦卡蒙吸引着,有一

段时间，我觉得自己也爱上了他，甚至给他写了一封信告诉他我的感情。当时我正在海边度假，可能是无所事事的原因吧。他没有回信，等到两周后我回到巴黎时，发现自己已经完全摆脱了那份情感，我如释重负。后来，麦卡蒙来到我的书店时，我看到他的神情非常焦虑不安，我就告诉他已经没有什么可以让他害怕了。不用什么打击，我的风流韵事就这样无疾而终了。

毕奇是一位奇女子，最后，我要引用法国作家尚松对毕奇的评论：

> 西尔维亚就像是一只传播花粉的蜜蜂，她让各方来的不同的作家进行交流，她将英国、美国、爱尔兰和法国的作家们紧密地结合在一起，功效要远远胜过四国大使。乔伊斯，艾略特，海明威，菲茨杰拉德，布莱荷，还有其他的许多作家们，大家都来到这个坐落在巴黎市中心的莎士比亚书店，来这里和法国作家们见面，并不纯粹是因为友谊的乐趣，而是要通过对话、阅读和接触进行交流，这种交流真是很神秘，就像我自己，我所受到的菲茨杰拉德的影响……还有其他作家互相之间的影响，这都是西尔维亚的秘密所在。

二战开始，巴黎被德军占领，许多人劝毕奇离开，她没有，她的书店仍然照常营业。但在一九四一年，一位德国军官走进她的书店，看到一本陈列在橱窗里的《芬尼根守灵夜》，想要购买，被毕奇拒绝。军官恐吓毕奇说要把她店中的东西全部没收。于是，毕奇就和朋友们一起，仅仅用了几个小时的时间，将店中的所有东西搬到了楼上的一间公寓里,并将店名粉刷得无影无踪。就这样,毕奇的莎士比亚书店消失了。

一九六四年,为了对毕奇表示敬意,美国人乔治·惠特曼将他开在巴黎圣母院旁塞纳河左岸的英文书店易名为"莎士比亚书店",至今,这家书店仍是巴黎的文学地标之一,是许多文学青年和游客要去朝拜的地方。

恺蒂

2013年12月3日

第一章

"谁是西尔维亚?"

我的父亲,西尔维斯特·伍德布里奇·毕奇牧师,是一名神学博士,长老教会的神职人员,曾在新泽西普林斯顿第一长老会教堂当了十七年的牧师。

《蒙西杂志》(Munsey's Magazine)上曾经发表过一篇关于美国一些奇奇怪怪的族谱的文章,根据这篇文章,我奶奶的娘家,伍德布里奇一家,有十二三代人都是神职人员,父子子孙相传。我的姐姐霍莉,喜欢不惜一切代价追究事实,进行一番调查后,她就把这个故事给推翻了。她说我们家族中,最多只出过九位神职人员,但这个数字已经让我们很满意了。

我母亲的娘家姓奥比森,就像神话里的人物一样,是从泉水中涌现出来的。也就是说,她的某一位名叫詹姆斯·哈里斯船长的祖先,在家中后院里挖来挖去,居然发现了一道很棒的泉水,后来就在这道泉水边建立了阿勒格尼山中的好泉镇(Bellefonte),镇名是哈里斯太太给起的。关于这个传说,我更喜欢我母亲的版本:

拉法耶特侯爵（Marquis de Lafayette）[1]路过此地时，从泉中取水饮用，之后感叹道："好泉水啊！"当然我也知道，法国人向人要水喝，这种事几乎不可能发生。

母亲没有出生在宾州山城老家中，她出生在印度的拉瓦尔品第，她的父亲是那里一位传教的医生。外公奥比森后来把全家带回到好泉镇，在那里，他的遗孀把四个孩子拉扯大，并在好泉镇度过余生，她在当地很受人尊重，就如同那道著名的泉水一样。

母亲读书的学校是好泉高中，她的拉丁语老师是一个身材高挑的英俊青年，刚刚从普林斯顿学院和普林斯顿神学院毕业，他就是西尔维斯特·伍德布里奇·毕奇。他们订婚的时候母亲只有十六岁，两年后他们结婚。

父亲的第一个神职是在巴尔的摩，我就是在那里出生的。他的第二个神职是在新泽西的布里其顿，他在那里的第一长老会教堂当了十二年的牧师。

我十四岁那年，父亲带着我们全家迁居巴黎，同去的有我母亲、我，还有姐姐霍莉和妹妹西普里安。有人请父亲去管理那里的学生联谊会，那时候还没有类似于拉斯帕伊大道（Boulevard Raspail）上的那种优秀的美国学生俱乐部。每个星期日晚上，在蒙帕纳斯区（Montparnasse）的一个大画室中，都有美国学生到这里来感受家乡风情。也就是说，父亲会对他们进行一番教诲，说一些很明智的话，有时，他也会邀请一些著名的艺术家们前来表演，例如歌手玛丽·加登和查尔斯·克拉克，著名的大提琴家帕布罗·卡萨尔斯，还有其他很多艺术家。他甚至还请来过红舞星洛伊·富勒，但她没有表演舞蹈，而是来谈论她的舞蹈。她给我的印

---

[1] 拉法耶特侯爵，法国贵族，名叫Gilbert du Motier，美国独立战争期间乔治·华盛顿手下的将军，后来在法国革命中是国民警卫队的首领之一。

象是一个矮胖的芝加哥女孩，长相一般，戴着眼镜，像个女学究，她来给我们讲解她正在进行的一项实验，就是在舞台上用镭来打灯光。我记得那时她正在红磨坊跳舞，而且很走红。当她站在舞台上时，那个矮胖的洛伊·富勒立即脱胎换骨。借助于两根飞舞伸展的棍子，她控制着五百来米长的飞旋之物，火焰包围着她，仿佛要将她吞噬。演出之后，她的周围是一片灰烬。

父亲和母亲热爱法国和法国人，虽然我们认识的法国人并不多，因为父亲工作的性质，我们接触的大多数是自己的同胞。父亲和法国人相处得非常好，我想在内心深处，他其实认同拉丁血统。他也花了许多精力学习法语。他请他的副手兼朋友教他，他很快就能流利地阅读和书写，至于他的发音，哈哈，那就是另一回事了。我们常常听到隔壁房间里他的副手教他发法语里的u音。我们先听到副手的u，接着是父亲的"OOH"，响虽响亮，但压根就不像。他就是这样一路学下去的。

对母亲来说，巴黎简直是天堂，或者说是一幅印象派的绘画。她喜欢为学生联谊会安排节目，那是她的工作，她也喜欢与艺术家为伴。

在巴黎的最初几年，对我来说很重要的一件事是认识了卡洛特·威勒斯（Carlotta Welles），她后来成为我一辈子的好朋友。听到她的名字，你可能会以为她是意大利人，其实，她的名字是一个意外。她出生在意大利的阿拉希奥，她的父亲为她取的名字是夏洛特，但是去法院正式登记时，却被翻译成了卡洛特。威勒斯先生经常介绍她为"我们家的小意大利人"，这常让卡洛特生气，因为她是个很爱国的美国人。威勒斯先生是西部电力公司驻巴黎的首席代表，他也创建了这家公司在欧洲和远东的许多分公司。

他是电力行业的先驱者，在行业里很有名。

威勒斯一家跟我们一样，也是美国人，但是他们定居在法国。通过卡洛特和她一家，我开始了解法国。他们在都兰地区乡下有一处庄园，在谢尔河（Cher）的河畔，靠近波仁小镇（Bourré）。他们常常邀请朋友们一起去小住，毕奇一家就是幸运的朋友之一。威勒斯先生利用闲暇时间，建立了一个藏书甚丰的图书馆，他常常呆在里面几个小时不出来。他还是品酒的高手，建造了一个特别棒的酒窖，储藏着许多好酒佳酿。但他一直等到卡洛特长大成人并与吉姆·布里基斯结了婚后，家中才有了一位能与他共品陈年好酒的人。有关好酒的知识，吉姆·布里基斯与岳父不相上下，如果说到法国美食，他肯定要懂得更多。

那个坐落在蜿蜒流过的谢尔河畔的庄园，与周围的风景构成一幅法国织锦画：两栋房子，一栋新，一栋旧，花园呈层层阶梯状伸展下来，小树林顺着山丘而上，河边是有着围墙的菜园子，河中心有个小岛，要撑着平底船才能过去。所有这一切，都很让毕奇家的几位小朋友着迷。

后来，威勒斯家的医生建议让卡洛特休学一年，多参加户外运动，这一年中，有许多时间我都和卡洛特在一起。威家请我陪伴卡洛特，这是我们持续多年的友谊的开始。卡洛特是我认识的第一位野鸟观察家，这个性情独立、喜欢冷嘲热讽的小女孩（威勒斯一家都喜欢冷嘲热讽），穿着格子的棉布裙，她大部分时间都趴在大树枝上，拿着一副望远镜，观察着鸟儿们。

在欧洲的这段时间，我也上了几个月的学，这是我一生中所接受的唯一的学校教育。霍莉和我一起去了洛桑的一所学校。学校的两位女主管脾气古怪，她们的教育方法更适合管教感化院里的那些无可救药的混虫，而我们可是温顺的女孩子。我在那里学了一点法语语法，但我痛苦不堪，所以，母亲就让我回了家。也就是那时，我应邀去南方的波仁与卡洛特为伴，如果不是常常想到霍莉，我的日子就会是百分之百的快乐。霍莉仍在那个学校里，她们每天只能两次外出散步，还得两两结伴，她们永远不被允许看一眼教室窗外的日内瓦河，除了散步时外，她们也不被允许和任何人说话，唱歌时她们的牙齿间要咬个软木塞，为的是要保持嘴巴张开。然而，霍莉是一个坚韧克己的人，她如同苦行僧般忍受着这一切。

离开巴黎后，我们又回到了普林斯顿。被派往普林斯顿，父亲非常高兴，他的学生时代就是在那里度过的，他视之为家。母亲也很高兴，因为普林斯顿是她想要居住的城市的第一选择。我们在图书馆街的殖民地时期建造的牧师住宅中安顿下来。我常想，我们所住的这条街的名字，是否让我以后选择了与书有关的行当？普林斯顿到处种着树，到处都有小鸟，所以，与其说它是一个小城，还不如说是一个大公园，这一点，也让毕奇家觉得很幸运。

我的朋友安妮斯·斯托克顿是一位研究普城历史的专家，我曾经与她一起去参观古战场，我们坐着她家的马车，拉车的是老马瑞迪，她家的小香肠狗石头挤坐在我们中间。安妮斯告诉我，当年华盛顿部下的战马在第一长老会教堂的长椅间大嚼燕麦。安妮斯是美国《独立宣言》的署名人的后代，她的祖先本杰明·富兰克林和萨拉·巴赫（Sarah Bache）[1]的肖像挂在斯托克顿家的墙上，俯视着世界。

---

1. 萨拉·巴赫，富兰克林的女儿。

在父亲的教区中,有许多创造了历史或将要创造历史的人物,例如美国的三位总统,格罗弗·克利夫兰、詹姆斯·加菲尔德、伍德罗·威尔逊和他们的家人们。格罗弗·克利夫兰充满魅力,热爱和平,他退休后举家搬到普林斯顿,安度晚年。母亲和漂亮的克利夫兰夫人认识时,她们俩还都是刚嫁过来的新娘。他们家有两个男孩两个女孩,都很有教养,这样的年轻人,现在已经很少见了。

至于伍德罗·威尔逊,他是一位学者,本来也想安安静静地生活,但事与愿违。他话不多,但说出来的话那么有趣,大家都爱听他说话。他的女儿们都很崇拜他,他也很爱家,如果他出差在外,玛格丽特、杰西和埃莉诺就会把房子打扫得干干净净,等他回来。玛格丽特喜欢唱歌,但是因为威尔逊家没有钢琴,所以,她常到我家来,和我妹妹西普里安做伴。

伍德罗·威尔逊曾告诉我姐姐霍莉这样一件很巧的事,他离开普林斯顿前往华盛顿上任时,他的专列名字就叫霍莉·毕奇。

在威尔逊家从普林斯顿搬往华盛顿后,他们仍然认为我父亲是他们的牧师。杰西和埃莉诺结婚时,他们都请了我父亲到白宫去主持婚礼。而且,在威尔逊的要求下,父亲是总统葬礼上的司祭中的一位。

我们住在普林斯顿时,也常常去法国短访或小住,有时是全家,有时是一两个人。我们都非常热爱法国。在普林斯顿,有一位朋友也对法国同样充满激情,她是玛格丽特·斯洛恩,她的父亲是拿破仑传记的作者威廉·斯洛恩教授。所以,在一个炎热的星期天的早上,我妹妹西普里安在第一长老会教堂的前排长椅上坐下,打开一把大折扇,折扇上装饰着一只黑猫,还有这出歌舞剧的法语名字:《黑猫》(*Au Chat Noir*),看到这个,玛格丽特非常高兴。

纽约出版商本·W.许布希（Ben W Huebsch）[1]先生依然记得一位叫西尔维亚·毕奇的姑娘一九一六年从普林斯顿来到纽约，向他咨询如何发展她的事业。我非常仰慕他，但我也知道自己没有理由占用他的时间。他对我很友善，现在回想起来，他当时好像就鼓励我开一家书店。以后，在乔伊斯的领域中，我成了他的一位追随者，也许在那时，许布希先生和我之间已经有了一种神秘的关联，这点，我丝毫不怀疑。

---

1. 本·W.许布希（1876—1964），纽约出版人，以出版劳伦斯、乔伊斯等有争议的作家的作品而出名，1916年出版了《一个青年艺术家的肖像》。

第二章

王府饭店

一九一六年,我去了西班牙,在那里住了几个月,一九一七年,我来到巴黎。我对法国文学特别感兴趣已经有很长一段时间,现在,我想进一步学习。

我妹妹西普里安正巧也在法国。西普里安想成为一位歌剧演员,但是,当时正在打仗,没有什么机会,所以她就转向去拍电影。我到后不久,就和她一起搬进王府饭店,在那里住了一段时间。西普里安有很多戏剧界的朋友,是这些朋友帮她找到这么个有趣的地方,这里常有演员光顾,而且不知什么原因,还有许多西班牙人。我们的房间在饭店的最那头,有人告诉我们说,约翰·霍华德·潘恩就是在这里写了那首《家,甜蜜的家》。难以想象,他那让人渴望的"在快乐和宫殿中"的宫殿居然就是这么个又老又破的"宫殿"!饭店旁边就是王府剧院,巴黎那些最没规矩的情色戏剧都在那里上演。

除了这家剧院和一两家卖情色书籍的书店外,当时的王府饭店基本上还是很受人尊重的。以前情况则很不一样,根据我的导游书里所介绍的情况,奥林公爵,更确切地说,是他的儿子摄政王(The Regent)[1]住在那里的时候,曾经举办过许多次著名的狂欢晚会。导游书上还说他在墙上挂满了大师的作品,沙皇彼得到巴黎来也由他招待住在这儿。王府饭店没有因为时过境迁而改变风格,它的大堂里常来常往的仍是些花花公子,还有它的"珠宝商店,可以供人借阅的图书馆,炫耀着她们半裸魅力的青楼女子们"。最后,王府饭店如此招蜂惹蝶,有伤风化,所以,就有人对它进行了"道德修理",当然,修理以后的它也就失去了许多"迷人有趣之处,所以不再流行",但我们还是觉得它趣味盎然。

我们的窗子能看到花园,花园中间是一个喷泉,再过去是罗丹的雨果雕像。附近的孩子们在积满尘土的小径上用小铲子挖掘,古老的大树上满是会唱歌的鸟,那些猫才是花园真正的主人,它们虎视眈眈地盯着那些小鸟们。

王府饭店有一个围绕着整个饭店的大阳台,我们的窗子开到阳台上。如果你好奇隔壁的住客在做什么,你能顺着阳台走到他们的窗前。这种事还真在我们身上发生过。一天晚上,我们坐在敞开的窗前,一个兴高采烈的年轻人出现在我们的阳台上,他一脚跨进我们的房间,友好地伸展着双手,微笑着介绍自己是隔壁王府剧院里的一位演员。我们的态度可不友好,我们把访客推出房间,关上窗子。等到他的身影消失在王府剧院那里,剧院响起了宣布下一场演出开始的铃声,我们已经穿着妥当地来到售票处。剧院经理很耐心地听完我们的抱怨,但是能看出,他是强忍着才没笑出来。他问我们这个冒犯者长得什么样,我们说他是个"肤

---

1. 指的是菲利普二世(Philippe II),法国国王路易十四死后的1715—1723年,他曾担任过摄政王。

色较黑留着小胡子的年轻人",他说他剧团里的演员都可以用这样的话来描述。所以,他建议我们坐进舞台前部的包厢里,等到冒犯者一上舞台就指给他看。我们照他说的做了,大叫道:"就是他!"整个剧院的观众和演员,包括我们的冒犯者,都大笑起来,他们不是笑正在演出的戏,而是笑我们。当然,我得承认,我们也和他们一起开怀大笑。

西普里安长得非常漂亮,所以,不能责怪我们窗前那个不请自来的年轻人。她很喜欢在巴黎散步,但这个可怜的女孩在街上总是要受到这样那样的侵扰。许多小男孩一下子就能认出她是"美丽的米兰达",系列电影《审判者》(*Judex*)里面的一个人物,巴黎所有的电影院每周都播放这部电影的一集,所以,她不论走到哪里,都有一群粉丝跟着她。最糟糕的一次是我们去巴黎圣母院听一场法国古典音乐会,唱诗班的男孩们认出了"美丽的米兰达",对着她指指点点,交头接耳。我们实在是可怜唱诗班的指挥,那位我们很尊重的年轻神父,所以最终我们只得起身离开。

我妹妹的崇拜者中,达达主义的活跃分子,诗人阿拉贡(Louis Aragon)[1]是其中之一。有一次,在巴黎一家博物馆中,阿拉贡对我诉说了他对克莱奥帕特拉的木乃伊的崇拜,接着向我倾诉,他已经把这种崇拜全部转移到西普里安身上了。后来,为了追求西普里安,他曾多次光顾我的书店,有时还向我吟诵他的字母诗,其中有一首题为《桌子》(*La Table*)。字母诗很简单,就是从头到尾慢慢朗诵,例如《桌子》一诗,从头到尾就只有"桌子"二字重复来重复去。

在夜间空袭的那段日子里,西普里安和我有两个选择,或

---

1. 阿拉贡(1897—1982),法国诗人、作家。

者我们可以躲进防空洞里被传染上流感，或是我们可以留在阳台上享受美景。我们常常选择后者。最让人害怕的是那种名叫"大贝莎"的德国火炮，常常在白天扫过街道。有一天下午，我记得那天正是耶稣受难日，我在法院里旁听一场审判，被审判的是我的一位教师朋友，他是位激进的反战和平主义者。突然我们听到一声巨响，审判暂停，我们都跑到外面，只见河对面的圣洁维（Saint Gervais）教堂被击中了，里面有许多从全城各地过来听这个教堂著名的唱诗班的人，他们都死在了里面，这个古老有趣的教堂就这样被摧毁了。

A. 莫尼耶窄小灰暗的书店

一天在国家图书馆，我注意到一则书评，我记得评论的是保罗·福尔（Paul Fort）[1]的杂志《诗与散文》（*Vers et Prose*），书评中说这本能在巴黎六区剧院街七号的A.莫尼耶书店里购买到。我从来没有听说过这个书店，也不熟悉剧院区这个地方，但是有一种无法解释的力量把我往那里拉，我生命中最重要的事即将发生。我过了塞纳河，很快到了剧院街，街那头的剧院让我想到普林斯顿殖民地时期所建造的那些住宅。这条街的半当中靠左边有一家窄小灰暗的书店，门上写着"A. 莫尼耶"（A Monnier）[2]的字样。我凝视着书店橱窗里摆出的书籍，这些书可真令人兴奋，然后我往书店里窥视，看见沿墙的书架上摆满了用闪闪发亮的透明纸包着的法文书籍，这些书正等着送到装帧师那里去装订，有时这种等

---

1. 保罗·福尔（1872—1960），法国诗人，曾被魏尔伦称为"诗人王子"。《诗与散文》是他和诗人阿波涅（Guillaume Apollinaire）共同创办的。
2. A. 莫尼耶（1892—1955），法国诗人、书商、出版家。她的这家书店开于1915年，从20年代开始，她与毕奇成为恋人，1955年，服用安眠药自杀。

待要很久。书店中这处那处还有些作家的画像。

一个年轻的女人靠桌而坐,无疑她正是A.莫尼耶本人。见我在门外犹豫,她很快起身给我开了门,把我让进书店,非常热情地和我打招呼。她的这种态度让我吃惊,因为法国人对素不相识的人向来都不热情,后来我才知道阿德里安娜·莫尼耶(Adrienne Monnier)天生就是这种性格,特别是如果她碰到的是来自美国的陌生人。那天我穿戴的是西班牙式的外套和帽子,但阿德里安娜还是一眼就看出我是美国人。"我非常喜欢美国。"她对我说。我回答道我也非常喜欢法国。以后我们的合作将证明,我们俩说的都是真心话。

我站在敞开的门边,突然一阵大风把我的西班牙帽子吹到了街上,它直往前滚,A.莫尼耶赶紧出去追帽子,她虽然穿着长长的裙子,但速度竟能如此之快。在帽子被车轮子轧到之前,她一把抓住了它,然后小心拂去帽子上的灰尘,将它交还给我。然后我们俩都大笑起来。

阿德里安娜·莫尼耶身材结实,她的肤色很浅,就像北欧人一样,她的脸色红润,前额光洁,笔直的头发梳往脑后。最动人的是她的眼睛,它们是蓝灰色,稍往前突出,让我想到威廉·布莱克的双目。她看上去充满活力,她的衣着与她个人的风格非常相配,有人曾描写她的衣着打扮是混合了修女和农妇的特点:她的长裙一直拖到脚面,上身是白色的丝绸衬衫,外面罩着紧身的丝绒背心,她的衣服不是灰色就是白色,色调就像她的书店一样。说起话来,她的声音高昂,她的祖辈们都是在山中生活的,肯定习惯了从这山喊到那山。

我和阿德里安娜·莫尼耶坐下来,当然,我们的谈话内容都是关于书。她告诉我她一直对美国文学很感兴趣,她的图书馆中收集了所有她能弄到手的美国文学的译作，最早收集的是她最喜欢的作家本杰明·富兰克林的作品。我告诉她她一定会喜欢《白鲸》（*Moby Dick*），但此书当时还没有被翻译成法语。（让·季奥诺的译本后来才出版，阿德里安娜确实喜欢此书。）她没有读过多少当代美国作家的作品，因为这些作家在当时的法国还不为人所知。

对于法国当代文学，我还是一个新手，阿德里安娜得知我钟爱瓦莱里（Paul Valéry）[1]的作品，而且还收藏了一本他的《年轻的命运女神》（*la Jeune Parque*）时，她就觉得我这个新手还不错。我们俩达成共识，都认为我应该继续阅读儒勒·罗曼（Jules Romains）[2]，我在美国已经开始阅读他的书了。她还答应帮助我阅读诗人克洛岱尔（Paul Claudel）的作品。就这样，我就成了莫尼耶图书馆书友之屋的会员，开始的期限是一年，当然，我的会员资格以后是延续了许许多多年。

在第一次世界大战结束前的几个月里，枪炮声离巴黎越来越近，我也花越来越多的时间在阿德里安娜·莫尼耶灰暗的小书店里。常常有法国作家们顺路来访，有的刚从前线下来，还穿着一身军服，他们和她进行热烈的讨论，有一位总喜欢坐在她的桌子旁边。

还有那些我从来不会错过的朗读会，图书馆的成员们被邀请到书友之屋中，倾听那些还没有出版的手稿的朗读，这些朗读或是由作家亲自进行，或是由他们的朋友代替，例如瓦莱里的作品就是由他的朋友安德烈·纪德（André Gide）[3]朗读的。小书店里挤满了人，有的几乎是挤坐在朗读者的身上，大家都屏住呼吸倾听着。

---

1. 瓦莱里（1871—1945），法国诗人，散文家和哲学家。
2. 儒勒·罗曼（1885—1972），法国诗人，作家。
3. 安德烈·纪德（1869—1951），法国作家，1947年诺贝尔文学奖得主。

我们聆听了穿着军服的儒勒·罗曼朗读他以和平为主题的诗作《欧洲》(Europe)，聆听了瓦莱里阐述他对埃德加·爱伦·坡的诗歌《尤莱卡》的看法，安德烈·纪德也朗读过好几次。其他在那里朗读过手稿的作家还包括：让·施伦贝格尔（Jean Schlumberger）[1]、瓦莱里·拉尔博（Valery Larbaud）[2]、莱昂-保尔·法尔格（Léon-Paul Fargue）[3]。偶尔，也会有艾瑞克·萨蒂（Eric Satie）[4]和弗朗西斯·普朗克（Francis Poulenc）[5]参加的音乐节目，后来参与进来的还有詹姆斯·乔伊斯，当然，那是在莎士比亚书店和书友之屋联手之后了。

我相信我是当时发现了剧院街这块好地方的唯一的美国人，而且我还参加了那么多热闹的文学活动。以后，我的书店之所以能成功，很大部分要归功于我在阿德里安娜·莫尼耶那里结识了那么多的法国朋友们。[6]

除了参与这些文学界的活动之外，隔一段时间，我也会去做些别的事。有一年，整整一个夏天，我都在一家农庄里当义工，因为农庄里所有的男人都去前线了。收过小麦后，我又去都兰的葡萄园摘葡萄。后来姐姐霍莉设法在美国红十字会给我找到了一个工作，我们就去了贝尔格莱德，并在那里呆了九个月，我的工作是为勇敢的塞尔维亚人发放睡衣和毛巾。一九一九年七月，我又回到巴黎。

---

1. 让·施伦贝格尔（1877—1968），法国作家、记者。
2. 瓦莱里·拉尔博（1881—1957），法国作家。
3. 莱昂-保尔·法尔格（1876—1947），法国诗人、散文家。
4. 艾瑞克·萨蒂（1866—1925），法国作曲家、钢琴家。
5. 弗朗西斯·普朗克（1899—1963），法国作曲家。
6. 在以后的许多年中，毕奇逐渐赢得了许多法国作家的尊重和喜爱。纪德和瓦莱里大约比她要大二十来岁，更多一层师友的关系；其他与她年龄相仿的有罗曼、杜阿梅尔、拉尔博等。

第三章

自己的书店

我一直想开一家自己的书店,现在,这种念头已经让我着魔而无法自拔。我曾梦想过在纽约开一家法文书店,它可以是阿德里安娜书店的分店。我想帮助那些我非常崇拜的法国作家们,为他们在美国打开一片天地。我母亲愿意用她微薄的积蓄来支持我的冒险事业,但是我很快就意识到,这点钱根本不够在纽约开书店。我只得非常遗憾地放弃了这个充满诱惑的念头。

我原先以为阿德里安娜会非常失望,因为我的计划落空,无法在美国开一家作为她的分店的法文书店。没想到正相反,她很高兴。一分钟之后,我开在美国的那家法文书店就变成了开在巴黎的这家美国书店,就这样简单。当时,巴黎的房租和生活费用都比较低,我的资金可以维持很长一段时间。

我知道这些优势,更重要的是,我非常喜欢巴黎,能够在这里定居,并且变成巴黎人,这实在太诱人了。而且阿德里安娜已经有了四年的书商经验,她的小书店是在第一次世界大战期间开张的，至今仍没倒闭。她答应我她会帮助我起步，并且会推荐给我很多顾客。我也知道法国人很希望能够阅读到美国新作家们的作品，所以，我觉得，在巴黎塞纳河的左岸开一家美国书店，应该是能受到欢迎的。

当然也有困难，那就是如何在巴黎找到一家店面。如果不是阿德里安娜注意到剧院街旁边的另一条小街，杜普伊特伦街（rue Dupuytren）上有一个招租的广告，可能我要等很长时间才能找到一个我喜欢的地方。虽然阿德里安娜的图书馆、她的出版物和她自己的写作已经让她非常忙碌，但她还是挤出时间来帮助我做准备。我们赶到杜普伊特伦街，这条如山坡般起伏的小街一共只有十个门牌号码，我们看到八号的百叶窗关着，上面挂了一个"旺铺招租"的牌子。阿德里安娜说这里曾经是一家洗衣店，并指着门两边写着的"大件"（gros）和"小件"（fin）两个词，说这里既洗一般的被单，也洗高级亚麻衣物等，胖胖的阿德里安娜自己站在"大件"这个词下面，让我站在"小件"下，她说："这里说的就是你和我。"

我们找到了看门人，她是一位戴着黑色花边帽的老妇人，如同巴黎大楼所有的看门人一样，她住在两层楼之间的火柴盒一样的亭子间里。她带我们去看店铺，没有任何犹豫，我就做了决定：这就是我想要的店铺。这个店面有两个房间，当中隔着道玻璃门，走上几个台阶，就是里面一间。靠街的一间里有一个壁炉，在它前面原来还该有洗衣炉，上面放着熨斗。诗人莱昂-保尔·法尔格画了一张画，对我描绘了原来的洗衣炉是什么样子的，熨斗是怎么搁的。他对这家洗衣店非常熟悉，可能因为洗衣店里的烫衣女长得很俊俏。他在画上的签名是莱昂-保尔·法尔格（Léon-Poil Fargue），他在玩文字游戏，因为法语中"炉子"一词是"Poêle"。

阿德里安娜看着那扇玻璃门，她记起了一件事。她以前见过这扇门，她小时候曾经和母亲一起来过这家洗衣店，大人忙着，她就挂在门上打转转，玻璃门被她打碎了，她还记得回家后遭到一顿痛打。

我非常喜欢这个小店铺，也喜欢那个和蔼可亲的老看门人，大家都称呼她为"郝大妈"，还有后间屋里的小厨房，阿德里安娜的玻璃门，更不用说这里房租低廉。当然，按照法国人的好习惯，我是否愿意租这个店铺，郝大妈是否愿意租给我，我们都要花上一两天时间考虑一下，然后再做决定。

没过多久，我在普林斯顿的母亲就收到了我的电报，电报很简单："要在巴黎开书店，请寄钱来。"她寄给我她所有的积蓄。

准备开店

将我的小店打点成一个可以正式营业的书店，这个过程真是趣味无穷。我的朋友赖特-沃辛（Wright-Worthings）在圣父街上开了一家古董店叫阿拉丁神灯，我向他请教如何处理墙壁上的潮气，他教我将粗麻袋布贴在墙上。我雇了一位驼背的装潢师来完成这一任务，他非常满意自己在边角上所进行的凹槽饰纹的处理。我又请了一位木匠来制作书架和可以陈列图书的橱窗，请了一位油漆工来装饰店面。在油漆工看来，店面可是每一家店的头脸，他向我保证，等他完工之后，我的店会和他的上一个杰作，维尔饭店商场一样精美。然后，一位"书法专家"来把"莎士比亚书店"的名号书写在店门前，这个名称是我某天晚上躺在床上的灵感之作。我的朋友彭尼·奥利里（Penny O'Leary）总是把莎士比亚称作我的"合伙人比尔"（Partner Bill）[1]，他对我的任何所作所为都能心领神会，更何况，他还是位畅销作家呢。

阿德里安娜的一位波兰裔的英国朋友查尔斯·文策尔（Charles Winzer）帮我画了挂在店外面的招牌，上面是莎士比亚的头像；阿德里安娜不喜欢我的这种想法，但是我却执意要有个招牌。招牌白天挂在大门上面，晚上我就把它取下来。有一次我忘了将它取下，结果它就被人偷走了。文策尔又帮我画了一个，后来也被偷走了。阿德里安娜的姐姐给我画了第三个，上面的莎士比亚更像个法国人，这个招牌我至今还保留着。

现在，可能许多人不知道"书点"（Bookhop）是什么意思，那是我们那位"书法专家"的发明，他细心地把这个错字写在右边窗子的上方，与左边的"借书处"那几个字相对应。我把"书点"这两个字保留了一阵子，因为莎士比亚书店刚刚开张的那段时间，这个"单脚跳"（hop）一词还真能很形象地描绘我们哩。

我请来的这些工匠们，虽然对我这个小地方很感兴趣，然而干起活来却都是断断续续的。有时候，真让我怀疑他们是否能够按时完工，一直到了该开张的那天，我们还在忙着装潢，完成木工，进行粉刷。但至少，店里有这么多的人，看上去很热闹忙碌。

我店里的"办公家具"都是古董。那面迷人的镜子和折叠桌都是从赖特-沃辛的古董店里买来的，其他的家具都是跳蚤市场上淘来的，那时，跳蚤市场上还真能拣到价廉物美的好东西。

我的书店可以出借的书中，除了最新出版的以外，其他都来自于巴黎那些存货充足的英文二手书店。它们中许多都是善本书，有些非常珍贵，简直不该借给别人。要是我的图书馆的会

---

1. 合伙人比尔，指威廉·莎士比亚，比尔是威廉的昵称。

员们不诚实，那么这些书可能就会有许多本再也回不到书架上来了。在证券交易所附近，有一家叫作伯伏与薛维尔（Boiveau and Chevillet）的书店，非常精彩，真是一个大宝库，淘书人可以手持可爱的薛老先生亲自提供的蜡烛，到地下室中成堆的书里翻找宝物。手持蜡烛，想想这有多危险！可惜，这家书店现在已不复存在。

西普里安当时在美国，她寄给我美国最新出版的书籍。我也去了次伦敦，运回两大箱子英文书，基本上都是诗作。阿丽达·门罗太太与哈罗德·门罗[1]一起经营着一个棒极了的诗歌书店（Poetry Bookshop）[2]，他们为我提供了很多诗歌出版方面的信息，并告诉我购买诗歌著作的窍门。我也去拜见了许多出版社，所有的人都对我很客气，并对这家在巴黎新开的英文书店表示鼓励。他们虽然觉得我是在冒险，而事实上我也正是如此，但是他们还是给了我种种帮助。

在去搭乘开往码头的火车时，我路过科克街，特地去拜访了出版家兼书商埃尔金·马修斯（Elkin Mathews）[3]在那里开的一家小书店，我在那里预订了叶芝、乔伊斯和庞德的作品。店主人坐在一个类似回廊的地方，四周全都是书，几乎淹没了他的双脚。我们很高兴地交谈着，他非常友善。我提起在某处曾见过威廉·布莱克的画作，并且说真希望我的商店中能有几幅布莱克的作品！他立即找出两张精美的布莱克原作给我，后来见过这两幅作品的布莱克专家对我说，他卖给我的价钱，便宜得几乎荒唐。

当时我没给埃尔金·马修斯开列一个详细的我想买的书目清单，第一因为我实在没有时间，第二因为我觉得我与他完全可以

---

1. 哈罗德·门罗（1879—1932），英国诗人，英国诗歌书店的主人。
2. 位于伦敦布鲁姆斯伯里（Bloomsbury）区的一家书店，开于1913—1926年。
3. 埃尔金·马修斯（1851—1921），英国出版商、书商，他曾经出版过叶芝、庞德等人的作品，1907年出版乔伊斯的诗集《室内乐》。

心照不宣，所以，我就让他做主帮我订购叶芝、乔伊斯和庞德的作品，还有他们的肖像，我可以挂在店里。几天后，埃尔金·马修斯把一个大包裹寄到了巴黎，里面有我所要订购的所有书籍，还有几十本卖不出去的东西，法语中有一个很诗意的词称呼这类东西，叫它们"夜莺"，其实也就是"鸟货"。很显然，他觉得可以借这个机会把这些垃圾都倾倒给我。除了这些书外，包里还有一些巨大的肖像，诗人拜伦的肖像至少有六张，其他的有尼尔逊、威灵顿和英国历史上的其他人物。从这些肖像的大小来看，它们原本肯定是挂在办公大楼里的。我把这些肖像寄回给他，并且狠狠把他责骂一顿。然而，因为他卖给我的那两张布莱克的原作，所以，我心里并没有记他的仇，这位老绅士，给我留下的只有很美好的回忆。

我的英国之行的另一个美好回忆是去参观牛津大学出版社，在那里，汉弗莱·米尔福德（Humphrey Milford）[1]先生亲自向我展示了世界上最大的一本《圣经》，这本《圣经》是专门为维多利亚女王定制的。这本书，可不是你能躺在床上随意翻阅的。

莎士比亚书店开张了

我没有特地为书店的开张选择一个黄道吉日，而是决定，等一切准备就绪，我的莎士比亚书店就可以开张营业。

终于等到了这一天，所有我能买得起的书都摆上书架，人在书店里走来走去，也不会碰到梯子或打翻油漆桶了，莎士比亚书店终于开张了！这天是一九一九年十一月十九日。从八月起我就

---

1. 汉弗莱·米尔福德（1877—1951），英国出版家、编辑，曾在1906—1945年间任牛津大学出版社的总编。

开始为书店做准备工作，书店的橱窗里摆着我们的"保护神"们的作品：乔叟、艾略特、乔伊斯等等。还有阿德里安娜最喜欢的英文小说《三个男人一条船》(*Three Men in a Boat*)。书店里面，一个书架上摆着各种书评杂志：《国家》(*Nation*)，《新共和》(*New Republic*)，《日晷》(*Dial*)，《新群众》(*New Masses*)，《花花公子》(*Playboy*)，《千册诗评》(*Chapbook*)，《自我主义者》(*Egoist*)，《新英文评论》(*New English Review*)，还有其他的文学杂志。我在墙上挂上了那两幅布莱克的作品，惠特曼和爱伦·坡的照片。还有两张王尔德的照片，他穿着天鹅绒的裤子和披风，这两张照片和一些王尔德的信件装裱在同一个镜框里，这些信件是西普里安的朋友拜伦·库恩送给我的。书店里展示的还有几张惠特曼的手稿，是他顺手在一些信件后面涂写的，它们是诗人送给我姨妈阿格尼丝·奥比森的礼物。阿格尼丝姨妈曾在布林茅尔学院读书，当时她曾与好友爱丽丝·史密斯一起去肯顿拜访惠特曼。[爱丽丝后来嫁给了哲学家罗素，她的姐姐玛丽珍嫁给了艺术史家伯纳德·布莱森，她们的哥哥则是罗根·皮萨尔·史密斯，在他的自传《遗忘的岁月》(*Forgotten Years*)中，记载了这些有趣的事情。] 爱丽丝的妈妈，汉娜·惠特·史密斯曾经送给惠特曼一把扶手椅，所以，当阿格尼丝和爱丽丝一起去肯顿拜访惠特曼时，她们看到老诗人坐在扶手椅上，而不是"坐在门槛上"。她们看到满地都是手稿，害羞的小阿格尼丝还注意到有些手稿是在废纸篓里的。这些手稿大多是涂写在别人写给惠特曼的书信的背面的，阿格尼丝最终鼓起勇气捡起了几张，问老诗人是否可以由她保留，诗人答道："当然可以，亲爱的小姐。"就这样，这些惠特曼手稿来到我们家里。

许多好朋友都在等着莎士比亚书店开张，所以，书店快要开张的消息也就不胫而走。但是，我还是以为开张那天不会有什么人来，而且，没人来也不是坏事，因为我还真需要至少二十四小时才能将莎士比亚书店的一切打点就绪。但是，头天晚上关店用的遮板还没有被移开呢（此事由书店附近的一个小咖啡馆的伙计代劳），我的第一批朋友就出现了。从那一刻开始，在今后的二十多年中，他们就没有让我再清静过。

正如我所预料的那样，在巴黎，借书给人要比卖书给人容易得多。当时出版英文作家便宜版本的出版社只有陶赫尼茨（Tauchnitz）和康纳德（Conard）两家，但它们所出版的作家，不超出吉卜林和哈代等老作家的范围。加上英镑和美元比法郎要值钱得多，所以对于法国人，特别是对塞纳河左岸的居民来说，现代文学作品简直是无法消费的奢侈品。因为这个，我很重视我书店中的图书馆，图书馆中有我喜欢的所有作品，我能借着图书馆与巴黎人分享我之所爱。

阿德里安娜一直说我管理图书馆的办法是"很美国式的"，我一直不明白她为什么会这么说。任何一个美国的图书馆员，到了我这里都会被吓昏过去，因为他们都早已习惯了分类检索的系统和机械化的工具。我的图书馆里什么系统都没有。我没有图书目录，更喜欢让读者们自己发现有什么书，缺什么书；我也没有索引卡片，除非我有着超凡的记忆力，如阿德里安娜那样能过目不忘，才有可能记住所有出借的书。如果我要找一本书，我得将所有的会员卡片看过一遍，才能知道这本书在哪里。[1]

准确地说，这些会员卡片都硕大无比，上面记载着会员的姓

---

[1] 根据芬奇的著作《西尔维亚·毕奇和迷惘的一代》记载，毕奇是一位怪怪的图书馆管理员，也是位怪怪的书商，就像她的图书馆毫无系统可言一样，她要出售的书上也没有价格，没有任何营销手段，而且，每次卖出一本书，她都很不舍得和这本书分离。但是她也很讲究向哪种人推荐哪种书，她曾经形容她的工作，就像是鞋店老板为顾客找鞋子一样，非得合脚才行。

名地址，他们参加图书馆的日期，会费和押金的多少，当然，还有他们借出去的书的名字。每个会员都可以借一到两本书，每次能借十四天，在这期间也可以来交换其他书。（乔伊斯曾经借去过十几本书，并且多年不还。）每个会员都有一张小的会员卡，在他会员期满或因为缺钱而要取回押金时，他必须出示他的会员卡。有人告诉我，这会员卡就如同一本护照那样有用。

我们图书馆的第一批会员中有一位学医的学生，她的医学院位于与杜普伊特伦街相交的那条街上，她叫特雷莎·伯特兰，现在被人称为伯特兰-方丹医生。我一直满怀兴奋地关注着她渐渐事业有成，在各科考试中，她一直成绩优异，在专业上非常拔尖，后来成为"巴黎医院医生"（Médecin des Hôpitaux），是获得此项殊荣的第一位女性。她出身于书香门第，科学世家，虽然学业工作繁忙，却总能挤出时间来阅读我的图书馆中新来的美国文学作品，直到我的书店关门，她一直都是会员。

我的下一位会员是纪德（霍莉常称我的会员为"兔儿"，因为这词和法语的"图书馆会员"一词为谐音[1]），我看到阿德里安娜陪着他从剧院街的转角处走来，因为我总觉得是纪德的鼓励，才让我开了这家书店，所以每每看到纪德，我总是很腼腆。我告诉阿德里安娜此事时，她说了句"呸！"所以，纪德的出现让我受宠若惊，我在他的卡片上写道："安德烈·纪德，地址：巴黎十六区蒙马罗大楼一号，期限一年，借书一册。"我紧张得把字都写得一团糟。

纪德身材高大，相貌英俊，戴着宽檐的牛仔帽，我觉得他和西部片演员威廉·S.哈特长得很像。他总是身披一件斗篷，或是

---

1. 英语中 bunny（兔儿）发音和法语的"abbonés"（订户，会员）很像。

一种泰迪熊的大氅,而且,因为他人长得很高,所以走在路上就非常惹眼。在以后的许多年里,纪德对莎士比亚书店和它的店主,一直都非常关心。

小说家安德烈·莫洛亚(André Maurois)[1]也是最早给我带来美好祝愿的一位,而且,他还带给我一本他新出版的杰作《布朗勃尔上校的沉默》(*Les Silences du Colonel Bramble*)。

---

1. 安德烈·莫洛亚(1885—1967),法国作家。

第四章

美国来的朝圣者

我远离祖国,对于美国作家们为了能争取言论出版自由而进行的种种奋争,我无法亲身体验,而且,在一九一九年我的书店开张时,我也没有预见到大洋彼岸的作家们所遭受的种种打压,会让我的书店获利。我想这种打压,还有因打压而造成的恐怖气氛,是一批又一批的顾客来到我的书店的原因之一。他们是二十年代的那批朝圣者,漂洋过海来到巴黎,在塞纳河左岸安家落户。

完全出乎我的意料,我书店开张的消息,很快就传遍了美国,而且成为那些朝圣者们要寻找的第一个地标。他们都是莎士比亚书店的顾客,他们中的大部分人更把我的书店当成他们的俱乐部。他们告诉我他们把莎士比亚书店作为他们的联系地址留给朋友家人,并且希望我不介意。我当然一点都不介意,而且即便我介意的话也为时已晚,所以,还不如尽可能为他们提供一个高效率的邮局服务。

每天,总会有位我曾在《小评论》或《日暮》中读到过他们作品的作者出现在我的书店里,从大洋彼岸过来的每一艘船都会为莎士比亚书店带来新的顾客。

当然,美国作家如野鸟般飞来巴黎,也不全因为他们的作品在本土被禁或受到打压。另一个原因是巴黎名流云集,例如乔伊斯、庞德、毕加索、斯特拉文斯基等等。当然,也不是所有的名人都在巴黎,例如艾略特住在伦敦。

我的许多朋友都住在蒙帕纳斯区,当时,那个区就如同现在的圣日耳曼德普雷区(Saint German des Prés)一样,所以,他们只需要穿过卢森堡花园,就能来到我的书店里。

在最早来到我书店里的美国顾客中,还有一位是从柏林过来的,他是作曲家乔治·安太尔(George Antheil)[1]。我还记得一九二〇年的某一天,乔治和他的夫人波斯珂(Böske)手拉着手走进我的书店,乔治矮壮结实,额前的头发是亚麻色的,塌鼻梁,眼睛有趣但又很调皮,一直咧着大嘴巴笑。他看上去像一个美国高中生,可能还有些波兰血统。他的夫人波斯珂是匈牙利人,小巧,俏丽,深色头发,英语说得很蹩脚。

安太尔的许多想法让我觉得很有趣,而且他也是新泽西人,这让我们一见如故。乔治的父亲在特伦顿市开了一家友好鞋店,就在普林斯顿旁边,而现在,乔治要在巴黎成为我的邻居。年轻的安太尔所感兴趣的当然是音乐而不是鞋子,父亲一直想把他培养成鞋店接班人,到他十八岁时,父亲的计划完全失败,年轻的乔治前往费城追求他的音乐生涯。他非常幸运,因为他很快受到爱德华·伯克夫人的注意,她能看出他未来成为钢琴演奏大师的潜

---

1. 乔治·安太尔(1900—1959),美国先锋派作曲家、钢琴家、作家和发明家,他称自己为"音乐界的坏孩子"。

力，决定为他提供学费。他的确成为了一位钢琴演奏家，但是一次去德国巡回演出时，他认定自己更喜欢作曲，而不是演奏别人所创作的音乐，于是和妻子一起来到巴黎。波斯珂是来自布达佩斯的一位学生，他们俩在柏林相遇。

安太尔最终没能成为一位钢琴演奏大师，这让他的赞助者很失望。伯克夫人暂时取消了对他的资助，她要等他证明他的这一步是对的。所以，乔治和波斯珂要精打细算，靠着乔治短暂的钢琴演奏家生涯赚来的那一点钱生活。波斯珂的任务就是要花最少的钱让两人吃上炖牛肉。我对乔治家的种种困难真是太了解了！

莎士比亚书店的新顾客常常都是罗伯特·麦卡蒙（Robert McAlmon）[1]陪着来的。那么这位来自美国中西部的年轻诗人又是什么时候冒出来的？几乎在我的书店刚刚开张之际，他就出现了。他也常常在杜蒙（Dome）或丁格（Dingo）等酒吧或其他地方活动，但他留给别人的永久地址却一直是"请莎士比亚书店转交"，他每天至少要来我的店中一次。

罗伯特·麦卡蒙家兄弟姐妹很多，他是最小的一个，他的父亲是苏格兰-爱尔兰人的后裔，他常称父亲为"流浪牧师"。我还认识他家的另一个成员，那是他的姐姐维多利亚，姐弟俩关系很亲密。她后来投身于政治，而且听说很出色，正在竞选什么，具体我不太清楚。

麦卡蒙个子不高，除了明亮的蓝眼睛外，他称不上英俊。但是他却很能吸引别人，有他这种能力的我还真没见过几个。他充满鼻音的慢吞吞的说话方式也是他的魅力之一，在被他称之为

---

1. 罗伯特·麦卡蒙（1896—1956），美国作家、诗人、出版家。

"那一群人"中，他是最招人喜欢的一个。也不知怎么的，不管他和哪些人在一起，他都会很快成为他们的中心。例如，无论麦卡蒙光顾哪家咖啡馆或酒吧，那家咖啡馆或酒吧就会成为大家的聚集地。他整天忙着与朋友们分享他的有趣观点，或是充满同情地倾听他们遭受挫折的故事，这让他反而荒废了自己的事业，那就是写作。我们所有关心他的人，都关注着他对二十年代的文学能做什么贡献。可惜的是，他思考得越多，就越相信所有努力都将是无效的。他曾写信给我说："去他妈的语法，早已经被我扔到窗外去了！"有一次他告诉我他要到法国南部去，要找一个远离尘嚣的地方，这样可以开始写作。接着我就收到他发来的一封电报："找到了一个很合适很安静的房间。"很快，就有人来告诉我说他们在南方见到了麦卡蒙，他们说："他就住在一个小酒馆的楼上，他们都在小酒馆里聚会。"

我的工作是常日班，而且工作时间很长，所以，我很少和朋友们一起去夜总会。偶尔去一次时，也总是因为麦卡蒙手举酒杯在那里让我们开心，因为他，我觉得这样的地方还可以忍受。

庞德夫妇

漂洋过海到我书店来的，还有诗人埃兹拉·庞德（Ezra Pound）和他的夫人多萝西·莎士比亚·庞德（Dorothy Shakespear Pound），只是，他们越过的是英吉利海峡。他们刚刚从伦敦搬来，庞德先生说他们几乎是逃难出来的，因为那里天潮地湿，他们真担心某天早上醒来，发现自己已经长出了脚蹼。对于丈夫对她祖国的这番描述，庞德夫人泰然处之。后来我得知她的娘家姓莎士比亚（少一个e），她母亲曾经是英国一家文学沙龙的女主人。

庞德夫人生怕别人找不到杜普伊特伦街在哪里，所以她自告奋勇要在图书馆的介绍背面画一张小地图，我当然非常乐意。这张签名为"D.莎士比亚"的小地图，为许多莎士比亚书店的顾客指点了迷津，也是我书店早期的珍贵资料。

庞德先生的容貌与他在早期的诗集《鲁斯特拉》（*Lustra*）和散文集《舞曲与分门》（*Pavannes and Divisions*）卷首的肖像非常相像，他穿着天鹅绒的外套和宽松的衬衫，这些都是当时英国所流行的时尚。他的身上有一种美国印象派画家惠斯勒的气质，但是张口说话，却如同马克·吐温笔下的"哈克贝利·费恩"。

庞德先生不喜欢谈论自己的作品，也不喜欢谈论任何人的作品，他不是那样的作家，至少他没和我谈论过。他是一位公认的现代文学运动的领袖，但我觉得他一点都不傲慢，在我们的谈话中，他的确自吹自擂过，不过，他所夸耀的是自己的木匠手艺。他还问我店中有没有什么需要修理的东西，他为我修好了一个香烟盒和一把椅子。我称赞他的手艺，他就邀请我到他圣母院广场街的工作室中去参观，那里的家具全是他自己做的，而且也都是他亲手上的漆。

乔伊斯对于庞德擅做家具不以为然，他认为要技有所长，就不该三心二意。但是，我却觉得，作家有个业余爱好，还真是件好事。我曾在英国传记作家凯瑟琳·卡斯韦尔（Catherine Carswell）的书中读到过，小说家D.H.劳伦斯喜欢刷锅洗碗，而且用来擦干锅碗瓢勺的抹布总是保持得非常干净。而多萝西·布雷特（Dorothy Brett）[1]则告诉我，劳伦斯在墨西哥时，曾经把盥洗室粉刷成极鲜艳的颜色，并用凤凰图案进行装饰。

---

1. 多萝西·布雷特（1883—1977），英国画家，1924年，她与劳伦斯夫妇一起搬到美国新墨西哥州的道斯。

我并不常见到庞德,他一直忙于工作,忙着和他门下的年轻诗人在一起,还有他的音乐。他和乔治·安太尔一起,密谋着要掀起一场音乐革命。

来自花街的两位顾客

在我的书店开张之后不久,有两个女人就从杜普伊特伦街上散着步走向我的书店。一位面容姣好,身材硕壮,穿着件长衫,头上戴着的,与其说是一顶帽子,还不如说是一个篮子。陪同她的那个女人小巧,黑瘦,看上去有点古怪,让我想到一个吉卜赛人。她们是格特鲁德·斯坦因(Gertrude Stein)和艾丽斯·B.托克拉斯(Alice B Toklas)。[1]

我早已经拜读过《温柔的纽扣》(*Tender Buttons*)和《三个女人》(*Three Lives*),所以,这两位新顾客当然让我非常高兴。而且,她们一直不停地互相逗趣,这也让我很开心。格特鲁德总是要拿卖书这个行当来和我开玩笑,这让她觉得趣味无穷,当然,让我也觉得很好玩。

她的任何看法和评论,都能得到艾丽斯的唱和,她们俩的这种一搭一唱,简直天衣无缝。很明显,就像许多完美结合在一起的人一样,她们也从同一个角度来评判和观察世界万物。但我觉得从性格上来说,她们是完全独立的,艾丽斯比格特鲁德要更为精明,也更成熟,格特鲁德就像一个孩子,是神童类的那种孩子。

格特鲁德是我的图书馆的会员,但她也抱怨图书馆里没有什么有趣的书。有一次,她颇为愤怒地询问,为什么这里没有如

---

1. 斯坦因(1874—1946)和托克拉斯(1877—1967)共同生活了39年(1907—1946)。

《寂寞的松树径》(*The Trail of the Lonesome Pine*)[1]以及《林布罗斯沼泽的女孩》(*The Girl of the Limberlost*)[2]之类的美国名著。对于一个图书管理员来说，这真是件让人羞愧的事。我向她指出了图书馆中她自己的作品，那也是我想方设法才搞到的，我真想问她，巴黎还有哪家图书馆，会有两本《温柔的纽扣》可供借阅。也许她意识到了对莎士比亚书店的批评并不公平，为了弥补这一点，她送给我们几本她自己的作品，这些可都是很难弄到的书，例如《库罗尼亚的梅宝·道奇的肖像》(*Portrait of Mabel Dodge at the Villa Curonia*)，还有一本题目起得挺吓人的，《他们攻击玛丽了么？他笑了：一幅政治漫画》(*Have They Attacked Mary: He Giggled: A Political Caricature*)。还有一些摄影师施蒂格利茨（Stieglitz）出版的杂志《摄影作品》(*Camera Work*)的特刊，里面刊登了格特鲁德撰写的关于毕加索和马蒂斯的文章。其中，最为珍贵的是《美兰恰》(*Melanctha*)的初版本，而且是她特地题赠给我的；后来，有人从书店里把这本书偷走了，当时我真应该把这本书给锁起来。

格特鲁德取得图书馆的会员资格，当然只是出于礼貌，其实，她除了自己的书外，对其他人的作品并不感兴趣。但是，她也确实以我的书店为题材创作了一首诗歌，在一九二〇年的某一天，她把这首诗拿给我看，诗的标题是：《英语的丰富与贫瘠》(*Rich and Poor in English*)，而且，还有一个副标题：《请使用法语和其他拉丁语系的语言》(*to subscribe in French and other Latin Tongues*)，后来，这首诗被收集在耶鲁大学出版的她的作品集《彩绘的花边》(*Painted Lace*)第五卷中。

我常常和格特鲁德与艾丽斯见面，有时她们到我书店来看看

---

1. 美国作家福克斯（John Fox Jr）1908年出版的一部小说。
2. 美国作家波特（Gene Stratton-Porter）1909年出版的一部小说。

我的生意如何，有时我到她们在卢森堡花园附近的花街的寓所去。她们的寓所就在皇宫的后面，格特鲁德总是身体直直地躺在长沙发椅上，开着玩笑，揶揄逗乐。她们的寓所和它的主人一样充满魅力，墙上挂满了毕加索"蓝色时期"的经典之作，格特鲁德还给我看过一本画册，里面都是她收藏的毕加索的素描，数量也不少。她告诉我她和哥哥利奥曾达成协议，两人平分他们所收藏的作品，他选择了马蒂斯，而她则选择了毕加索。[1]我记得还有一些西班牙画家胡安·格里斯（Juan Gris）[2]的绘画。

格特鲁德和艾丽斯还开车带我去过一次乡下，她们的那辆老福特车会发出各种噪音，她们管这辆车叫"高狄"，这辆车曾伴随着她们度过第一次世界大战，并伴随她们进行过许多战争期间的工作。格特鲁德向我展示了她们给高狄新配备的零件：一个可以在车内随时开关的车头灯，还有一只可以点烟的电子打火机。格特鲁德总是一支接着一支地抽烟。我爬上格特鲁德和艾丽斯身边的高椅，一路开往米尔德丽德·奥尔德里奇（Mildred Aldrich）笔下的"马恩省的小山顶"。格特鲁德负责开车，后来车胎爆了，换车胎也是她的责任，我和艾丽斯在路边聊着天，她非常麻利地把车胎换好。

格特鲁德·斯坦因有很多崇拜者，但是他们往往即便鼓足了勇气，还是不敢和她接近。等到真与她见了面，他们才会发现她是

---

1. 1903—1914年之间，格特鲁德（1874—1946）和她的哥哥，艺术评论家利奥（1872—1947）在巴黎共同生活，并且一起收藏了许多当代艺术品，花街27号是最重要的当代艺术的画廊，许多人来斯坦因的沙龙，只是为了看马蒂斯、塞尚或毕加索的作品，画家带着朋友来，朋友带着朋友来，每个周末都是那么开始的。1914年，利奥移居意大利，两人将收藏平分，利奥做过这样的记录："塞尚的苹果对我来说有别的画不可取代的重要意义，而毕加索的风景对我来说就没有这样的意义……我很高兴，雷诺阿对你来说不那么重要，所以，你愿意把他的作品都给我；而毕加索对我则可有可无，你想要的都可以归你。"
2. 胡安·格里斯（1887—1927），西班牙立体派画家。

那么和蔼可亲。所以，这些可怜的崇拜者会来找我，仿佛我是某个旅游公司的导游一样，求我带他们去拜会格特鲁德·斯坦因。

我的这些"旅游项目"，要与格特鲁德和艾丽斯事先安排，所以，往往都是晚上的事。这些崇拜者们会到她们的寓所与两位女士见面，而她们总是非常热情好客。

在最早的一批"游客"中，有一位名叫斯蒂芬·贝尼特（Stephen Benet）[1]的年轻朋友，在一九一九到一九二〇年期间，他总是在我的书店里消磨时间。在书店的第一批公开发表的照片上，大家也许能看到他的影子，他戴着副眼镜，正在看一本书，和在书店后面的我以及我姐姐霍莉相比，他看上去非常严肃。

因为他是个可靠负责的人，所以，在他的请求下，我带他去拜访了格特鲁德·斯坦因。那时他还没有和迷人的罗斯玛丽（Rosemary）结婚，结婚后，他也曾带妻子来过我的书店。那天，我们对格特鲁德的拜访非常成功，我记得斯蒂芬提到自己有一些西班牙血统，因为格特鲁德和艾丽斯特别喜欢与西班牙有关的一切东西，所以，她们对他大感兴趣。但是，这场会面还是没有留下任何痕迹。

舍伍德·安德森

另外一位请我带他前去花街的"游客"是舍伍德·安德森（Sherwood Anderson）[2]。一天，我注意到在我书店的门外出现了一个看上去很有趣的男人，橱窗里的一本书吸引着他的视线，那是刚刚在美国出版的《小镇畸人》。不一会儿，他进了书店，并且自

---

1. 斯蒂芬·贝尼特（1898—1943），美国诗人、小说家。
2. 舍伍德·安德森（1876—1941），美国小说家，主要创作短篇小说，他的作品应该说是影响了海明威、福克纳、斯坦贝克、塞林格等许多作家。

我介绍说他就是那本书的作者。他说他在巴黎还没有见过第二本他自己的书。我一点都不奇怪,因为为了能弄到这本书,我费了九牛二虎之力。我到处去找,有一次,一家书店回答我说:"安德森,是安徒生吗?哦,对不起,我们这里只有童话故事。"

舍伍德·安德森的一生都是故事,他给我讲述他的遭遇,他往前走的每一步,他所做的每一个决定,还有他的生活中的那些至关重要的时刻。他的故事充满悬念,他说起某一天早上,他一下子就决定放弃家庭,还有他那非常成功的颜料生意,离家出走,永远放弃了那种为了得到别人尊重而受的局限,还有为了寻求安全感而要背负的重担。[1]

安德森充满魅力,非常讨人喜欢。我将他看成是诗人和福音传道者的混合体(但他并不布道),当然,他也有一点点演员的技巧。不管怎么说,他是最有趣的一个人物。

我知道阿德里安娜和舍伍德·安德森会非常喜欢对方,所以,就把他带到她的书店里。她立即就被迷住了,马上就邀请他去家里做客。阿德里安娜烤了一只鸡,这是她的拿手菜,烤鸡和厨师都大受欢迎。安德森和阿德里安娜相处得非常好,她说着洋泾浜的美语,他说着洋泾浜的法语。他们对许多问题都有一致的看法,虽然他们有语言的障碍,但阿德里安娜比我更了解安德森。事后她这样描述安德森,她说他就像个老妇人,一个印第安女人,坐在火堆旁边抽着烟斗。阿德里安娜曾在水牛比尔在巴黎的演出中看到过印第安女人。

安德森初到巴黎时,因为不会说法语,所以请我陪他去与他

---

[1] 1912年12月,安德森经历了一次精神崩溃,他消失了四天,人们发现他在附近的玉米地里漫游。之后不久,他辞去了颜料工厂总裁的职务,离开了妻子和三个年幼的孩子,从俄亥俄搬到了芝加哥,开始了创作生涯。1916年,他和原配妻子离婚,与田纳西·米切尔结婚。这场婚姻1922年结束,安德森以后又结过两次婚。

的法国出版商见面，出版商是新法兰西评论出版社。他想知道他作品的法语译本究竟是什么样子。我们在主编的办公室门外等了许久，舍伍德非常生气，扬言要砸碎那个地方，仿佛我们马上就要上演一部西部枪战片一样。幸运的是，正在那一刻，门打开了，我们被邀请入内。

舍伍德告诉我，格特鲁德·斯坦因对他的写作产生过影响，他非常崇拜她，并问我能否引见。我知道他根本不需要什么引见，但是我还是非常高兴地同意带他去花街。

他们俩的会面真可算是件大事，舍伍德谦逊有礼，而且他对格特鲁德的作品格外敬仰，这都让她非常高兴。很明显，她也挺感动的。随我们同去的还有舍伍德的太太田纳西（Tennessee），但她却没有受到同样的待遇。两位作家聊着有趣的话题，田纳西每每试图加入他们的对话，却总不成功，因为艾丽斯根本就不让她插话。我知道格特鲁德家的规矩，这规矩是专门针对太太们的。因为她们无法将太太们拒之门外，所以，当她们的丈夫和格特鲁德进行交谈时，艾丽斯的任务就是不让她们参与。但是，田纳西却不像其他的太太们那样温顺，她选择坐在桌边，准备好了要随时加入谈话，而且，当艾丽斯请她去起居室的另一边看什么东西时，也被她拒绝了。但是田纳西对于两位作家到底在说些什么，根本就是一无所知。我挺同情这位执拗的女士，实在不明白花街针对太太们的残酷规矩究竟有什么必要。但是，艾丽斯的那套阻挡太太们的手腕，我还是觉得很好玩。奇怪的是，这种规矩只用在太太们的身上，只要不是太太，谁都可以加入到格特鲁德的交谈之中。

年轻的作家们对于舍伍德·安德森的评论都比较严厉，而且他的追随者也逐渐减少，这让他很痛苦。但是，他是一位先驱者，而且，不管别人承认还是不承认，二十年代的那批作家们都受到过他的很大影响。

格特鲁德·斯坦因充满着非凡的魅力，有时她会如孩子恶作剧般阐述一些难以置信的谬论，人们往往不大与她计较（虽然也不总是如此）。对她来说，最大的乐趣就是揶揄挖苦别人。阿德里安娜·莫尼耶曾经跟我去过一次格特鲁德家，她一点都不觉得格特鲁德有意思。"你们这些法国人呢，"当时，格特鲁德宣布说，"在文学上根本没有巅峰之作，你们没有莎士比亚。只有在你们将军的讲话当中，才能看到法语的文采，就像进军的号角声，例如'你不能再往前行！'"[1]

不仅在法国文学上，我不同意格特鲁德的看法，在对其他文学作品的评论上，我们也有许多不同的看法，例如，有关乔伊斯的写作。当我出版了《尤利西斯》之后，她非常失望[2]，她亲自和艾丽斯一起到我的书店来，向我宣布她们已经把会员资格迁到了塞纳河右岸的美国图书馆里。一下子失去两位会员，我当然很遗憾，但是，我也不能强迫她们。我得承认，在剧院街上，我们所交往的朋友都是很低调的。

就这样，"友谊之花凋落，友谊也将褪色"，至少，在一段时期是这样的。当然，互相之间的敌意也会慢慢消退，过了些日

---

[1] 当时，阿德里安娜非常礼貌地提出几位杰出的法国作家的名字，斯坦因仍很不以为然，在此书删节的部分中，毕奇认为可能因为这些法国作家们没有对斯坦因表现出五体投地的崇拜。同时，她也写道，可能斯坦因并不真么看不起法国作家，"她只是想开玩笑，她太喜欢开玩笑了。但我和阿德里安娜都不觉得这有什么可笑"。
[2] 庞德和乔伊斯都没有到花街上去拜访过斯坦因，所以，两位都没有得到过她的好评。斯坦因更把乔伊斯看作是她在文学上的竞争对手，她不止一次地说她1908年的作品《三个女人》是第一部对英语进行实验的作品，影响远大于《尤利西斯》，她还曾宣称过"二十世纪的文学属于斯坦因"。海明威在《流动的盛宴》中写到："在我们是好朋友的那三四年里，我从来没有听到斯坦因赞赏过任何一位没有对她有过好评的作家……如果你对她提起乔伊斯，那你就永远别想再踏进她的门了，就像你在一位将军面前称赞另一位将军一样。"

子后，你就不再记起当初究竟因为什么引起不快。而且，格特鲁德·斯坦因所写下的那些文字是超出一切的，无论发生什么，我都仍然欣赏着她的写作。[1]

过了段时间后，我和格特鲁德以及艾丽斯又见面了，她们过来看我的书店里是否有威廉·迪安·豪威尔斯（William Dean Howells）[2]的作品，格特鲁德认为他是一位重要的美国作家，只是至今还没有受到应有的重视。我的小店有他全部的作品，格特鲁德和艾丽斯就立即把它们全搬回了家。

在一九三〇年年底，有一天我和乔伊斯一起去我们的朋友，雕塑家乔·戴维森（Jo Davidson）[3]的工作室，格特鲁德·斯坦因也在那里，因为她和乔伊斯一样，雕塑家为他们俩都塑过半身像。我为他们做了介绍，并看着他们非常平和地握手致意。[4]

真要感谢乔·戴维森！他离去之后，我们大家都很想念他。

最后一个被我带去与格特鲁德会面的"战战兢兢"的人是海明威，他告诉我他们曾经吵过架，现在他想与她和好，但是没有勇气独自前往她家。我对他的和好计划进行了一番鼓励，并答

---

1. 那个时代在巴黎的美国人中，斯坦因和毕奇可以说是最著名的两位女士了，但是，斯坦因不如毕奇那样，真正被法国化，而且她的法文也不够好，虽然她曾经说过"美国是我的祖国，但是法国是我的家"，但是，毕奇觉得她从没有真正以法国为家。在这本回忆录中，毕奇删掉了这样一段："格特鲁德对法国人视而不见，她像一个游客一样穿过他们的国家，带着乐趣地匆匆瞥过他们的住处和他们的生活，她所做的评论也都像出自游客之口：她是位永远的旅行家。"
2. 威廉·迪安·豪威尔斯（1837—1920），美国现实主义作家和文学批评家。
3. 乔·戴维森（1883—1952），美国雕塑家，曾制作的雕像包括吉卜林、乔伊斯、罗斯福、萧伯纳、泰戈尔、惠特曼、斯坦因等。
4. 乔伊斯和斯坦因曾经在1931年1月7日共同参加过莎士比亚书店的一次诗歌朗诵会，但是两人没打招呼。这次在戴维森工作室里的会面是他们唯一的一次会面，托克拉斯后来这样记录了这次会面："西尔维亚过来问她（斯坦因）是否可以到房间的另一端去和他（乔伊斯）打招呼，因为他的视力很不好，她当然同意了……她后来告诉我她对他说：'这么多年了。'他说：'是啊，我们的名字总是被人连在一起。'她说：'我们住在同一个区里。'他没有再说什么，她就走回来和一个加利福尼亚人说话。"

应陪他去克里斯汀街,那里是格特鲁德和艾丽斯的新住处。到了那里后,我觉得海明威独自一人上去比较合适,所以,我将他送到她们家门口,并给了他最好的祝愿。后来,他来告诉我说他们"和好了"。

作家之间的关系常常烽烟四起,但据我观察,战火往往会平息,只留下些污迹而已。

第五章

《尤利西斯》在巴黎

我第一次遇到乔伊斯,是在一九二〇年夏天,那是我的书店开张营业的第一年。

那是一个闷热的星期天的下午,阿德里安娜要去诗人安德烈·史毕尔(Andre Spire)[1]家参加一个聚会,她一定要我陪她同去,她向我保证说史毕尔见到我会非常高兴,但是我还是不想去,因为我虽然很崇拜史毕尔的诗歌,但是我并不认识他本人。但是一如往常,阿德里安娜还是赢了,我们一起前往奈伊里镇(Neuilly),当时史毕尔夫妇住在那个小镇上。

他们住在布隆涅森林街(rue du Bois de Boulogne)三十四号那栋房子二楼的公寓里,我还能记得那周围如荫的绿树。史毕尔长得有些像诗人布莱克,留着部《圣经》时代的大胡子和浓密的头发,他热诚地和我这个不请自来的客人打招呼,并把我拉到一

---

1. 安德烈·史毕尔(1868—1966),法国诗人、作家、犹太复国主义活动家。

边，小声对我耳语道："爱尔兰作家詹姆斯·乔伊斯也来了。"

我非常崇拜詹姆斯·乔伊斯，他也在场的消息太出乎我的意料，我害怕得几乎要立即逃走。但是史毕尔告诉我说是庞德夫妇把乔伊斯夫妇带来的，我能从开着的门中看到埃兹拉，我和庞德夫妇认识，所以，就进了屋。

埃兹拉果然在里面，四肢伸展着坐在一把扶手椅上。我后来曾为《信使文学期刊》（*Mercure de France*）写过一篇文章，说庞德那天穿着件蓝色衬衫，正能配上他的蓝眼睛，但是庞德立即给我写了回信，说他的眼睛根本就不是蓝色的，所以，在此我要把蓝眼睛的那句话给收回。

我看见了庞德夫人，就上前去和她说话。她正在和一位长得很漂亮的年轻女人聊天，她向我介绍说这是乔伊斯夫人，然后她就走开了，留下我们俩自己说话。

乔伊斯夫人身材高挑，不胖也不瘦。她很有魅力，红色的鬓发配着红色的眼睫毛，双目炯炯有神，她的爱尔兰口音抑扬顿挫，还有一种爱尔兰人特有的高贵。我们能用英文交谈，这让她很高兴，因为对于别人的法语谈话，她一句话都听不懂。如果大家都讲意大利语，那就不一样了，乔伊斯一家曾经在意大利的里雅斯特港（Trieste）住过，他们都会说意大利语，甚至有时在家里也用意大利语交流。

我们的交谈被史毕尔给打断了，他来邀请我们在一张长长的餐桌前入座，那天的晚餐是美味的冷菜。我们边吃边喝，我注意到其中一位客人滴酒未沾。史毕尔多次试图往他的酒杯里斟酒，但是都被拒绝了，最后，他索性把酒杯给倒过来放在桌子上，这也就省去了所有的麻烦。这个客人就是詹姆斯·乔伊斯。后来，庞德把所有的酒瓶子在他面前的桌子上一字摆开，这让他的脸涨得通红。[1]

晚餐之后，阿德里安娜和哲学家朱利安·班达（Julien Benda）[2]开始讨论班达最近发表的关于当代最顶尖的几位作家的评论，他们的周围很快聚集了一批人，大家手上端着咖啡杯，有兴趣地倾听着他们的讨论。受到班达直接攻击的作家有瓦莱里、纪德、克洛岱尔，还有一些其他人。

我将阿德里安娜留在那里，让她为她的朋友们辩护，我来到一个小房间里，这里的书籍堆到了天花板，窝在角落里的两个书架之间的，是乔伊斯。

我用颤抖的声音问："您就是伟大的詹姆斯·乔伊斯么？"

"对，我是詹姆斯·乔伊斯。"他回答。

我们握了握手，更确切地说，他把他软绵绵，没有骨头的手放进我硬邦邦的小爪子里边——如果你也能将其称之为握手的话。

他中等身材，很瘦，有些驼背，但是举止优雅。他的手很引人注目，它们很窄，左手的中指和无名指上，戴着镶在厚厚的底座上的宝石戒指。他的眼睛是深蓝色的，非常漂亮，闪着天才特有的光芒。我也注意到他的右眼睛看上去有点不正常，右边的眼镜片比左边的稍厚些。他的头发很浓密，深褐色，卷曲着，额头上的发际线很高，头发从发际线往后梳，盖过高高的头颅骨。在我认识的人当中，他看上去最为敏感。他的皮肤很白，有些雀斑，而且泛着红晕。他的下巴上留着山羊胡子，他鼻子的形状很好，嘴唇很薄而且线条分明，我想，他年轻时肯定是一个很帅的小伙子。

乔伊斯的声音很甜美，音质如同一位男高音，让人陶醉。他的吐字非常清晰，有些字的发音完全是爱尔兰口音，例如"书籍"

---

1. 后来，在他们熟悉之后，乔伊斯告诉毕奇他只是在晚上八点钟之前滴酒不沾。
2. 朱利安·班达（1867—1956），法国哲学家、小说家。

（book）、"看"（look）以及一些以th开头的字，而且他的声音也是爱尔兰人独有的，除了这些以外，简直听不出他的英语和其他英国人的有什么区别。他用很简单的语言表达自己，但是他选择的词语以及这些词语的发音都非常讲究。这当然一部分是因为他对语言的热爱和他的乐感，但我也觉得这可能还和他多年教授英语有关。

乔伊斯告诉我他最近才来到巴黎，庞德建议他把全家搬到这里，也是通过庞德，乔伊斯认识了路德米拉·萨文斯基女士，她让乔伊斯一家在她帕塞区的公寓里住几个星期，这样他们能有时间找一个稳定的住所。萨文斯基女士是乔伊斯在巴黎的最早的朋友之一，而且她还将《一个青年艺术家的肖像》翻译成法语，法语的书名是《达德勒斯》。乔伊斯的另一位在巴黎的较早的朋友是珍妮·布拉德利夫人，她翻译了《流亡者》。

"你是做什么的呢？"乔伊斯问。我向他介绍了我的莎士比亚书店。我的名字和我书店的名字，都让他觉得很有趣，他的嘴角浮起一丝迷人的微笑。他从口袋里拿出一本小笔记本，记下了我的名字和地址，他写字的时候把笔记本凑得离眼睛很近，这让我顿生一种伤感。他说他会来看我。

突然，外面传来一阵狗叫声，乔伊斯的脸色一下子变得很苍白，他的全身在发抖。狗叫声是从路对面传来的，透过窗子，我看见一条狗在追一只球。它虽然叫声响亮，但在我看来，很明显它并没有要咬人的意图。

"它会进来吗？它很凶吗？"乔伊斯问我，他心神不安（他的"凶"这个字的发音很长）。我向他保证说狗肯定不会进来，而且，那条狗看上去一点都不凶。但是，他还是非常担心，每一声狗叫都让他害怕。他说他从五岁开始就一直很怕狗，因为"这种动物"

曾在他下巴上咬过一口，他指着他的山羊胡子说，留这样的胡子就是为了掩盖那个伤疤。

我们继续交谈，乔伊斯的言谈举止都非常简单，我知道在我面前的是当代最伟大的作家，这让我激动，但同时，我也觉得在他面前很放松。那次以后，虽然我一直意识到他是位天才，但是，在我认识的人中，没有别人比他更容易交谈。

这时，客人们都开始告辞了，阿德里安娜找到了我，我们一起去和史毕尔夫妇告别。我感谢史毕尔先生的盛情款待，他说希望我没有觉得太无聊。怎么可能无聊？我遇见了詹姆斯·乔伊斯。

第二天，乔伊斯就顺着我书店前窄窄的上坡路走来，他穿着深蓝色的斜纹哔叽布料的西装，头上朝后戴着顶黑色的毡帽，在他窄窄的双脚上，是一双并不太白的运动鞋。他的手上转动着一根手杖，当他注意到我在看着这根手杖时，他告诉我这是爱尔兰梣木手杖，是一位在的里雅斯特港口的爱尔兰军官送给他的。（我心中暗想："史蒂芬·达德勒斯，还带着他那根梣木手杖。"）乔伊斯的衣着总是有些寒酸，但是他的神态是如此高雅，他的举止是那么出众，所以，人们很少会注意到他究竟穿着什么。无论他走到哪里，无论他碰到什么人，他总能给人留下深刻的印象。

他走进我的书店，他仔细看着挂在墙上的惠特曼和爱伦·坡的照片，还有那两幅布莱克的素描，最后，他又仔细审视了那两张奥斯卡·王尔德的照片。然后，他在我的桌子边的那把并不太舒服的小扶手椅上坐了下来。

他再次告诉我是庞德劝他搬到巴黎来的。现在，他有三个急需解决的问题：第一是给他全家找一个栖身之地；第二是让他们衣食无忧；第三是完成《尤利西斯》。第一个问题最紧迫，因为两个星期之后，萨文斯基女士就不再续租她的公寓了，到时候，他必须把他的全家安顿到另一个住处。

而且，他还有经济上的问题，搬家到巴黎来，用去了他们所有的积蓄，他必须找到一些学生。他对我说，如果我知道有人要找家教的话，能否把他们介绍给乔伊斯教授？他说他教书的经验非常丰富。在的里雅斯特港，他在伯里兹学校教过许多年的书，同时，他也教授许多私人学生。在苏黎世，他也是一样以教书为生。"你教过哪些语言？"我问。"我教英语，"他说，"'这是一张桌子，这是一支笔'，还有德语、拉丁语，甚至法语。""希腊语呢？"我问。他说他不懂古希腊语，但当代希腊语说得很流利，那是他在的里雅斯特港跟希腊水手学的。

很明显，语言是乔伊斯最喜欢的运动。我问他大概懂多少种语言，我们一起数了数，至少有九种。除了他的母语外，他还会说意大利语、法语、德语、希腊语、西班牙语、荷兰语，还有三种北欧的语言。为了能阅读易卜生，他学习了挪威语；然后，就顺便学习了瑞典语和丹麦语。他还会说意第绪语和希伯来语。他没有提到中文和日文，可能他觉得那是庞德的专利吧。

他告诉我当第一次世界大战爆发时，他如何侥幸从的里雅斯特港逃离出来，奥地利人以为他是间谍，要逮捕他，他的一个朋友，拉利爵士（Baron Ralli），及时给他搞到了签证，让他带着全家离开了那里。他们到达了苏黎世，并在那里待到第一次世界大战结束。

我弄不明白乔伊斯哪里能有时间写作，他告诉我，他的创作都是晚上上完课以后才开始的。他已经感觉到他的眼睛所承受的压力太大，在他们搬往苏黎世时，他的眼睛开始有问题，后来越来越严重，他得了青光眼。这是我第一次听说这样一种眼病，我觉得这病的名字倒挺好听的，乔伊斯则称它为"雅典娜的灰色猫头鹰眼"。

他的右眼已经开过刀,也许这是为什么我曾注意到他的厚眼镜片。他用简单的语言描述了这个手术的过程(我注意到,向我这样愚笨的学生进行解释,是他很习以为常的事);为了说明得更清楚,他甚至画了一幅小画。他说他的眼睛做手术时,正患着虹膜炎,现在看来,那个时候做手术,是一个非常错误的决定,结果是让他右眼的视力受到损伤。

既然他的眼睛有这么大的问题,是否会影响到他的写作?他是否有时会口述让别人来记录?"从来不!"他惊叹道。他总是亲手书写,他喜欢控制写作的速度,不想写得太快。他喜欢逐字逐句地推敲,看着自己的作品成形。

我一直盼望着能听他谈及《尤利西斯》,所以,我就问他此书的进度如何,他是否正在写。"我正在写。"(一个爱尔兰人是从来不会简单地回答"是"的。)这本书他已经写了七年,现在正努力要完成它,等他一旦在巴黎安顿下来,他就会开始工作。

一个颇有才华的在纽约开业的爱尔兰裔美国律师约翰·奎恩(John Quinn)[1]正在逐批收购《尤利西斯》的手稿,乔伊斯每写完一个部分,就会誊清一份,给奎恩寄去,而奎恩则会按说好的价格把钱寄给他,钱虽然不多,但是够他补贴家用。

我提到《小评论》杂志,玛格丽特·安德森(Margaret Anderson)[2]一直想在上面发表《尤利西斯》,她的愿望达成了吗?是不是又受到了进一步的打压?乔伊斯看上去很焦虑,纽约传来

---

1. 约翰·奎恩(1870—1924),爱尔兰裔美国律师、收藏家。
2. 玛格丽特·安德森(1886—1973),美国出版家、编辑。《小评论》是1914—1929年间的文学杂志,它从1918年开始连载《尤利西斯》,1921年,美国联邦邮局在没收杂志后又以淫秽罪起诉杂志出版商,虽然在奎恩的辩护下,出版商只被处以罚款,但是连载还是被迫停止。

的都是令人担忧的消息,他告诉我,一有新消息他就会转告给我。

在他告辞之前,他问我如何才能成为我的图书馆的会员。他从书架上取下了《海上骑士》(*Riders to the Sea*)[1],说他想借这本书。他说,他曾经把这出戏翻译成德文,在苏黎世时,他还组织过一个小剧团上演过这出戏。

我在借书卡上写下:"詹姆斯·乔伊斯,地址:巴黎圣母升天街五号,借期一个月,押金七法郎。"

听乔伊斯自己亲口告诉我他这些年来的工作境况,这让我非常感动。

詹姆斯·乔伊斯,由莎士比亚书店转交

现在,乔伊斯正式成为莎士比亚书店大家庭的成员,而且,是其中最为杰出的一位。人们经常可以在书店里看到他,很明显,他非常喜欢和我的同胞们交往。他向我吐露说,他喜欢美国人,也喜欢我们的语言,在他的书中,他就使用了许多美国土话。

在书店里,他也遇到了许多年轻的作家,并与他们成为朋友。例如,罗伯特·麦卡蒙、威廉·伯德(William Bird)[2]、欧内斯特·海明威(Ernest Hemingway)、阿奇博尔德·麦克利什(Archibald MacLeish)[3]、司各特·菲茨杰拉德(Scott Fitzgerald)[4],还有作曲家乔治·安太尔。对这些年轻人来说,乔伊斯简直是上帝,但与他交往时,年轻人更把他当成一位朋友,而不是一位需要崇拜的神灵。

---

1. 爱尔兰剧作家辛恩(John Millington Synge)的剧作,1904年2月25日在都柏林首演。
2. 威廉·伯德(1888—1963),美国记者,业余爱好出版,创立三山出版社。
3. 阿奇博尔德·麦克利什(1892—1982),美国诗人、作家,后成为美国国会图书馆馆长。
4. 司各特·菲茨杰拉德(1896—1940),美国作家。

至于乔伊斯，他将所有的人都看成是与他平等的，不管他们是作家、孩子、服务生、公主还是女仆。不管谁说话，他都很感兴趣，他告诉我说他从来没有遇见过一个让人觉得无聊的人。有时候我注意到他在我的书店等我时，会专心倾听我的门房告诉他的长长的故事。如果他坐出租车过来，在司机说完他要说的话之前，乔伊斯绝对不会打开车门出来。乔伊斯本人也让所有的人着迷，没有人能顶得住他的魅力。

我总是爱看着乔伊斯顺着小街走来，手上转动着那根梣木手杖，帽子朝后戴在头顶上。"多愁善感的耶稣"，阿德里安娜和我常常这样称呼他，这个叫法其实是我从乔伊斯自己那儿学来的。还有一个名字是"歪歪的耶稣"（他说"歪歪"这个词时把音拖得很长）。

他还能把脸皱成一团，这也常逗我发笑，因为他皱脸时，就变得像猿猴一样。至于他的坐姿，我就只能用"散了架了"来形容了。

乔伊斯喜欢感叹（他的女儿就给他起了个绰号，叫他是"感叹号"），但是他用词却永远都很温和适度，他从来不说脏话，或使用任何粗俗的词语。他最喜欢用的感叹词是意大利语的"对了！"，他也常常叹气。

他表达自己的方式很不张扬，他从来不用太极端的词语，如果发生了最糟糕的事情，他也最多用一个"烦"字来表达，他不会用"很烦"，只是"烦"。我想他非常不喜欢"很"这个字，"为什么要说'很漂亮'？"我有一次听到他抱怨说，"'漂亮'就够了。"

他总是礼貌有加，而且特别会为别人着想。我那些不讲规矩的同胞们来来往往，很少和别人打招呼，仿佛我的书店是一个火车站；如果他们要和别人打招呼，那也是随随便便地"嘿，老海",或是"嘿,鲍勃"。在这个非常随意的环境里,唯独乔伊斯一人最正式,几乎到了过分的地步。在法国文学界,人们早已习惯了以姓氏来称呼一个作家,虽然在文学作品中有泰斯特先生和查勒先生这样的人物,但不会有人称呼他们的作者为"瓦莱里先生"或"普鲁斯特先生"。只有在你师从于他们时,你才会称他们为老师。瓦莱里总是叫阿德里安娜"莫尼耶",叫我"西尔维亚",我们所有的法国朋友也都这样称呼我们。我知道这种习俗简直让乔伊斯震惊,他以身作则,试图以"莫尼耶小姐""毕奇小姐"的称呼来树立起一个好榜样,但是一点用都没有,唯一的效果是让所有的人都只敢叫他"乔伊斯先生"。

"乔伊斯先生"如果在女士们面前提及某些事时,他就会变得有些古怪。在阿德里安娜的书店里,莱昂-保尔·法尔格经常面对一些男女混杂的听众讲故事,他的那些故事会让乔伊斯脸红。但是法国并不是一个男人们聚在一起偷偷寻乐的国度,男女关系很放松,所以女士听众们一点都不觉得窘迫。我敢肯定乔伊斯很为他好心的女编辑担心,因为她被暴露在这样的言语之下,但我已经早就习惯了法尔格的这些说笑了。

然而,乔伊斯却丝毫不反对把《尤利西斯》交付给女士们来处理,或者由女士们来出版发行。

乔伊斯每天都到书店里来,但如果我想见他的家人的话,我就要到他家里去。我很喜欢他的家人:儿子乔治整天板着脸,试图掩饰他的感情;女儿露西亚则充满幽默感。两个孩子成长的环境是如此奇怪,他们都不太快乐。还有作为妻子和母亲的诺拉[1],整

---

1. 诺拉(1884—1951),原名Nora Barnacle,1904年和乔伊斯相识,1931年两人才正式结婚。他们的儿子出生于1905年,女儿出生于1907年。乔伊斯和诺拉是非常不一样的人,兴趣爱好都有天壤之别,所以,关系也很复杂。女儿露西亚1930年开始患有神经分裂症,1934年,成为卡尔·荣格的病人。女儿的病情让夫妻两人的关系更为紧张,

天责骂她的孩子们和她的丈夫，说他们偷懒无能。乔伊斯喜欢被诺拉叫成是窝囊废，因为他在别处一直受人尊敬，所以这种谩骂反而是一种调剂。她有时也对他推推搡搡动手动脚，这也同样让乔伊斯喜欢。

诺拉是个不愿和书发生任何关系的女人，这也让她的丈夫觉得有趣。她指着《尤利西斯》向我宣布说，"那本书"，她连一页都没阅读过，她连翻都懒得翻开。我能理解诺拉根本就没有必要去阅读《尤利西斯》，难道她不正是这本书的灵感来源吗？

诺拉总是在抱怨"我的丈夫"，说他总是在涂写着什么……早上还是半睡半醒时就去拿他身边地上搁着的笔和纸……从来没有时间概念！有时她刚刚在桌子上摆好中饭，他就要出门，这样让她如何雇一个用人？"你看看他现在这个样子，像个蚂蟥一样黏在床上，又在涂涂写写！"还有她的孩子们，她说他们一点家务都不帮她做，"一家全是窝囊废！"而这一家子窝囊废，包括乔伊斯，对她的谩骂都只会哄堂大笑。没人真把诺拉的训斥当一回事。

她曾经告诉我她后悔自己没有嫁给一个农夫或银行家，甚至是一个捡破烂的，她嫁给了一个作家。提到"作家"这种可鄙的人物时，她的嘴唇噘起来。但是，对于乔伊斯来说，被她选中，这是一件多么好的事。如果没有诺拉，他的生活会怎么样？如果没有诺拉，他的作品又会怎么样？他和诺拉的婚姻是他这一生中最幸运的一件事。在我所知道的作家的婚姻中，他们的婚姻可以说是最幸福的。

乔伊斯努力要成为一个顾家的好男人，一个好公民（舍伍德·安德森称之为"布尔乔伊斯"[1]），他的努力还真让人感动。这

诺拉一直要送女儿进精神病院，乔伊斯则不愿意。1936年，露西亚被送进诊所后，也只有乔伊斯去看望她，诺拉一次都没有去过。
1. 是把"布尔乔亚"和"乔伊斯"两个词拼合起来。

种努力不符合《肖像》中的"艺术家"的身份，但是却能帮助我们理解《尤利西斯》，我们能注意到史蒂芬渐渐隐退，身影越来越暗，而布卢姆则逐渐出现，越来越清晰，最后成了整个舞台的主角。我能感觉到乔伊斯之所以很快对史蒂芬失去兴趣，是因为布卢姆正是在他们中间插了一脚的第三者。毕竟，在乔伊斯身上，有很多布卢姆的影子。

乔伊斯害怕生活中的许多东西，这是事实，但我觉得，因为他在文学创作上无所畏惧，所以，他在生活中的诸多恐惧可能是为了提供一种平衡。万能的上帝赐给他才华，所以他也很怕"交坏运"。耶稣会的教士们肯定非常成功地把对上帝的畏惧灌输到他的头脑里了。在雷鸣电闪的暴风雨时，我看见过乔伊斯蜷缩在他的公寓的走廊里，直到暴风雨停止。他还有恐高症，害怕大海，害怕被传染，他还很迷信，他的全家都和他一样迷信，如果在马路上看见两个修女，那是很不吉利的（因为有一次他遇见两个修女时，他乘坐的出租车和另一辆车相撞）。至于数字和日期，有的是吉利的，有的是不吉利的。在房子里面打开一把伞，或者一个男人的帽子在床上，这些都是不祥的预兆。相反，黑猫则是吉祥的象征。有一天，我到乔伊斯一家下榻的旅馆去看他们，我看见诺拉正试图把一只黑猫赶进她丈夫躺着的房间里，而他隔着半开的门焦虑地注视着她的努力。猫并不只是幸运的象征，乔伊斯也很喜欢和猫相处，有一次，他女儿的一只小猫从厨房的窗子上摔了下去，乔伊斯非常伤心，仿佛是他女儿从窗子上摔下去一样。

而狗却正相反，他总是觉得狗很凶猛。在他进入我的书店之前，我常常要赶快把我的那只毫无恶意的小白狗弄到书店外面去。虽然在他的小说中，他的奥德修斯的英雄有一条名叫阿格斯的忠诚老狗，这条狗后来在主人回家时高兴过度而死，但是，这样来提醒乔伊斯根本就没有用,他只会大笑着惊呼"对了!"。

乔伊斯有很强的家长意识,他常后悔自己没有十个孩子。对他的两个孩子,他倾注了许多爱,他从未因过度沉迷于自己的写作而忽略对他们的鼓励。乔治(他的母亲称他为乔乔)很让他自豪,乔治的嗓音非常甜美。乔伊斯一家都很会唱歌,乔伊斯常常会后悔自己选择成为一位作家,而不是一位歌手。他常说:"可能我会更成功。"而我总是回答:"可能吧,但是作为一个作家,你已经相当成功了。"

第六章

莎士比亚书店前来救援

乔伊斯这时最关心的是《尤利西斯》的命运,那时候,《小评论》正在连载它,更确切地说是试图在连载它,但无论是此书还是杂志,它们的前景都比较渺茫。

在英国,哈里特·韦弗小姐(Harriet Weaver)[1]为了能够出版《尤利西斯》而进行了一系列的抗争,但是她的努力已经宣告失败,韦弗小姐是乔伊斯最早的粉丝之一,她曾在她的评论期刊《自我主义者》(*Egoist*)[2]上发表了《一个青年艺术家的肖像》,那是这位名不见经传的年轻爱尔兰作家詹姆斯·乔伊斯第一次得到公认。埃兹拉·庞德可以说是乔伊斯的伯乐,他也是一位伟大的操盘手,是当时聚集在《自我主义者》周围的那个帮派的领袖,在这

---

1. 哈里特·韦弗(1876—1961),英国政治活动家、杂志出版人,乔伊斯的经济资助人。后来受马克思《资本论》的影响,于1938年参加共产党。
2. 伦敦的文学杂志,1914—1919年间出版,现在被公认为"英格兰最为重要的现代主义文学期刊"。

帮行为可疑的人中，还有理查德·奥尔丁顿（Richard Aldington）[1]、希尔达·杜利特尔（Hilda Doolittle）[2]、艾略特（T. S. Eliot）[3]、温德姆·刘易斯（Wyndham Lewis）[4]，以及其他一些类似的人物。

《一个青年艺术家的肖像》在英国影响很大。甚至H.G.威尔斯也出来对这本书进行了好评，所以，韦弗小姐希望能出版"乔伊斯先生"的第二部作品《尤利西斯》，以飨她的订户们。一九一九年《自我主义者》连续五期刊载了《尤利西斯》，但是，只连载到"游动山崖"那一章，韦弗小姐就在印刷上遇到了麻烦。而且，她的一些老订户也写信来抱怨，说这本杂志原本是放在家中的起居室里，一家老小都可以阅读的，而《尤利西斯》这样的东西显然非常不合适。有些订户甚至取消了他们的订阅。

因为在期刊中连载《尤利西斯》受到了这么大的阻力，而韦弗小姐又不愿意让步，期刊就成了牺牲品，如她自己所描述的，"一夜之间"，《自我主义者》期刊就变成了"自我主义者出版社"，她这样做的唯一目的，就是要出版乔伊斯的所有作品。她宣布她"即将出版《尤利西斯》"，但最后，她并没有如愿以偿。

韦弗小姐也想出版《一个青年艺术家的肖像》的单行本，但她却找不到一家印刷厂愿意为她排版，英国的印刷商们一听到乔伊斯这个名字就非常害怕。所以，她就和乔伊斯在纽约的出版商许布希先生达成了协议，请他把他出版用的版样寄给她，再由她

---

1. 理查德·奥尔丁顿（1892—1962），英国作家、诗人，以有关第一次世界大战的诗歌著称。1912年，庞德将他和杜利特尔的诗歌命名为"意象派"。1913年和杜利特尔结婚。1914—1916年间，是《自我主义者》的文学编辑。1938年和杜利特尔在分居多年后正式离婚，两人仍是好朋友。
2. 希尔达·杜利特尔（1886—1961），美国作家、"意象派"诗人。
3. 艾略特（1888—1965），诗人、剧作家、批评家。1917年，曾接任入伍的阿德灵顿成为《自我主义者》的编辑。
4. 温德姆·刘易斯（1882—1957），英国艺术家、作家。

用自我主义者出版社的名义出版。

韦弗小姐向我解释为什么英国的印刷商们如此小心翼翼，他们的谨慎是情有可原的，如果官方对某一本书持有异议，那么他们就不仅要追究出版商的责任，也要追究印刷商的责任，双方都得交罚款。怪不得为了不惹麻烦，印刷商也要严格审阅每一个字。乔伊斯曾经给我看过一本乔纳森·坎普（Jonathan Cape）先生出版的《一个青年艺术家的肖像》的校对稿，在书稿的空白处，印刷商记下了许多疑问，这让我非常吃惊，至今仍记忆犹新。

韦弗小姐知道，如果她仍坚持要出版《尤利西斯》的话，会困难重重，至少在目前的局势下，是根本没有希望的。而且，她的朋友们也警告她说，这只会给她带来一大堆麻烦。所以，《尤利西斯》就漂洋过海到了《小评论》的手上，但是，情况依然不妙。

当时，《小评论》正和美国政府的有关部门进行一场大战，乔伊斯给我带来战场上的消息，这些消息都挺令人懊恼。

美国联邦邮局已经以淫秽为理由三次没收了《小评论》，但这三次没收并没有吓倒《小评论》的两位主编玛格丽特·安德森和简·希普（Jane Heap）[1]。随之而来的是第四次没收，这次没收是由"打击淫秽协会"（Society for the Suppression of Vice）[2]的约翰·萨姆纳（John S. Sumner）发起的，这次行动最终枪毙了这本期刊。后来，安德森小姐和希普小姐因"淫秽出版法"而被起诉，全靠大律师约翰·奎恩的精彩辩护，对她们的惩处只是一百美元的罚款。但是事到如今，她们在经济上已经被完全摧垮，那本生机勃勃的

---

[1] 简·希普（1883—1964），美国出版家，是安德森的朋友、合伙人，二人也曾一度是情人。
[2] 指的是"纽约打击淫秽协会"，1873年由Anthony Comstock创立，后由萨姆纳接手，这个机构被纽约州立法机关授予特权，最有名的案例是通过没收并起诉《小评论》而将《尤利西斯》在美国判为禁书。

期刊就这么消失了，实在令人悲伤！

乔伊斯到我书店来向我宣布了这个消息，对他来说，这是一个沉重的打击，我能感觉到他的自尊心也受到了损伤。他用一种完全气馁的口气说："我的书永远不会有出版之日了。"

现在，《尤利西斯》在英语国家中出版的希望完全落空，至少，在很长一段时间中会一直这样。乔伊斯坐在我的小书店中，大声叹着气。

我突然想到也许我可以做些什么，我问他："莎士比亚书店是否能荣幸出版《尤利西斯》？"

他立即非常欣喜地接受了我的提议，我觉得他把这部巨著委托给我这个小得可笑的出版社有些草率，但是他看上去非常高兴，我当然也很高兴。而且，我还感觉到在分手的时候，我们俩都非常感动。他第二天会再到书店里来，他要听听"莎士比亚书店的顾问"阿德里安娜·莫尼耶（乔伊斯这样称呼她）对我的这个计划有什么意见。因为每做一个巨大的决定，我都要听取她的意见。她是一位非常明智的顾问，而且，从某种意义上来说，她也是书店的合伙人。

阿德里安娜对我的建议完全赞同，我已经告诉过她许多关于乔伊斯的事情，所以，不用我多说什么，她已经认识到出版《尤利西斯》的重要性。

第二天乔伊斯回到我的书店时，看到他情绪高昂，我也打心底里高兴。至于我自己，我突然要出版我最崇拜的一部作品，那种幸福感更不用提了。我觉得我真是太幸运了。[1]

---

[1] "第二天"指的是1921年4月1日，这天，毕奇写信告诉她的母亲："亲爱的妈妈，今天可以说是最成功的一天，很快我们就会变成一个真正的出版商，而且要出版这个时代最重要的一部作品……嘘……这还是个秘密，下一封信我会告诉你详情，我们就要出名了，哈哈！"那天晚上，乔伊斯和毕奇一起遇到门房的小儿子，乔伊斯兴奋地说："有一天，这个孩子会成为《尤利西斯》的读者！"

虽然我没有资金,毫无出版的经验,也缺少成为出版家所需的其他条件,但是,这一切都没能阻止我,我立刻投入了《尤利西斯》的出版计划。

第戎的达戎提耶

阿德里安娜·莫尼耶的印刷商,莫里斯·达戎提耶(Maurice Darantiere)先生前来看我,他和他的父亲都是"印刷大师",当时的许多作家,例如霍斯曼(Huysmans)[1]的许多作品,都是由住在第戎的达戎提耶印制而成的。

当我告诉他《尤利西斯》在英语国家被禁的事情时,达戎提耶非常感兴趣,我告诉他我想在法国出版此书的愿望,并且问他是否能帮我印刷。同时,我也向他坦白了我的经济状况,并提醒他说只有等预订书的收入到账后,我才可能支付他的印刷费用,当然,预订单的收入也有可能永远到不了账。所以,如果他愿意接手印刷的活,那他得先理解这一点,这是前提条件。

达戎提耶同意了在我的前提条件的基础上来印刷《尤利西斯》。我得说,他可真是非常友善,并且对我相当支持。

现在,为了能够对出版进展的每一步都有所了解,乔伊斯如同幽灵一样每天都要出现在我的书店里。我也向他征求意见,而且一般来说,我会听从他的看法,但这并不是说我对他什么都言听计从。例如,他觉得如果我们印刷十几本的话,那可能还会有些卖不掉的;但是我坚决地告诉他,我们必须印一千本(最后一本都没有剩下)。

---

1. 霍斯曼(1848—1907),法国颓废派小说家。

我们还印了一本说明书，宣布乔伊斯的《尤利西斯》将于一九二一年秋由巴黎的莎士比亚书店"一字不漏地全文"（这是最重要的一点）出版。说明书也指出这次出版将限量一千本：其中一百本将用荷兰手工纸印制，由作者签名，售价三百五十法郎；一百五十本将用直纹版画纸印制，售价二百五十法郎；剩下的七百五十本将用普通纸印制，售价一百五十法郎。说明书里还有一张作者照片，像邮票大小，是在苏黎世拍摄的，留着胡子的乔伊斯看上去面容憔悴。另外，说明书里也摘选了《尤利西斯》最初在《小评论》上发表时，一些当时注意到它的批评家的评论。说明书的背面是一个空白的表格，有兴趣预订的人可以留下他们的姓名，并填上他们希望购买的版本。阿德里安娜曾经涉足出版业，是她为我指点迷津，向我传授了关于限量本的所有秘密，以前我对此可以说完全无知。我的说明书之所以能够看上去特别专业，也得感谢她，别人还真以为我是出版界里经验丰富的老手呢。达戎提耶先生将他最好的纸张的样本带来让我过目，还有他那套著名的铅字样品，第一次，我学会了出版豪华本书籍的种种规则。

至今为止，我在卖书这个行业里还是位学徒，我有一个图书馆需要管理，我的店中，整天有许多年轻作家来来往往，每人都有含苞待放的项目和计划。突然之间，我发现自己成了出版人，而且，我要出版的又是这样一部皇皇巨著！所以，我打算雇用一位助手。我图书馆的一位会员，迷人的希腊女孩玛西尼·莫丝乔斯（Myrisne Moschos）小姐说她可以帮我。我告诉她这个工作的收入很少，我尽量想让莫丝乔斯小姐打消这个念头，我指出如果她去别处工作的话，可能会有更好的机会。但是她主意已定，坚持要

57

替我工作,所以,对于莎士比亚书店来说,这真是一件幸运的事。

听说我雇了位希腊助手,乔伊斯也非常高兴。他觉得对于《尤利西斯》来说,这是个好兆头。不管是不是好兆头,反正现在有人帮我了,而且帮手又这么能干,这就很让我高兴。玛西尼在我身边工作了九年,她真是位非常出色的助手。她和我一样,兴趣非常广泛,而且,她从来不在乎体力活,因为在书店里,体力活可还真不少。还有,书店中最难最棘手的工作是和顾客打交道,了解图书馆会员们的需求,这些,都非常需要一个人能善解人意。

玛西尼的另一个优势是她家里有众多的姐妹,如果我们需要的话,总可以向她们求援。海琳娜(Helene),莫丝乔斯家最小的女儿,是书店和乔伊斯之间的通讯员。每天早上,她会带着一个文件箱离开书店去乔伊斯家,文件箱中装满了信件、书籍、戏票还有其他杂物,而她回来时,带回来的东西也一样重。每天,乔伊斯都在家等着她的脚步声,他称之为"打雷一样的脚步",确实,她人虽然瘦小,脚步声却很响。当她完成了所有通讯员该做的事后,他可能会请她留下来读一段杂志里的文章给他听,其实,他对文章本身并不感兴趣,他更感兴趣的是海琳娜的发音,例如,她用法语口音读出的"W.B.叶芝"。

玛西尼的父亲,莫丝乔斯医生,是一位四处流浪的医生。他的旅程可能不亚于奥德修斯,他的九个女儿生在九个不同的国家里。莫丝乔斯医生介绍我认识过一个人,此人可能比奥德修斯更狡猾,但是最后聪明反被聪明误。这个人是个聋子,但是,他并不是天生失聪。在他到了应征入伍的年龄时,为了逃避兵役,他撒谎说自己耳聋,因此被免除了兵役。为了保险起见,有一段时间,他一直假装是个聋子。但是,当他不需要再继续他的这种伎俩时,他发现自己已经永久地失去了听觉。我不知道是否有人把这个病例向有关学术机构报告过，我也不知道耳科专家是否会相信真有这种事，但这件事，确确实实是真的。

玛西尼还有许多来自东方国家的朋友，其中有一位年轻的王子，他是柬埔寨王位的继承人，也是巴黎医学院的学生。这位年轻人为了表示对于乔伊斯的这部杰作的敬仰，把自己的名字从瑞提拉斯（Ritarasi）改成了尤利西斯。

预订者中的缺憾

《尤利西斯》的预订单开始涌进书店，我们按照预订者的国籍将它们进行分类。[1]我的所有顾客，还有阿德里安娜的许多顾客都在预订名单之中，仿佛所有剧院街的顾客都只有在预订了此书后才能离开。阿德里安娜的一些法国朋友对我说，他们知道自己的英文词汇量有限，但是他们希望能够借着《尤利西斯》一书增加他们的英文词汇，这让我觉得很好玩。安德烈·纪德是我们的法国朋友中第一个跑到我的书店里填写预订单的，即使是他，可能阅读《尤利西斯》也有困难，虽然他的口袋里总是装着本英文书。而且，我敢肯定，纪德那么快来订书，并不是出于对《尤利西斯》的兴趣，[2]而是为了表示他对我们的友谊，因为不管剧院街启动哪类

---
1. 当时在巴黎活动的作家们对《尤利西斯》的态度有两类，一类作家出生在1870年前后，他们或是对此书没有兴趣，或是充满敌意，他们包括瓦莱里、克洛岱尔、普鲁斯特和纪德。瓦莱里虽然去参加了剧院街上有关乔伊斯的活动，但是根本就没有预订《尤利西斯》，乔伊斯和普鲁斯特只见过一面，《尤利西斯》出版后不久普鲁斯特就去世了，克洛岱尔公开说他不喜欢此书。另一类作家出生于19世纪80年代后，包括拉尔博、法尔格、罗曼等，他们都对《尤利西斯》非常支持。
2. 确实，纪德第一个前来订书，完全是出于对毕奇的支持，他后来私下对人说，这本书是"伪经典"；另外，他在一次关于陀思妥耶夫斯基的演讲中说"内心独白"根本不是乔伊斯的发明，而是从爱伦·坡、勃朗宁和陀思妥耶夫斯基就开始的传统。他也曾拒绝在《新法兰西评论》上发表《尤利西斯》的法文译本。乔伊斯曾公开表示过他对纪德作品的景仰，所以，他可能不知道纪德对他的看法。

事业,作为朋友,他都兴趣盎然。而且不论是在什么情况下,为了支持言论自由,他都会毫不犹豫地援手相助。纪德的行动让我惊喜,也让我感动。阿德里安娜说纪德就是这样一个人。

有一天,埃兹拉·庞德将一份订单放在我的桌子上,一时引起轰动,因为订单上的签名是"W. B.叶芝"。海明威一个人就预订了好几本。

还有那位从来不知疲倦的罗伯特·麦卡蒙,每天晚上,他都去夜总会中搜寻订书人,第二天早上,在回家的路上,他会到书店来留下一叠"匆匆签署"的订单,有些签名根本就是歪七扭八的。在《尤利西斯》出版后,我碰到不少人非常惊奇自己竟然预订过此书,但是,当麦卡蒙向他们解释之后,他们都会欣然把书买下。

随着时间的推移,我开始纳闷为什么萧伯纳的名字不在《尤利西斯》的订书人之中。我相信萧伯纳会预订此书,理由有二:第一,《尤利西斯》中的革命思想应该很吸引他;第二,他不可能不知道乔伊斯的处境,他肯定会想用预订此书的方式来做一些贡献,帮助一下他的同胞作家。而且,我还有其他的理由相信萧伯纳的善良,德斯蒙德·菲茨杰拉德(Desmond Fitzgerald)夫人有一段时间曾经做过他的秘书,她告诉过我,如果有人请他帮忙,萧伯纳会非常慷慨,但是他并不爱张扬。

我告诉乔伊斯我要给萧伯纳寄一本说明书去,而且我很有把握他会立即预订,但是,乔伊斯却笑道:"他永远也不会预订这本书。"

但是,我还是相信他会的。

"你敢打赌吗?"乔伊斯问。我说当然敢。我们赌的是一盒他喜欢的那种步兵牌的小雪茄,如果我赢了,那么他就得送给我一条丝手帕（是为了擦我的眼泪吗？）。

后来，我就收到了下面这封萧伯纳的来信，在此，他允许我全文刊登此信。

亲爱的女士：

当《尤利西斯》在杂志上连载时，我就曾经读过它的片段。这本书，是以令人厌恶的方式，记载人类文明可憎的一面，虽然它所记载的都是事实。有时，我真想派一队人马前去封锁住都柏林，把所有十五到三十岁之间的男人都给抓起来，强迫他们去阅读这些满口脏话，满脑子淫秽念头，充满嘲讽的下流文字。对你来说，这也许是艺术，你可能是位年轻的野丫头（你看，我并不认识你），艺术在充满激情的题材中掀起一种兴奋和狂热，这一下子就把你给迷惑住了。但是对我来说，这些都是丑恶的现实：我曾在那些街道上走过，我也知道那些商店，我也曾听到过并参与过那些对话。在我二十岁时，我逃离了那里去了英国，但是，四十年后，从乔伊斯先生的书中，我得知都柏林还一点都没有改变，那些年轻人还如同一八七〇年时一样，满口胡言乱语，呆头呆脑，整天干着流氓行径。当然，现在总算有一位作家也深切感受到了这一切，而且敢于承担将这一切记录下来的恐怖任务，用他的文学天赋写成这本书，强迫人们去面对，这真令人欣慰。在爱尔兰，为了培养一只猫爱干净的习惯，人们就让它去闻自己的脏物。乔伊斯先生是以同样的办法来对待人类，我祝愿他能够成功。

我知道《尤利西斯》中有其他优点，也写了许多其他的内容，在这里我不想对此进行任何评论。

我还得再加一句，您寄来的说明书里也包括了一张订书单，我是一位老朽的爱尔兰绅士，如果你以为任何爱尔兰人，特别是像我这种老人，会花一百五十法郎来购买这样一本书，你也太不了解我的同胞了。

您忠实的友人
萧伯纳

所以，乔伊斯是正确的，他赢了一盒小雪茄。

我觉得萧伯纳写来的信很能反映他的性格，也很有趣。他称我为一个"年轻的野丫头"，被"艺术在充满激情的题材中掀起一种兴奋和狂热"给迷惑住了，这让我笑出声来。写这封表达他对《尤利西斯》看法的信，他是花了一番工夫的，至于订不订书，并没人能强求他。但是，我得承认，我还真挺失望的。

因为我还有许多其他的事要忙，所以，此事我就搁下了。后来，乔伊斯告诉我，庞德曾经写信去和萧伯纳理论。[1]我没有看过庞德和萧伯纳之间的通信，但是，从乔伊斯给我看的一张明信片来判断，最后定论的还是萧伯纳。这张明信片上的图案是一幅安葬耶稣的绘画的复制品，围着耶稣的是四位哭泣的圣母。在图画下面，萧伯纳写道："在萧伯纳拒绝预订《尤利西斯》后，女编辑们安葬詹姆斯·乔伊斯。"然后，是他提的问题："埃兹拉，难道我非得喜欢你喜欢的东西吗？对我来说，还是让我来积攒些便士，让你们英镑族去照顾自己吧。"[2]

---

1. 庞德曾在《日晷》杂志的《巴黎通讯》专栏中这样写道：乔伊斯"准确地描写了英国统治下的爱尔兰，九流胆小鬼萧伯纳根本就不敢正视这种现实"。在给一位朋友的信中，他也抱怨萧伯纳"一个星期两次写文章抱怨《尤利西斯》价格之昂贵"。
2. 原文是"I take care of the pence and let the Pounds take care of themselves"，取自于

这张明信片让乔伊斯大乐了一阵。

除了萧伯纳之外，还真有其他的"爱尔兰老绅士们"花了一百五十法郎来预订了《尤利西斯》。有一些还花了三百五十法郎预订了签了名的高级荷兰纸版本呢。

英国俗话"攒小钱就能赚大钱"，这里用了"英镑"和"庞德"的谐音来打趣。

第七章

瓦莱里·拉尔博

有一天，乔伊斯对我说，他希望能认识一些法国作家。瓦莱里·拉尔博（Valery Larbaud）是法国最受尊重的作家之一，莎士比亚书店可以说是拉尔博的"教子"，这一直让我引以为荣，所以，我觉得乔伊斯和拉尔博应该认识认识。

拉尔博的自传体小说《巴那布斯》（*Barnabooth*）[1]曾经让一代年轻人为之痴迷，这代人整天犹豫不决，到底是要做他笔下的巴那布斯，还是要做纪德笔下的拉弗卡迪奥（Lafcadio）[2]。他的其他作品也同样受到年轻一代读者的推崇。他的第一部小说，题目是西班牙文的《费明娜·马尔克斯》（*Fermina Márquez*）[3]，内容是他学生时代的生活。他的学校中有许多阿根廷人，在那里，他学会了说西班牙语，流利得几乎和母语没什么区别。他的短篇小说集《童年》

---

1. 出版于1913年。
2. 纪德1914年的小说《梵蒂冈的地窖》（*Les caves du Vatican*）中的人物。
3. 出版于1911年。

（*Enfantines*）[1]可以说集中了他最精彩的作品。在法语和英文中，都有"拉尔博迷"这个词，指的就是他无数的粉丝。

拉尔博还是一位很好的散文家，他的写作正如文学批评家西里尔·康诺利（Cyril Connolly）所评论的那样（具体的措辞我记不清了）：语言流畅滑润，读来如同从舌头上滚过。

很可惜拉尔博在北美鲜为人知，但在南美，他受到厚爱。我的美国同胞们，除了几个例外，都只是刚刚开始知道有拉尔博这个作家存在。翻译家贾斯汀·奥布莱恩（Justine O'Brien）[2]是最早的拉尔博迷之一，而精通英法双语的尤金·约拉斯（Eugene Jolas）先生也能欣赏到拉尔博文字的微妙之处。有人告诉我威廉·杰·史密斯（William Jay Smith）[3]先生翻译并出版了他的《富裕的门外汉诗集》（*Poèmes par un riche amateur*）（这里指巴那布斯），英文书名是《亿万富翁诗集》（*Poems of a Multimillionaire*），所以，也许现在更多的美国人能够欣赏到他的作品了。他的风格让我想起一些特殊的法国佳酿，翻译之后，味道可能就不那么醇正。也许这是像拉尔博这样在法国享有盛名的作家，在美国却很少有人知道的原因。

拉尔博这个名字和维希地区的一道泉水相关，这道泉水就叫拉尔博-圣约河，是拉尔博的父亲发现的，这道泉水也是他们家族的财源。拉尔博还告诉过我，他母亲的家族是来自瑞士的新教徒，也是古老的波旁家族的后裔。

瓦莱里年纪很小的时候，父亲就去世了，所以，他是由母亲和姨妈养大的。她们压根就不理解他。她们常常抱怨为什么他总

---
1. 出版于1918年。
2. 曾经翻译过纪德、加缪等人的作品。
3. 威廉·杰·史密斯（1918—2015），美国诗人，他翻译的拉尔博的《亿万富翁诗集》出版于1955年。

是在读书，刚刚学会握铅笔时，他就握着笔写来写去，为什么他不像其他小男孩那样在外面玩？瓦莱里·拉尔博果真成了一位作家，这真是法国文坛的幸运之事。

我和拉尔博交上朋友的原因是他对美国文学的热爱，我的任务是向他介绍新的美国作家。所以，每次离开书店时，他总是要带走一大摞他们的作品。他也在书店里与美国新一代的作家们见面相识。

有一天，拉尔博给我带来了一件礼物，更确切地说，他给他的"教子"莎士比亚书店带来了一件礼物。他拿出一件用薄棉纸包裹着的细瓷做的莎士比亚故居，这是他从童年时起就珍藏的东西。而且，这还不是全部，他还带来一个盒子，盒子上的标签是著名的玩具兵的生产厂家来福尔（Lefèvre），盒子里装的是乔治·华盛顿和他的将士们，他们骑在不同颜色的奔马上，还有一群西点军校的学生。拉尔博向我解释说，我们的这队人马，就是用来守卫莎士比亚故居的。

拉尔博曾经亲自监督这些玩具兵的制造，而且，为了确保玩具兵的每一个细节的准确性，他还曾到国家图书馆中去查阅有关资料，甚至连每一个扣子都不马虎。这些扣子都是他亲手上的色，他说他无法信任其他人能处理好这些扣子。

我一直把这队人马珍藏在书店大门边的一个小柜子里，柜子上有个玻璃窗，里面用暗藏的弹簧拴住，为的是不让孩子和顾客带进书店里的动物损坏这队人马，因为这些玩具兵太吸引人了。

拉尔博酷爱和平，奇怪的是，他竟拥有如此庞大的玩具兵大部队，而且，这支队伍还在不断壮大，他也曾痛苦地抱怨，说这些玩具兵几乎要把他从自己的房间里挤出去了，但是，他却根本没有采取任何措施控制他们继续扩大。他的好友皮埃尔·德·拉奴

（Pierre de Lanux）是他收藏玩具兵的竞争对手，他们总是在寻找那些不多见的珍品，为了能把他们缺少的那件藏品弄到手，他们可以追到天涯海角。他们互相交换藏品，也和其他收藏家们交换，他们组织活动，或是邀请挚友前去"阅兵"。阿德里安娜和我曾经有幸参加过一次这样的活动，当我们看到他的公寓时，我们才明白为什么拉尔博会心神不安。他的小小的公寓早就被军队给占领了，到处都挤满了兵士们。但拉尔博向我们保证说，大部队还都藏在他床底下的那些盒子里。

从这些玩具兵身上，我们也能看到拉尔博的另外一个兴趣爱好，那就是颜色。玩具兵们有蓝色、黄色和白色，他的袖扣和领带也都是这三种颜色。每次他到乡下的别墅中去小住时，他也总是要在房顶上挂上他的三色旗。但是他不常到乡下去，因为他更喜欢住在巴黎，或是出去旅行。拉尔博和巴那布斯一样，都是伟大的旅行家，也是了不起的语言学家。他的英文非常好，他可以和专门研究莎士比亚的学者们在《泰晤士报文学增刊》上讨论"小丑"一词在莎士比亚作品中的应用。

拉尔博的性格充满了魅力，他大大的眼睛非常漂亮，眼中总透露出最善良的表情。他的身材比较壮硕，头部离肩膀很近。他的双手是长得最漂亮的，让他引以为荣。他觉得自豪的还有他的脚，但是他总是穿小一号的鞋子，把双脚很不舒服地硬挤进去。他的另一个魅力之处是当他大笑时，他的全身会无声地抖动，脸上泛着红晕。而每次当他要引用一句所喜欢的诗句时，脸色则会变白。

在阿德里安娜的散文集《阿德里安娜·莫尼耶文集》中[1]，人们能读到关于拉尔博的最好的描述。

---

1. 此书出版于1953年。

拉尔博每次到我书店来时，总是要问我他应该阅读哪些英文书。有一次，他来时，我问他有没有读过爱尔兰作家乔伊斯的作品。他说他没读过，我就给了他一本《一个青年艺术家的肖像》。不久，他回来还书，告诉我他对这本书非常感兴趣，还说他很想与作者会面。

一九二〇年的圣诞夜，我安排了这两位作家在莎士比亚书店中见面，他们马上就成了好朋友。也许我比其他人都更清楚，对于乔伊斯来说，瓦莱里·拉尔博的友谊有多么重要。拉尔博对乔伊斯所表现出的那种慷慨和无私，这在同行作家中实在是非常少见的。

当时，拉尔博还没有读过《尤利西斯》。后来我听说他因流感而卧床不起，就觉得那是把布卢姆先生介绍给他的好机会。我就把所有刊载过《尤利西斯》的《小评论》扎成一捆，和一束鲜花一起给病人送去。

第二天，我就收到拉尔博的来信，信中说他"太喜欢《尤利西斯》"了，而且，"自从我十八岁时"读过惠特曼之后，还没有什么其他书让他这么充满激情。"这本书太棒了！简直和拉伯雷一样伟大！"

拉尔博把他对《尤利西斯》的赞扬付诸实际行动之中，他订出计划，要推广乔伊斯的作品。等到他病好之后，他就来到书友之屋，和阿德里安娜一起策划。他写信告诉我说他要在一本评论杂志中翻译并发表《尤利西斯》中的一些段落，他宣布说他要为《新法兰西评论》写一篇介绍乔伊斯的文章。他也接受了阿德里安娜的建议，首先在她的书店中做了一次主题演讲，为了更有效果，演讲时他会朗读一些他所翻译的段落，后来，他们觉得也应该配一些英文原文的朗读。阿德里安娜和拉尔博也一致认为，为了让乔伊斯能有些收益，这种阅读乔伊斯的"聚会"应该是收费的。

他们请乔伊斯选择《尤利西斯》英文朗读的内容,他选择了"海妖"中的段落。我们找到了才华出众的年轻演员吉米·赖特(Jimmy Light),他是当时在蒙帕纳斯区活动的《小评论》的追随者之一。他同意来朗读,但条件是他必须得到乔伊斯的指导,所以,我的书店后面的房间里就能听到他们俩的声音,不停地重复着:"秃头的派特是一个耳聋的服务生……"

同时,《尤利西斯》的排版也已经开始。所有与这部伟大作品有关联的人都会发现这事会占据他们生活的全部,印刷商们很快就发现他们也不例外,但他们并没有因此而退缩,相反,他们更加投入其中。我对他们说,乔伊斯爱改多少稿,就让他改多少稿,所以,他们就按照我的指令为乔伊斯提供他所需要的校对稿,而乔伊斯真可谓是"贪得无厌",每一份校对稿上都写满了他新增加的内容,热爱乔伊斯的读者们可以在耶鲁大学图书馆中看到这样一套修改过的校对稿,它是我的朋友玛丽安·威拉德·约翰逊(Marian Willard Johnson)的藏品。这套校对稿的空白处,写满了词语和字句,还有无数的乔伊斯专用的箭头和星号,指导印刷工们哪句应该加在哪儿。乔伊斯告诉我,三分之一的《尤利西斯》其实是在这些校对稿上写成的。

直到最后一刻,第戎那些备受煎熬的印刷工们拿回来的校对稿上,还有乔伊斯新添加的内容,有的是整个段落,有的甚至是整页需要换地方。

达戎提耶先生提醒我说,这些校对稿会增加许多新的花费,他建议我打电话给乔伊斯,告诉他这么修改可能会完全超出我的预算,也许这样能约束他对校对稿的嗜好,但我坚决不愿这么做。《尤利西斯》的方方面面都必须符合乔伊斯的意愿。

我不会建议"真正的"出版商按照我的方法来行事，我也不会建议作家们去步乔伊斯的后尘。我的这种出版方式，只能是个死胡同。但这个案例很特殊，因为我要出版的是最伟大的一部作品，我所做的努力和牺牲都应该能配得上这部作品，对我来说，这是很自然的。

剧院街十二号

在这期间，莎士比亚书店也搬到了附近的剧院街上，这个新的店址，就像我原先的那个店址一样，也是阿德里安娜发现的。她注意到剧院街十二号那个古玩商店的业主正要找人续租她的商铺，所以，就急匆匆跑来告诉我，我连忙赶到十二号。能在剧院街上租到一个地方，那真是太幸运了，而且，这个店址正巧在阿德里安娜的书店对面，这真是我想也不敢想的事。这个新店比我原来的书店还要大，而且，楼上还有两个房间。

所以，一九二一年夏天，玛西尼和我就忙着将莎士比亚书店搬到剧院街上去。我们要搬的东西包括：所有的书籍，一筐筐上面写着"急件"但还没回复的信件，《尤利西斯》以及其他与乔伊斯有关的事务，我当时负责发行的各种出版物，小型的评论杂志，曼·雷（May Ray）[1]所拍摄的我们同代人的照片，惠特曼的手稿，还有布莱克的素描，等等。

当我们在新书店里整理东西时，我发现阿格尼丝姨妈的惠特曼手稿不见了，这让我一下子特别沮丧。在我几乎放弃了所有希望时，搬家时也在场的姐姐霍莉问我是否找遍了所有地方。姐妹

---

1. 曼·雷（1890—1976），美国艺术家，常年在巴黎活动，参与达达主义和超现实主义的活动。

们有时可真让人烦，我当然找过了所有的地方。但是霍莉说："用我的办法，你总是能找到东西。""你的什么办法？"虽然我并不真感兴趣，但我还是问她。霍莉说："我的办法嘛，就是你要仔细检查每一个地方的每一样东西，你要找的东西肯定会出来。""真的吗？"我说，但我不再理会她。我注意到她用她的办法这里看看那里瞅瞅，我想那真是浪费时间。但是她居然拿着一堆纸来问我："是这些么？"果真就是。我欣喜若狂，如果惠特曼真的弃我们而去，对于剧院街十二号的书店来说，那将是个多么糟糕的开始。

所以，莎士比亚书店于一九二一年搬到剧院街，而且，很快就把那条街给美国化了。虽然阿德里安娜是非常非常典型的法国人，但是我们还是尽了最大努力要同化她。

在萨特和波伏娃之前，圣日尔曼德普雷区的咖啡馆就有许多说话不多的文人出没，例如，你能看见埃兹拉·庞德在双偶咖啡馆里，而莱昂-保尔·法尔格则在对面街上的利波咖啡馆（Lipp's）中。剧院街离圣日尔曼大街只有几步之遥，除了我们两家书店整天热热闹闹之外，整条街则安静得如同一个乡下小镇。剧院街的另一头是奥迪恩剧院（Odéon Theatre），所以，在那些看戏的人前往剧院或是戏散场的时候，街上才会人来人往。剧院里的那些演出，如同这条街一样，也丝毫没有大都市的味道。当然，偶尔会有一些著名的制作人来接管剧院一段时间，我记得安托万（Antoine）[1]曾经在剧院里上演过《李尔王》。科波（Copeau）[2]也曾掌管过剧院一段时间，但是他的布景如此简单，所以，莱昂-保

---

1. 安德烈·安托万（Andre Antoine），法国演员兼戏剧制作人。
2. 雅克·科波（Jacques Copeau），法国导演、演员兼剧作家。

尔·法尔格称之为"卡尔文教派的闹剧"[1]。奥迪恩剧院让阿德里安娜实现了一个梦想，这就是要住在"另一头是一栋公共建筑的街上"。

在我打算出版《尤利西斯》之后不久，手稿的收藏家约翰·奎恩就前来审查莎士比亚书店的情况。他是个长相英俊的男人，很让人感兴趣。我也很欣赏他的品位，他收藏的手稿包括叶芝、康拉德和乔伊斯，他还收藏了温德姆·刘易斯的素描，以及许多印象主义画派的精品。以后，这个画派的作品在巴黎能卖很高的价钱。但我发现他脾气暴躁，很容易发火。他第一次来我的书店时，那时书店还在杜普伊特伦街的旧址上，我要说，书店没给他留下什么好印象。店里几乎没有办公的家具和设施，再加上我是个女的，这让他疑心重重。我能看出来，在出版《尤利西斯》这件事上，他会紧紧地盯着我，而且，他让我觉得这一切都得怪我自己，因为我是如他所称呼的"又是一个女人"。

乔伊斯和我都非常喜欢我们在杜普伊特伦街上的小店，搬走之后，我们一直很怀念那个老地方。约翰·奎恩第二次造访时，我们已经搬到新店中，那个地区更大，街道也更宽，这是他最后一次来我的书店。店内宽敞多了，这样奎恩在对我说教时能够来回走动。他对我大说特说我应有的责任，更要向我抱怨庞德诱惑他收购的那些艺术品，特别是"温德姆·刘易斯的那些玩意儿"，还有"叶芝的那些垃圾，连捡破烂的都不会多看一眼"。他还说他很高兴《尤利西斯》"不会在那小棚屋里出版"，他指的当然是我们原来在杜普伊特伦街上的书店。

可怜的奎恩！他这么直率，心肠又好！我很高兴能够与他有这样短暂的交往，我很有耐心地倾听着他的所有抱怨，后来我才

---

1. 卡尔文教派讲究节俭的生活。

知道，其实他那个时候已经病得很重了。

希腊蓝和西茜女妖

又是几个月过去了，远方的预订者开始有些失去耐心，"一九二一年秋"来了又走了，连他们的圣诞节的长袜中都没能出现《尤利西斯》。莎士比亚书店大有被人指控为欺骗公众的危险。预订者们无法把他们的书钱要回去，因为他们根本还没付过钱呢，但是我还是收到不少措辞强硬的信件。我记得有一封是T.E.劳伦斯写来的，态度坚决地向我索要他那本《尤利西斯》。很可惜我没有时间写信向他解释：虽然我不在沙漠中作战，但是我也有场战役要打。

而身在巴黎的预订者们，因为每天报纸上都有消息，所以他们知道我们的进展。我在报界的朋友们简直把《尤利西斯》的出版看成国际大事，几乎可以和一场体育赛事相比。后来，英国的一家花边小报《体育时报》还真登过一篇关于《尤利西斯》的文章，不过，那是《尤利西斯》出版之后的事了。

我所遇到的问题之一是《尤利西斯》的封面装帧用纸。乔伊斯自然而然地想到封面要用希腊蓝，这就给我们带来了非常大的麻烦。谁能想得到希腊国旗上的那种漂亮的蓝颜色竟是如此难找？达戎提耶一次又一次到巴黎来，我们把他带来的新的蓝纸样品和希腊国旗上的蓝色进行对比，但每次都是失望。为了表示对奥德修斯的敬意，莎士比亚书店外一直飘着面希腊国旗。天哪，单单抬头看到那面国旗就让我头痛！

达戎提耶上下求索，最后在德国，他找到了准确的蓝色，但是这次纸张又不对。最后，他只得把这种蓝色用石版印刷的方式印在白的纸版上，所以，封面是蓝色的，封页里面则是白色的。

达戎提耶在第戎的印刷厂外爬满了藤蔓，古老而迷人，现在，印刷厂内整夜灯火通明，工作的进展也在加快。第戎位于法国的金丘省，那里的著名物产要算它的美酒、艺术珍品、美食、浸泡在烈酒中的裹了糖的黑莓，当然，还有那里的特产第戎芥末酱，现在，还要加上一本"火辣辣"的新书《尤利西斯》。以前，达戎提耶先生总是要花很多时间烹饪某一特殊佳肴，或是去品尝与佳肴相配的美酒，现在，他不再有时间和那位与他住在一起的年轻印刷工在餐桌旁边逗留，他也没有时间去欣赏自己的古老的陶器收藏和他的价值连城的图书馆。《尤利西斯》占用了他所有的时间。

很快，达戎提耶先生就告诉我印刷的进度已经赶上了乔伊斯向他们提供手稿的速度，西茜（Circe）那一章[1]开始拖累印刷的进程，西茜不肯再往前走了。

已经有一段时间，乔伊斯试图把这一章制成打字稿，但是一切努力都是徒劳。已经有九位打字员尝试过这一重任，但都没成功。乔伊斯告诉我，第八位打字员曾威胁他说这文稿简直要让她跳楼自杀；至于第九位，她按过他的门铃，等他开门后，她就把已经打过字的手稿扔在地上，然后顺着大街飞跑而去，再也不见她的踪影。"如果她给我留下姓名和地址，至少我可以把她工作的费用支付给她。"乔伊斯说，她是一个朋友介绍来的，乔伊斯根本就不知道她叫什么。

在那之后，他就放弃了要把西茜制成打字稿的企图。大声叹着气，他把这份"东西"拿来，交到我的手上。我告诉他不用担心，我会负责寻找愿意打字的志愿者。

第一个为了西茜而志愿做出贡献的是我的妹妹西普里安。她

---

1. 即《尤利西斯》成书后的第十五章。

那时每天都要到拍摄现场去，但她习惯于每天早上四点起床，所以，她愿意把早上的时间花在西茜上。

西普里安是《尤利西斯》的崇拜者，而且也最善于阅读难以辨认的字迹，因为她自己写的字就很难让人看懂。她一个字一个字地解读乔伊斯的手书，进度虽然很慢，但总算有些进展。但是，她正在拍摄的电影突然需要她搬到新的场景所在地去，所以，我只得设法再找其他的志愿者。

我的朋友雷蒙德·莱诺索（Raymonde Linossier）[1]很快代替西普里安成了新的志愿者，一听说我的困境，她就来告诉我她可以将西茜打字成稿，反正她要彻夜照顾生病的父亲，打字可以让时间过得更快一些。

她开始了这项工作，虽然英文不是她的母语，但她的进展还真不错。可惜的是，她也有事不能继续下去，但她立即给我找到了可以接替她的人。这第三号志愿者，是雷蒙德的一位英国朋友，好心的她愿意接手这活。雷蒙德告诉我，这位朋友的先生，在英国大使馆里工作。

我还没来得及高兴呢，雷蒙德就惊慌失措地到书店来，告诉我发生了一场大祸。原来，她的朋友正在打字时，她的丈夫碰巧过来拿起了手稿，看过一眼之后，他就把手稿扔进了火里。

我把这个坏消息告诉了乔伊斯，他说现在唯一的办法，是向纽约的约翰·奎恩借他收藏的那份手稿中的这几页，当然要等手稿到达那里后才能借来，因为现在，手稿还在漂洋过海去纽约的船上。

我给奎恩发了电报，又给他打了电话，但是他断然拒绝把手稿借给我，乔伊斯亲自发了电报并且写了信给他，也被他给回绝

---

1. 雷蒙德·莱诺索（1897—1930），当时在法律学院就读，音乐家普莱青梅竹马的好友。

了。我就请我当时住在普林斯顿的母亲去和奎恩交涉，母亲给他打了电话，但是他在电话上大发脾气，所用的语言完全不适合像我母亲这样的淑女。很明显，对于这份手稿，奎恩肯定是要紧紧抓住不放手的。

于是，我又问他是否可以让人复印手稿中我所需要的那几页，他也同样不允许。最后，他还是做了妥协，同意将手稿拍成照片。过了一段时间，我收到了复制的手稿，而且，因为这几页是乔伊斯"最清晰的誊清稿"，而不是我们竭力应付的不可辨认的第一稿，我们很快就将它复制成了打字稿，快速送到达戎提耶那里。

乔伊斯的笔迹原来还不难辨认，但是，因为他的文稿中有很多省略号，再加上其他难以辨认的符号，他的手稿就如同古爱尔兰的欧甘文字一样难以读懂。而且，在写作西茜这一章时，他的眼疾也越来越严重，这一章中某些部分的笔迹简直无法破解。

如同乔伊斯其他所有文稿一样，《尤利西斯》也完全由他手写而成。他用的是一种钝头黑铅笔，都是在巴黎的史密斯商店中购买的，他用不同颜色的铅笔来标明他同时写作的不同部分。对于钢笔，他一窍不通。钢笔让他迷惑不解。有一次，我看到他试图往一支钢笔里加墨水，结果把自己弄得一身黑。好多年后，他想到要用打字机，所以，他请我为他找到了一台雷明顿牌的无声打字机，但是，他很快就用这台打字机换取了阿德里安娜的有噪音的打字机，不过，据我所知，两台打字机他都没有用过。

第八章

乔伊斯的眼睛

既然西茜的麻烦已经解决,我希望从此一切都能一帆风顺,至少,比以前稍微顺利些,但是,情形正相反,一个比我们过去所有的麻烦都要更巨大的灾难正等着我们:乔伊斯用眼过度,现在患上了严重的虹膜炎。

有一天,他的孩子们跑来找我,说"爸宝"需要立即见我(他们一直这样称呼他们的父亲)。我急忙赶到他们当时的住处,学院街上的一家小旅馆。我看见乔伊斯病倒在床上,情形非常痛苦,他的太太在照顾他,她的身边放着一桶冰冷的水,她不停地替换着敷在他眼睛上的纱布,她已经这样做了好几个小时,看上去她早就累坏了。她说:"痛得实在不能忍受时,他就会站起来走来走去。"

我立刻就看了出来,虽然他的眼睛疼得要命,但是,他另有一桩让他更恼火的心事。他告诉我为什么他那么恼怒,原来,一个朋友刚刚带了位著名的眼科医生来看他,医生说他的眼睛必须立刻做手术,而且,医生已经派了一辆救护车来,要马上带他去医院。所以,他那么急着把我找来。他已经下定决心,不愿再像上次在苏黎世时那样,那一刀就是在他眼疾炎症最厉害的时候开的。他绝对不允许再发生同样的错误。他曾经听我提到过我的眼科医生,他请我把他找来,在另一位医生把他弄到诊所去之前,请他到旅馆来为他诊病。

我连忙赶到和平街,我的眼科医生的诊所,就夹在那一排裁缝店当中。就这样,我冲进路易斯·博什医生(Dr Louis Borsch)的诊所里,他也是位美国人,以前他在塞纳河左岸开设过一个专门为学生和工人服务的诊所,那时,他为我看过病。现在,他非常耐心地听我讲述乔伊斯可怜的境遇,虽然我恳求他马上到乔伊斯的住处去看看他的眼睛,但是他说他很抱歉,因为乔伊斯已经是别的医生的病人,他无法前往他的病床边为他看病。看到我那么绝望,他说他可以为乔伊斯看诊,但是乔伊斯必须到他的诊所来。我告诉他乔伊斯病得根本起不了床,但是博什医生对我说:"你要尽快把他弄到我这里来。"

所以,我又急急忙忙赶回到旅馆,乔伊斯说:"那我们赶快去。"所以,诺拉和我就把这个可怜的人从床上弄起来,弄到楼下,弄到一辆出租车上。我们总算把他带到了城市另一头的诊所里,到了那里,他已经痛得几乎不省人事,整个人瘫坐在一把扶手椅上。

咳,候诊室里的那番等待!俯视着我们的是那些摆放在一架大钢琴上的许多镶着银框的王冠状的牌子,上面刻满了感激的话语。

最后,总算轮到乔伊斯了,在护士的帮助下,他走进医生的房间。

他早知道自己得的是青光眼,所以,医生的诊断并没有出乎他的意料。他只想知道博什医生觉得什么时候开刀最合适。医生说,他的眼睛肯定需要做手术,虽然延迟手术可能会让他的视力受损，但最好的选择还是等虹膜炎的炎症消下去后再开刀。他又说，其他的专家可能会有不同意见。在炎症如此厉害的时候开刀，如果手术成功的话，那么他的视力会完全恢复，但如果手术不成功，那么他就可能完全丧失视力。博什医生说，他是不愿意去冒这个险的。

医生的这番话正是乔伊斯想听的，他一下子轻松了许多，并且立刻决定换医生，把自己交给博什医生负责。等到他的虹膜炎好些后，他就会做手术。

博什医生师从一位著名的维也纳专家，他自己也颇有声誉。许多年来，他专心致志地照顾乔伊斯的健康，而且，他的费用一直非常低。有一次，乔伊斯给我看了博什医生的账单，上面的数目是那么小，简直让乔伊斯觉得医生小看他了。博什医生竭尽全力对付乔伊斯可怕的眼疾及其并发症，想方设法不让它再严重下去。但是，乔伊斯还是渐渐失去了视力，有些人因此而怪罪博什医生，其实那是不公平的。

最后，为了保住仅剩下的那一点点视力，乔伊斯又回到了苏黎世，去阿尔弗雷德·冯特医生那里就诊，冯特医生是欧洲最有权威的三位眼科医生之一。乔伊斯已经知道关于冯特医生的许多信息，他还告诉我冯特医生发明的一种仪器。这些仪器都是在柏林生产的，因为每一台仪器都是为了某个手术特地定做的，而且绝对不会使用第二次，所以，每次都只生产一台，价格是一百美元，而且，如果冯特医生发现上面有一点点缺陷，他就会弃之不用。

乔伊斯也向我叙述了冯特医生对每个病例的具体处理办法，他首先绘制一张要做手术的眼睛的"地图"，然后认真研究，直到他把这个眼睛的"地理情况"烂熟于心。乔伊斯的问题是他的眼睛上面遮着一层不透明的膜，手术时要将仪器插入进去，打开这层膜，这样，他就能看见了。

等他在苏黎世做过手术之后，乔伊斯来看我，我注意到他已经能够分辨物体的外形，走来走去时也不会碰到东西，而且，在一副眼镜和两副放大镜的帮助下，他也能阅读大字的读物。哎呀，当然也还要靠伊厄威克先生[1]！乔伊斯向来对于声音极度敏感，所以，从那以后，他基本上都要靠着他的耳朵了。

在拉尔博家

在乔伊斯等待眼睛的虹膜炎好转可以开刀的过程中，拉尔博正巧要离开巴黎一个月，他感到对一个病人来说，旅馆实在不是一个舒服的住所，所以，他就请乔伊斯一家搬到他的公寓中去住。拉尔博这个想法充满了关爱，特别是他当时的单身汉生活非常挑剔非常讲究，所以，熟悉他的人都对他的邀请感到惊讶。（他后来才结婚。）

他住在古老的勒慕尼主教街七十一号，那条街在先贤祠的后面，经过蒙塔涅·圣·吉纳维芙通向塞纳河。穿过一个大门之后，是长长的过道，然后就到了一个绿树掩映的英国式的广场，拉尔博的公寓就在绿树后面的一栋房子里。这里非常幽静，每当拉尔博要独处一段时间或要写作时，他都会住到这里来。他会警告所有的朋友们说他在那里闭关修炼，除了他的女佣之外，谁都不让进去。

所以现在，乔伊斯一家就住到了拉尔博的公寓里，这里的每个房间都不大，但很整齐，地板是打过蜡的，摆着古董的家具，

---

1. 伊厄威克先生（Mr Earwicker），乔伊斯的著作《芬尼根守灵夜》的主角，作者在这里使用，是因为这个名字是耳朵的英文字的谐音。

还有玩具兵，以及装帧华美价值不菲的书籍。

在拉尔博的床上，躺着乔伊斯，他的眼睛上缠着绷带，嘴角上挂着笑容，他听着隔壁房间中他女儿和女佣的对话，家里所有的交流都是通过露西亚来进行的，因为她的法语最流利，而且，如同所有和乔伊斯打过交道的人一样，这个女佣也对他充满了兴趣。

"她总是把我称为'他'，"乔伊斯告诉我，"'他现在怎么样？他在做什么？他说什么？他要起床吗？他肚子饿了吗？他难受吗？'"讲话的声音虽然都很轻，但是对于乔伊斯这个听觉灵敏的人来说，还是能听得一清二楚。

有时候你会发现鲍勃·麦卡蒙坐在乔伊斯的床边，告诉他"那一群人"最近正在八卦的事情，他的美国口音和慢吞吞的鼻音，说起这些来就格外能逗乔伊斯开心。那段时间，麦卡蒙常去看望乔伊斯一家。阿德里安娜的妹夫，保尔-埃米尔·贝卡（Paul-Emile Becat）[1]，曾经画过一张乔伊斯和麦卡蒙在一起的速写。

海绵上的大蒜

乔伊斯做手术的那个小诊所位于塞纳河左岸，那是一栋两层的小楼，在两条街交界的角落。据乔伊斯观察，那两条街的名称还挺合适，意译过来，就是"寻南街"（你会这么翻译吗？），还有"注视街"。[2]

---

1. 保尔-埃米尔·贝卡（1885—1960），法国艺术家，阿德里安娜的妹夫，曾经画过许多和剧院街有关的作家的画像，例如1921年画了乔伊斯和麦卡蒙，1922年画了拉尔博和罗曼，1923年画了毕奇，等等。但是他最有名的还是他的情色画，他以为色情作品画插图为生。
2. "寻南街"（rue du Cherche-Midi）和"注视街"（rue de Regard），因为寻找或注视，都需要用眼睛，所以，乔伊斯要说对于一个眼疾病人来说，这街名很合适。根据台湾陈荣彬先生的注释，关于"寻南街"的街名，另有一个说法，以前此街上有一个

楼下候诊室的门是临街而开的，那里，病人们坐在木头的长板凳上，等候医生在早上出诊之后，在回家时顺路经过这里，他们往往要等很长时间。可怜的博什医生，他的工作量实在太大了，我常想他肯定连吃饭的时间都没有。如果他能抽出时间吃顿饭的话，那肯定是顿大餐，因为他胖得就像是圣诞老人。在候诊室的后面是个办公室，可能也就像个衣柜那么大，仅仅能挤得下医生和他的同样大块头的护士，还有一个身材一般的病人。

楼上是两间住院病人的房间，乔伊斯就住在其中的一间里。而且，因为他的身边不能没有诺拉，所以，另一间就由她住着。她抱怨这里没有现代化的设施，她的抱怨不是没有道理，因为这个地方确实挺古怪，但是，乔伊斯却正相反，他觉得这一切都很有趣。他喜欢博什医生，还会对我模仿他慢吞吞的"美国佬的腔调"，还有医生弯腰替他检查时的那番嘟囔："你眼里的这病真是太糟糕了。"乔伊斯也喜欢他的护士，那个大块头的女士，她负责管理整个诊所和病人，给他们烧饭，给医生打下手。他告诉我："她在窗台上用海绵种大蒜，给我们烧菜时调味用。"有时，对待其他病人她脾气有些暴躁，但是对于"乔瓦斯"先生，她从来不会发脾气。他是她的"病人宝宝"，这也难怪，我敢肯定他是她所遇到的最不抱怨，最能为别人着想的病人。

对乔伊斯这样敏感的人来说，眼睛的手术肯定是非常痛苦的一种经历。在手术时，他的头脑是清醒的，他能看到手术的全过程，他告诉我，那个逼近在他眼前的手术器具，看上去就像是一把大斧子。

在手术后的恢复期中，乔伊斯的眼睛上一直缠着绷带，躺在

日晷，巴黎人要确定是否到了中午（midi），就来看这个日晷，所以，还有一种译法是"寻午街"。

床上。一个小时接着一个小时,他可从来没有失去过耐心。他当然没有时间感到无聊,因为他的头脑中充满了各种各样的想法。

确实如此,一个像乔伊斯那样充满着无穷创造力的人,怎么会觉得无聊?而且,他还有办法进行记忆力训练,从他很年轻时起,他的记忆力训练就没有中断过,这也是为什么他有着如此惊人的记忆力,让他能够记住他所听到的一切。他说,什么都逃不脱他的脑海。

有一天他问我:"你能把《湖上夫人》(Lady of the Lake)[1]给我带来吗?"下一次我去看他时,我给他带去了《湖上夫人》。他说:"把书打开,读一句给我听。"我就打开了书,随便挑了一页,读了一句给他听。读了第一句后,我停下来,他接着背诵了下面整整两页,一个错误都没有。我敢肯定,他烂熟于心的,不仅仅是《湖上夫人》,还有整整一个图书馆的散文和诗歌。他可能在二十岁之前就阅读了这些书,所以,他可以不用打开书本,就能立刻找到自己需要的句子。

我常常去诊所看他,我将他的信件给他带去,我读书给他听,我也带去了《尤利西斯》的校对稿。他的许多信件,我可以代他回复,其实,已经有很长时间他的信都是我代他回复的。但是校对稿必须得等待他病好,只有他才能处理此事,因为他总是要增加一些新的内容。我告诉他印刷厂的消息,我给他带来朋友们的问候,还有莎士比亚书店里正在发生的一切,这些事,他都是很喜欢听的。

有一天,我去诊所时,正巧他们在用医生处方开的水蛭为他吸血。要让这些水蛭吸附在眼睛周围还真不容易,但一旦吸附上了,就可以把淤血给吸出来,促进血液的流通。那个大块头护士

---

[1] 英国诗人、小说家瓦尔特·司各特(Sir Walter Scott)的叙事长诗,发表于1810年。

出去了，替代她的是位年轻的护士，她和乔伊斯太太想方设法不让这些扭来扭去的小东西掉到地上，而是要它们敷在病人的眼睛上。乔伊斯顺从地接受了这种折磨，丝毫没有抱怨。这些水蛭们让我想到普林斯顿的罗素游泳池，那里的水蛭总是会吸附在我们的腿上。

乔伊斯和乔治·摩尔

一般来说，乔伊斯不会回避别人。但是，他在手术后第一次出门来到我的书店时，告诉我他不想见任何人，我很能理解他。这时，有一个身材高大的男人在书店的橱窗外张望，他的面部很宽大，双颊泛着粉色。他踏进了书店，我就撇下乔伊斯，去和这位顾客说话。

顾客自我介绍说他是乔治·摩尔（George Moore）[1]，我们都认识一位名叫南希·丘纳德（Nancy Cunard）的朋友，南希曾经答应要带他过来，将他介绍给我，但是他等不及别人的引见，因为他第二天就要回伦敦去。我注意到他时不时地朝站在店里面的乔伊斯张望，但是我信守着我的承诺，没有介绍他们俩认识。最后，来访者还是走了，临走前还很不甘心地往乔伊斯那里看了最后一眼。

乔伊斯问道："那位是谁？"我告诉了他，他惊叹道："是他帮助我取得了国王奖金，我真想能感谢他的好意呢。"这还是我第一次听说，好几年前，他曾经得到过英王枢密院颁发的一百英镑的奖金。

回到伦敦后，乔治·摩尔写了一封很迷人的信给我，邀请我下

---

1. 乔治·摩尔（1852—1933），爱尔兰小说家、诗人、批评家和戏剧家。

一次去伦敦时,到他在爱伯瑞街(Ebury Street)的家中去吃午餐(在爱伯瑞街的住家里去吃午餐是很有名的)。他又问那天他在我书店里面看到的眼睛上戴着黑眼罩的人是不是乔伊斯,并说他非常希望能认识他。

所以,现在我才意识到我对乔伊斯信守诺言其实是个错误。他们以后确实在伦敦见了面,乔伊斯自己没有对我提起他们的第二次会面,我是从别处知道的。[1]

我也希望能再次见到摩尔,他非常友善,并没有因为书店里发生的那件事而怪罪我,正相反,他还给我寄来了他新创作的戏剧《使徒》(*The Apostle*)的校对本。我非常喜欢乔治·摩尔这个作家,至于他的为人,我也很喜欢,因为从他的好朋友南希·丘纳德那里,我已经听说了关于他的许多事。但可惜的是,在我有机会去伦敦爱伯瑞街与他共进午餐之前,他就去世了。

在阿德里安娜书店里的朗读会

乔伊斯在阿德里安娜书店的朗读会被安排在一九二一年十二月七日,在《尤利西斯》出版之前两个月。

拉尔博正在翻译《帕涅罗佩》那一章,他怕自己的翻译不能按时完成,就请阿德里安娜找人帮忙。在常到剧院街来的人中,有一个年轻的音乐家,雅克·本诺-梅钦。他和乔治·安太尔在我的书店中相遇,一见如故,成为好友。年轻的本诺-梅钦英文极好,所以,当阿德里安娜问他能否助拉尔博一臂之力时,他欣然

---

[1] 摩尔和乔伊斯应该以前就见过面,但是因为摩尔曾经参与爱尔兰国家剧院的创建,当时此事遭到乔伊斯的反对,所以,二人从未成为朋友。麦卡蒙说他们俩"都喜欢夸大其词地说别人好话,太讲究老式爱尔兰人的那种拘谨礼貌的礼节"。

答应，说他非常高兴能有机会与他一起翻译《尤利西斯》，但是他有一个条件，就是不能让他署名，因为他的父亲是一位男爵，这位老绅士是绝对不会认同《尤利西斯》这本书的。

在这个曾经产生过拉伯雷的国度里，《尤利西斯》对于二十年代的法国还是太过大胆，这真令人惊讶。随着乔伊斯朗读会的迫近，拉尔博自己也有些担忧，所以，在节目单上，加上了这样的警告："敬告读者：将要朗读的作品中有几页比一般的文字要更为大胆，可能会冒犯阁下。"朗读会那天，拉尔博来到书店，看到这里已经被听众挤得水泄不通，再多一个人都无法挤进去，他还真有些怯场。阿德里安娜给他倒了一杯白兰地，他才鼓足勇气走进去，在那张小桌子前坐下。这里的环境应该是他再熟悉不过的，因为他是阿德里安娜朗读会上最受欢迎的朗读人之一。但是，在朗读《尤利西斯》时，他还是跳过了一两个段落！

对于乔伊斯来说，这次朗读会真是一次大胜利。这个时期，也是他创作生涯最关键的时刻，他在这里得到的赞扬也就意义重大。拉尔博对他的作品大力推崇，他朗读的是他自己翻译的《尤利西斯》片段，吉米·赖特对于《塞壬》一章的成功表演，所有这些，都赢得了听众们响亮的掌声。拉尔博到处寻找乔伊斯，最后在里屋的屏风后发现了他，他把脸上泛红的作家给拉了出来，并且以法国人特有的方式吻了他的双颊，这时候，听众的掌声就更响亮了。

阿德里安娜对她这一计划的圆满成功非常满意，我当然也很高兴，更觉得法国人对爱尔兰作家乔伊斯的欢迎很让人感动。

"圣女哈里特"

在那段时间，《尤利西斯》的作者生活一直很拮据，捉襟见肘。我自己的经济状况也不宽裕，莎士比亚书店这个小本生意有好几次几乎要关门大吉，所以，一些亲友资助的支票从来就没有被拒绝过，这包括我那善良的姐姐霍莉，我亲爱的表姐玛丽·莫里斯，还有她住在宾夕法尼亚州俄弗布鲁克的孙女玛格丽特·麦科伊。巴黎的租金并不昂贵，而且店里的开销也只有我自己和玛西尼，所以，书店的日常运营费用并不让我担心。但是，那些书籍，哈！可真是太昂贵了，而且，每次到结账付款的时候，因为要付英镑或美元，莎士比亚书店仿佛马上就要触礁了，而这礁石，可不是电影明星梅·韦斯特（Mae West）所说的那种"硬物"。[1]

乔伊斯过去一直以教书来养家，现在，为了完成《尤利西斯》，他每天工作十七个小时，却没有任何收入。他们所有的积蓄，还有别人送给他们的钱，早就都用完了，作为《尤利西斯》的出版商，不能让作者走投无路，这也是我的责任。但是，我这个微不足道的书商、出版商能够给予一个四口之家的帮助，又实在很不够用。但话说回来，乔伊斯也别无他人，只能向我求助。

乔伊斯花钱一直很小心谨慎，只要看看康尼勒旅馆里他学生时代的记事本，就能证明这一点。在这个本子里，当年的医学院学生对他借来的每一笔钱，都有详细的记录，借了多少，从谁那里借。其中也记录了所借的钱已经归还，还钱的日期往往就是第二天，这意味着可能他得常常让自己饿肚子，只要看看乔伊斯巴黎时代的照片也知道了。但是过了一天，本子里又记录了他从同一位朋友那里又借了数目相同的钱。这种事，实在太让人伤感，否则，倒还是挺有趣的。

---

1. 梅·韦斯特的电影台词中常常有性暗示的双关语，"岩石"或"硬物"也就是指男性生殖器。

乔伊斯给我看了他这本记事本，脸上露着羞愧的笑容。他用的还是同样的系统，只是换了不同的朋友。一小笔一小笔的钱在莎士比亚书店的钱箱和乔伊斯的口袋之间来来去去，如今，在我的文件堆里，还能看到通知我"乔伊斯又入不敷出了"的小纸条。他每次借的钱都很少，因为债主的手头也很拮据，借钱人就得尽力限制他的要求，这真让人觉得可怜。

这样的情况持续了一段时间，反正，只要"有借有还"，还能行得通。但是，乔伊斯家需要的钱越来越多，我惊慌地注意到我们的常规改变了，只有出去的数目，没有回来的数目。事实上，他借的钱都是以《尤利西斯》首付的名义借去的。在平常的情况下，还有什么比这更自然的呢？虽然我对于《尤利西斯》这部作品无比仰慕，但是，和任何艺术品相比，我还是把人看得更重要。但是，作为一个出版商，我的任务是要将《尤利西斯》出版出来，而且，我还有一个书店要经营，我觉得，再这样下去，出版商和书商很快都会破产。

一天，正当他濒于绝望之时，乔伊斯无比兴奋地到书店来告诉我一个好消息，哈里特·韦弗小姐刚刚告诉他，她正要汇给他很大一笔钱，他还说，这笔钱足够他生活一辈子！[1]

对于这个奇迹，我们俩都非常兴奋。因为韦弗小姐的慷慨解囊，帮他解决了生活中最大的问题。我为他高兴，也为自己高兴。现在我感觉到能够继续出版《尤利西斯》了，而且莎士比亚书店也不会再受拖累，对我来说，这真是一个极大的解脱。

尤金·约拉斯的太太告诉我，露西亚把韦弗小姐称为"圣女哈

---

[1] 韦弗也不是富裕之人，但是因为她的社会主义的信仰，她相信每个人的财富应该是"各取所需"，而她自己的需求是很有限的，她情愿帮助乔伊斯在他最有创作力的年代消除经济上的后顾之忧。这里提到的款子是韦弗去世的阿姨留给她的遗产，共12 000英镑，在当时，确实是"很大一笔钱"。

里特"，她赠送给乔伊斯的钱，如果换了别人，就可以一辈子不愁吃穿了，但是，对于乔伊斯来说，还是不够。过了不久，他的经济状况又困难起来，又是韦弗小姐前来救援。但是不管怎样，我们总算可以松口气了。

第九章

最好的顾客

有一个顾客很讨大家喜欢,他从来不会给我们惹麻烦,他每天早上都到莎士比亚书店来,人们能看到他坐在角落里阅读杂志,阅读马瑞特船长(Captain Marryat)[1]的作品或其他书籍,他就是欧内斯特·海明威。我记得,他是一九二一年的年底出现在巴黎的。他自封为书店"最好的顾客",从来没人对这个封号提出过异议。我们对这个顾客当然也充满了尊敬,因为他不仅常常造访我们书店,而且,他还会花钱买书,对于一个小本生意的书店老板来说,这种顾客是最让人喜欢的了。

其实,即使他在我的小店里一分钱都不花,他也同样会得到我的钟爱。从我们第一次见面时起,我就能感觉到他最热情的友谊。[2]

---
1. 弗雷德里克·马瑞特(Frederick Marryat),英国早期的航海小说家之一。
2. 两人的友谊持续了四十余年,海明威的回忆录《流动的盛宴》在作者去世三年后(1964年)出版,其中对许多当时在巴黎活动的作家有不逊之词,但对毕奇的描述却充满了赞扬。海明威这样描写毕奇:"西尔维亚有一张生动的,如同雕塑般轮廓清晰

当时在芝加哥的舍伍德·安德森为他的"年轻的朋友欧内斯特·海明威夫妇"写了一封介绍的信函给我，这封信我到现在还保留着，信的内容是这样的：

> 为了能够让你结识我的朋友欧内斯特·海明威和他的夫人，我特写此信介绍他们，他们将要移居巴黎，我会请他一到巴黎就将此信寄给你。
>
> 海明威先生是一位美国作家，对于世间万物各类题材都有一种去把握的天生本能，我相信你会发现海明威夫妇是最会给人们带来快乐的……

但是，我与海明威夫妇已经认识了一段时间后，他们才记起来要把安德森的介绍信转交给我。有一天，海明威就这样走进了我的书店里。

我抬起头来，看到这个身材高大，皮肤黝黑，留着小胡子的年轻人，他用非常低沉的声音自我介绍道，他是欧内斯特·海明威。我邀请他坐下来，并与他交谈。我得知他原本是芝加哥人，曾经因为腿部受伤，花了两年时间在一家军队医院中养伤。我问他的腿伤是怎么回事，他面带歉意地告诉我，他是在意大利打仗时，膝盖受了伤。他说话的口吻就像一个小男孩承认自己刚刚和别人打过架。他问我是否想看看他的伤口？我说当然想看。于是，莎士比亚书店的一切生意都暂停下来，他脱了鞋子和袜子，给我看了他腿上和脚上的那些伤疤。他的膝盖受伤最厉害，脚上的伤

的脸，她褐色的眼睛如同小动物般充满活力，又如同小女孩般充满快乐。她的波浪般的褐色头发往后梳，露出她漂亮的前额，在耳朵下剪短，与她褐色的天鹅绒外套的衣领相平。她的两条腿很漂亮，她善良，愉快，非常有趣。她很喜欢开玩笑，也喜欢八卦，在我认识的所有人中，没有人比她对我更好。"

也不轻，他说那是炮弹片所致。在医院里，他们觉得他肯定不行了，甚至有人提出来是否应该为他行使最后的圣礼，但是，虚弱的他同意将圣礼改为洗礼，"有备无患，万一他们说的是对的。"[1]

就这样，海明威接受了洗礼。不管他是否受过洗，我一直都觉得他是一个非常虔诚的人，海明威听我这么说可能要射杀我，但我还是要坚持我的意见。海明威和乔伊斯是好朋友，有一天，乔伊斯对我说，他觉得大家都看错了，海明威老是把自己当成一条硬汉，而麦卡蒙则让人相信他是很敏感的那种人，其实他觉得这两人正相反。海明威，乔伊斯可一眼就把你给看穿了！

海明威也对我说过，在他高中毕业前，也就是当他还是"穿着短裤校服的男孩"时，他的父亲就在非常悲惨的境遇下突然去世，给他留下的唯一的遗产是一把手枪。他发现自己突然成了一家之主，母亲和弟弟妹妹们都要依赖于他，他必须离开学校，出去谋生，养家糊口。通过拳击比赛，他挣到第一笔钱。但是，据我所知，他并没有在这一行一直干下去。现在谈起少年时代时，他仍只有痛苦的记忆。

关于他离开学校以后的生活，他没有对我说很多，他干过许多种不同的工作，包括在报社里工作，然后，他去了加拿大，并在那里应征入伍。他那时还不到年龄，虚报了自己的岁数后才被接受。

海明威受到的教育非常广泛，他对许多国家都非常了解，而且还会好几种语言。他根本没上过大学，他的所有知识都是从实际生活中学得。我感觉，和我所认识的其他年轻作家相比，对于生活中一切事物的掌握，他都要更快，也更深入。虽然他有时还

1.海明威应该说是一位无神论者，他曾经说过，有思想的人应该是不信神的。

是像个大男孩，但是他拥有着不同寻常的智慧，而且他非常自立。在巴黎，海明威的工作是为多伦多的《星报》(*Star*)做体育记者，当然，毫无疑问，那个时候他也已经开始写小说了。

他还带着他年轻的妻子海德丽（Hadley）[1]到书店来，她容貌秀丽，性格开朗，很让人喜欢。我当然也带着他们俩一起去见了阿德里安娜·莫尼耶。海明威的法语非常好，他不仅读遍了我书店里的英文书籍，还挤出时间把所有的法语出版物也阅读了一遍。

海明威体育记者的身份让他有机会参加所有的赛事，而且，他的语言天赋也让他能够听懂各种黑话。而他开书店的朋友阿德里安娜和西尔维亚对体育这个领域则一窍不通，但是，我们很愿意得到启蒙，特别是让海明威为我们大开眼界。

我们的入门课程是拳击。有一天晚上，我们的老师海明威和海德丽来接我们，我们一起坐着地铁前往位于山丘上的莫尼蒙当地区，那里住满了工人、运动员，也住着不少流氓恶棍。在贝勒波地铁站，我们爬上了陡峭的阶梯，海德丽那时正身怀六甲，肚子里的宝宝是邦比［约翰·海德丽·海明威（John Hadley Hemingway）］，她有些气喘吁吁，在她丈夫的帮助下往上爬。海明威把我们带到拳击场，这个拳击场很小，要经过一个后院才能到达，我们在没有靠背的窄窄的长条凳上找到了座位。

拳击比赛和我们的课程一起开始了，在最初的几场辅赛里，这些小伙子们的拳头满场飞舞，他们鲜血直流，我们真害怕他们会因流血过多而死去。海明威向我们保证说，那些血都只是重击之下流出的鼻血而已。我们学到了一点拳击比赛的初步规则。赛场中还有一些走出走进身影模糊的人，他们偶尔才会朝拳击手看

---

1. 海明威一共结过四次婚，海德丽是他的第一任妻子，两人1922年结婚，1927年离婚。

上一眼，他们花更多的时间互相交谈讨论着什么，海明威告诉我们说，他们都是拳击手的经纪人，到赛场上来看有没有可以提拔的新秀们。

等到主赛开始时，我们的教授就太忙于自己看比赛，根本无暇再给我们任何提示，所以，他的学生们也就得全靠自己了。

最后的一场拳击赛引发了一场"加时赛"，连观众都加入了战局，起因是大家不同意裁判的决定，人们纷纷站在了长条凳上，然后跳击到别人身上，那情景简直像一部真正的西部片。在这场挥拳猛击，举腿狠踢，大声喊叫，推推搡搡的混战中，我真害怕我们也被卷进去，更害怕海德丽受到伤害。我听到有人大叫："警察！警察！"虽然在娱乐场所维持秩序是警察们义不容辞的责任，无论这个场所是法国国家剧院还是莫尼蒙当区的拳击场，但是喊叫的人显然不是警察自己。在这喧闹声中，我们能听到海明威的高声叫喊，显然道出不同的意见："叫警察，还不如上厕所找更容易！"

在海明威的影响和指导下，阿德里安娜和我的下一个运动课程是自行车。我们自己不用亲自去骑自行车，我们是在教授的带领下，去观看"六日赛程"，也就是在"冬季室内赛车场"中举行的自行车比赛，看那些自行车如同旋转的木马般在赛场中转着圈。这个比赛为期是六天，是这个季节里巴黎最流行的活动。在比赛过程中，车迷们不仅去看比赛，有的还搬过去住在赛场中。那些如同猿猴般的车手们，躬身骑在自行车上，或是在赛车道上缓慢行驶，或是突然冲刺，夜以继日，赛场上满是烟尘，也有不少剧院名角，大喇叭的声音响彻上空，大家往往都是越看越没精神。我们尽了最大努力想要听清楚教授的教诲，但是在这一片嘈杂中，很难听清楚他在说什么。虽然我们觉得这项运动让人着迷，但阿德里安娜和我只能去一个晚上。但是话说回来，能有海明威陪伴，又有哪个活动不让人着迷呢？

　　还真有一个更令人兴奋的活动在等待着我们。我早就感觉到海明威正在用功写作一些故事，有一天，他告诉我他已经完成了一篇小说，并问我和阿德里安娜是否愿意去听听。我们带着热切的心情参加了这个活动，对我们来说，这类活动是我们最关心的，我们俩就像拳击场里那些面目模糊进进出出的人一样，也在等着挖掘新的才华。也许我们对拳击一窍不通，写作可是完全不同的另一回事。这是海明威的第一个回合呀，你能想象我们有多兴奋！

　　海明威为我们朗读了《我们的时代》(*In Our Time*) 中的一个故事，我们赞叹不已：他的写作非常有独创性，充满个人风格，技法高超，文字简洁，他很会讲故事，充满了戏剧性，还有他的创造力，这个清单我真可以一直列下去。还是阿德里安娜对他的概括言简意赅："海明威具有一位真正的作家的气质。"

　　当然，今天海明威是公认的现代小说之父。无论你在哪里打开一部长篇或短篇小说，无论是法国、英国、德国、意大利或世界上的任何地方，你都无法忽视海明威的影响，他的作品出现在学校课本中，对于学生们来说，他的故事比课本里的其他内容要有趣得多，这些孩子们可真幸运！

　　哪个作家影响了哪个作家，对于这类问题，我向来都不在乎。而且，成年的作家们也不会夜不能寐，辗转思索他究竟受过谁的影响。但是，我觉得，海明威的读者们还是应该知道是谁教会了他写作：那就是海明威自己。而且，像任何一个货真价实的作家一样，海明威知道，要想写得好，就得花工夫。

　　阿德里安娜是海明威的第一个法国粉丝，也是她第一个把他的短篇小说用法文出版：她在她的《银船》(*Le Navire d'Argent*) 杂志上，刊载了他的故事《不败者》(*The Undefeated*)，在读者中引起许多关注。

海明威的读者们往往会对他一读钟情,我还记得,出版商乔纳森·开普先生在阅读了第一本海明威之后表现出来的激情。开普先生是劳伦斯上校和乔伊斯在英国的出版商,有一次他到巴黎来时,问我哪一位美国作家的作品值得他出版,我告诉他:"来,读一读海明威吧!"就这样,开普先生成了海明威在英国的出版商。

无论做什么,海明威都是又认真又好胜,即使在照顾一个婴儿时,他也是这样。在去了加拿大一段时间后,海德丽和海明威为我带来了我的另一位"最佳顾客",他就是约翰·海德丽·海明威。有一天早上,我路过他家,看到他正在给小宝宝邦比洗澡,他的手法如此熟练,真让我惊讶。当上了爸爸的海明威非常自豪,他还问我是否认为他以后有当保姆的前途。

邦比还不会走路呢,就会常跟着爸爸来莎士比亚书店。海明威到书店来阅读最新杂志的习惯并没有中断,他总是小心地抱着儿子,有时候是头朝下抱着的,我得说,这还真需要一定的技巧。而对于邦比来说,只要他能和亲爱的爸爸在一起,怎么样都行。他蹒跚学步时,也常来我这儿,他的法语口音把我这儿叫成是"瑟菲尔·波奇的家",我能看到他们,父亲和儿子手拉着手,顺着坡走上来。邦比总是坐在高脚椅上,神色严肃地观察着他的老爸,从来没有失去耐心,等着爸爸最后把他从高脚椅上抱下来,对于一个孩子来说,这种等待有时肯定十分漫长。然后,我看着父子俩离开书店,他们不会马上回家,因为要等海德丽把家里打扫干净之后他们才能回去,他们总是去附近的一个小餐馆,他们会挑一张桌子坐下,面前摆着饮料,邦比喝的是石榴汁,他们扯三说四,讨论那天所有的事。

当时,几乎所有的人都去过西班牙,而且,每个人的印象都很不同，格特鲁德·斯坦因和艾丽斯·B.托克拉斯觉得西班牙非常有趣，但也有人去西班牙看斗牛，非常害怕，在表演还没结束时就逃走的。许多人写过关于斗牛的文字，它们或是从道德和性欲的角度对之进行分析，或是把斗牛看作是一项色彩艳丽的运动，认为它有着独特的视觉效应，等等。所有这些外国人关于斗牛的评论，都让西班牙人困惑不解，而且，确切地说，往往都是没有根据的。

海明威和其他人不同，他以固有的认真和好胜的态度，去学习和研究斗牛，并且进行写作。所以，我们就有了这本《午后之死》(Death in the Afternoon)，这几乎是一本关于斗牛的专著，我的那些西班牙朋友们，即使是最挑剔的，也承认这本书是一部杰作。海明威的一些最优秀的作品都收集在这本书里。

优秀的作家是非常罕见的，如果我是位批评家，我只能指出他们让读者觉得可信，可以让读者享受的地方。至于创作的奥秘，又有谁能解释？

海明威可以接受任何批评，但得是他本人对自己的批评，可以说他是自己最苛刻的批评家。但是，如同他其他作家同仁一样，他对别人的批评超级敏感。不错，有些批评家特别擅长把尖刀刺在他的牺牲品的最关键的地方，然后，心满意足地看着他们痛苦地扭动。温德姆·刘易斯就曾让乔伊斯痛苦万分，他还写过一篇评论海明威的文章，题为《愚笨的公牛》(The Dumb Ox)[1]。遗憾的是，被评论者看到这篇文章时，他正巧在我的书店里，他大发雷霆，对着我的生日礼物，那三打郁金香一番狂拳乱击，打得花朵落地，花瓶及瓶内之物都倒在书堆上。事后，海明威在我的小桌子前坐

---

1. 此文发表于1934年的《生活与文学》四月号，文中批评海明威在模仿"斯坦因式的口吃"，并说他是反文化的信徒，他的人物没有任何"意志和智力"。

下，写了一张支付给西尔维亚·毕奇的支票，上面的金额足够赔偿所有损失的两倍[1]。

作为一个书商和图书管理员，比起那些对一本书的封面不太在意的人来说，我非常在乎书名。我认为，不论是参加什么比赛，海明威的书名都应该得大奖。他的每一个书名都是一首诗，这些书名对读者产生的那种神秘的威力是海明威成功的重要因素之一。他的书名都有独立的生命，它们也让美国的语言更为丰富。

---

1. 毕奇后来对妹妹说："可怜的海明威，他真是一个好小伙，只是还没有完全开化。正相反，这倒一点都没有影响他的写作。"刘易斯后来听到此事后，又添油加醋地告诉别人，说："一大瓶墨水打破窗子，飞到外面，桌子也被掀翻了。"海明威写了一张1 500法郎的支票赔偿花和花瓶以及购买38本被弄湿的书，毕奇书店这一天生意如此"火爆"，让阿德里安娜颇为嫉妒，并开玩笑说希望海明威也能到她的书店里去打翻花瓶。毕奇第二天又还给海明威500法郎。三十年后，海明威还是不忘前仇，在回忆录中说刘易斯长相恶毒，脸像一个癞蛤蟆，眼睛就像一个"未得逞的强奸犯"。

第十章

最早的《尤利西斯》

大家都在传言着《尤利西斯》马上就要出版，我已经拿到了所有的校对稿，从第一章一直到最后的潘奈洛佩一章。

乔伊斯的生日是二月二日，这个日期越来越近，我知道，他特别渴望着在他生日那天，能够庆祝《尤利西斯》的出版。

我和达戎提耶谈起这件事，他说印刷工们已经在尽最大努力，但是，真正看到《尤利西斯》，我可能还要再等一些时间，在二月二日那天完成是不可能的。我恳求他是否能想办法做一件不可能的事，那就是能先印成一本《尤利西斯》，我可以在乔伊斯的生日那天交到他手上。

他没有做任何许诺，但是我对达戎提耶先生非常了解，所以，在二月一日那天，我收到他的一封电报时，我一点都不奇怪。电报叫我第二天早上七点整到火车站去，第戎特快的火车司机会交给我两本《尤利西斯》。

我等在站台上，我的心就像火车头一样怦怦直跳。我看着第戎来的火车慢慢停下来,我看见火车司机下了车,他的手上拿着一包东西,东张西望地寻找着,他在找我!几分钟后,我就敲开了乔伊斯家的门,把第一本《尤利西斯》交到他们的手上,那天正好是一九二二年二月二日。

第二本《尤利西斯》是给莎士比亚书店的,我把它陈列在书店的橱窗里,但是我很快就意识到这是一个错误。因为这个消息马上传遍了蒙帕纳斯区和其他边远的区域,第二天一早,书店还没开门呢,预订过《尤利西斯》的人们已经在书店门口排起了队,手指着《尤利西斯》。我向他们解释,《尤利西斯》现在只印了两本,还没有正式出版呢,但是我的解释根本无济于事。如果不是我眼明手快,把橱窗里陈列的《尤利西斯》很快转移到一个安全的地方,他们真会把这本书从橱窗里抢走,拆成散页,分给每个人一份。

为了表示对他的生日礼物的感激,乔伊斯给我写了封信:"今天,我必须向你表示感谢,感谢你在过去的一年中为我的这本书付出的心血和担忧。"而且,为了庆祝《尤利西斯》的问世,他还写了一首诙谐的小诗送给他的出版商。这首诗是这样的:

> 谁是西尔维亚?她是谁?
> 所有的作家们都称颂她。
> 她是年轻勇敢的美国人,
> 西方的世界赋予她幽雅,
> 能够出版所有的书籍。
> 她的富有能否比得上她的勇敢?
> 因为只有富有才能承担失误。
> 她大声推荐,喧嚷叫卖,
> 人们前来预定《尤利西斯》

但是签名之后，是低沉的反悔。

让我们为西尔维亚歌唱

她的推销就是她的勇敢

所有的东西她都能卖出去，

再说就很无趣，

让我们去买书吧。

乔伊斯仿莎士比亚之作[1]

《尤利西斯》总算出版了，书的封皮是蓝色希腊纸，书名和作者的名字都是白色的字母，整本书有七百三十二页，"完完整整，一字不漏"。可惜的是，每一页上都有一个到半打排字上的错误，所以，出版人就在每本书中另外插附了一张小纸条，致以歉意。[2]

书出版之后的那段时间，乔伊斯整天处在亢奋状态，他每天跟在我这个出版商的后面，唯恐错过什么。他自告奋勇地帮助（？）我们打包，他甚至知道每本书的重量是一千五百五十克，当我们把这些包裹背到街角的邮局里去邮递时，我们注意到他说的重量还真准确。他把大量的胶水涂在标签上，弄得满地都是，还粘在他的头发上。他催促我说，如果某某已经付了款，我们应该立即把书寄给他，他还说："所有去爱尔兰的书也都应该立马寄出，因为新的邮政局长将要上任，还有一个被教会控制的稽查委员会，所以，今天根本就无法预料到明天将发生什么。"

我们用"去胶剂"把一部分胶水从乔伊斯的头发里弄掉，而

---

1. 莎士比亚的原作《谁是西尔维亚》出自他的喜剧《维罗纳二绅士》。
2. 因为乔伊斯的手书难以辨认，《尤利西斯》中有30%的内容是后来添加的，也因为排字工人压根就不懂英文，而且共有二十六个工人对此书进行排版，所以，第一版《尤利西斯》中大约有两千多个错误。但是以后的各个版本中，错误并没有消失，有的修改了前版的错误，但是又增加了新的错误。

且，在当局注意到之前，英国和爱尔兰的预订者们也都安全地收到了他们的书。但是在美国，只有奎恩先生和另外一两位收到了书，所以，我得尽快把其余的寄往美国。我先寄出第一批，正准备寄出后面的呢，我得知第一批书全被纽约港口给没收了。我马上停止出货，那些可怜的订书人苦苦等待，而我则到处求援。

智慧女神密涅瓦——海明威

众所周知，主人公尤利西斯在上层有着很好的关系，换句话说，他有一位神明的朋友，她就是掌管技术与工艺的智慧女神密涅瓦，她常常装扮成不同的人物出现，这次，她的变体是男性的海明威。

我希望我以下所要披露的信息不会给海明威带来麻烦，美国当局应该不会去惹一位诺贝尔文学奖得主吧[1]，正是在海明威的帮助下，《尤利西斯》才得以进入美国。

我把我的难题告诉了智慧女神密涅瓦，也就是海明威，他说："给我二十四小时。"第二天他就带来了解决问题的办法。他说他在芝加哥的一位朋友会和我联系，此人名叫伯纳德·B（Bernard B.），是最愿意帮助别人的，他会告诉我详细的计划。后来因为他的拯救工作，我称呼他为"圣人伯纳德"。[2]

此人果然给我写了信，他告诉我他要开始一系列的准备工作，首先他得搬到加拿大去住。他问我是否愿意出钱在多伦多租一间小公寓，我当然马上就答应了。然后他把新的住址寄给我，并叫我把所有书都寄到那里。因为在加拿大《尤利西斯》并不是禁书，所以，我就把所有的书都寄去，这些书都安全到达了他那里。这

---

1. 海明威于1954年获得诺贝尔文学奖，此书出版于1959年。
2. 他的全名叫Barnet Braverman，在一家广告公司里工作。

以后，他的工作就需要很大的勇气和智慧，他必须要将这几百本如此厚重的书偷渡过境。

后来，他对我描述说，他每天都搭乘渡船过境，将一本《尤利西斯》塞在他的裤裆里。那时候美国正是禁酒时期，有许多人走私酒类，所以，在他周围身材奇形怪状的人还真不少，这当然会增加被搜身的危险。

随着工作的进展，伯纳德只剩下最后几十本还没有送出去，他感觉到海关的官员们已经开始怀疑他，他也害怕他们很快就会开始审查他每天过境的真正目的，到现在为止，他一直告诉他们说他这么来来往往，是为了出售他的绘画。他找到了一个愿意帮助他的朋友，他们俩每天搭船渡河，为了加快速度，他们每人每次带两本书，一本塞在前面，一本塞在后面，他们俩都像大腹便便的大老爷们。

等到他把最后那本书顺利运到对面后，你可以想象对于我们的朋友来说，他心中的重负总算落了地，身上的重负当然也不复存在。如果乔伊斯能预见到所有这些困难，他可能会写一本薄点的书吧。

总之，那些收到了《尤利西斯》的美国预订者应该知道，他们要感谢海明威和他那位乐于助人的朋友，有了他们，联邦快递才有可能把那份重重的包裹送到他们的门前。

同时，在剧院街上，乔伊斯和《尤利西斯》几乎占据了我的整个书店，我们处理他的所有信件，我们是他的银行，是他的经纪人，是他的听差。我们为他预约会议，我们替他交朋友，我们也负责安排他的书被翻译成德语、波兰语、匈牙利语和捷克语以及在那些国家出版的一切事务。乔伊斯每天快到中午时来书店，他和他的出版商从来都顾不上吃中饭，如果还有事情需要处理，他就要到晚上才能回家。

乔伊斯的名声越来越响，越来越多的朋友、陌生人、粉丝、记者，都来找他，根据不同的情况，有的要鼓励，有的要劝阻，有的要欢迎，有的要拒绝，这些，也都需要在书店里以这样或那样的方法进行处理，如果可能的话，我们尽量不让这些琐事去麻烦那位伟人。

当然，我可以拒绝提供所有这些服务，但是，我之所以愿意接受这些与乔伊斯有关的工作，是因为这些事对我来说都是乐趣无穷的。

布卢姆先生的照片

从《尤利西斯》的作者那里，我得知了布卢姆先生到底长得啥样。有一天，乔伊斯问我是否能给伦敦的一本小型评论期刊《今日》(To—Day)的主编霍布鲁克·杰克逊先生（Mr Holbrook Jackson）写封信，请他寄一张他自己的照片给我。我知道这本杂志，上面曾经刊登过一篇关于阿德里安娜的书店的文章，也登过一篇称赞乔伊斯作品的评论。乔伊斯没有告诉我他是否与杰克逊先生见过面，我的推测是他们可能在乔伊斯第一次去伦敦的时候见过。反正，从好多年以前开始，他们互相之间就很感兴趣。

照片寄来了，我拿去给乔伊斯看，他仔细端详了好一会儿，表情有些失望。然后，他把照片还给我，说："如果你想知道利奥波德·布卢姆的模样，这是长得最像他的一个人。可惜这张照片并不太像他真人，所以，照片上的他也就不太像布卢姆。"但是，我还是小心地将这张照片保留着了，这是我唯一拥有的布卢姆先生的照片。

"我的那些涂鸦之作"

下面这封信是写在莎士比亚书店的信纸上的，肯定是我不在书店的时候，乔伊斯给我留的言。信是这样的：

> 亲爱的毕奇小姐，因为你得为我的那些涂鸦之作花好几百法郎（！）的邮资，所以，我想你可能愿意保留《都柏林人》的手稿，等手稿一到我就会交给你。我只会出售初版本的样本。我觉得《都柏林人》中的一部分是都柏林的作品。我几乎忘记了，在的里雅斯特，我还有一大堆手稿，大约有一千五百页，是《一个青年艺术家的肖像》的第一稿（和后来出版的书完全不一样）……
>
> 另外，以下这些字句是否还可以再加在印版上：仿《爱尔兰共和报》之歌，由O.吉亚尼作曲！ A.哈马斯填词！
> （第二个感叹号［中间字迹无法辨认］是倒着写的）
>
> 致以最诚挚的问候
忠于你的
詹姆斯·乔伊斯

我想这封信的日期应该是一九二二年一月，因为乔伊斯还在问如果要在《尤利西斯》的"印版上加字"是否已经太晚。他信中所指的"在的里雅斯特的一大堆手稿"包括《英雄史蒂芬》（*Stephen Hero*），也就是他所说的"《一个青年艺术家的肖像》的第一稿"，还有写在他的妹妹梅宝（Mabel）的练习本上的"一个艺术家的肖像素描"（A Sketch for a Portrait of the Artist），对我来说，这些都是他所有手稿中最为珍贵的。

乔伊斯也把他的《室内乐》(Chamber Music)原稿的手稿送给了我，他说，当时为了能够朗读给叶芝听，他特地把手稿写在他能找到的最大最好的纸上。至少他是这么告诉我的。这份手稿并不全，其中有三首诗，第二十一、第三十五和第三十六首，不在其中。我仔细记录下乔伊斯送给我这部手稿的日期是十月五日，但是，我忘记注明他把这份礼物送给我的年份，而且，我也没有记录下他赠送给我的其他手稿的年月日。幸好，在他认为最重要的礼物，那份"一个艺术家的肖像"素描上，他写了一段文字，记下了日期，以及他所赠送的这份礼物的内容。

乔伊斯早就注意到，只要是他的手迹，哪怕是最不起眼的小纸片，我都会视若珍宝，所以，他肯定觉得没有人会比我更赏识他的礼物，在这一点上，他还真是正确的。

莎士比亚书店非常遗憾……

很快，乔伊斯就能从《尤利西斯》的销售上得到稳定的收入，虽然在英语国家中它还是无法通过正常的书店销售。当然，作为禁书的声誉也有助于它的销量。但可悲的是，在许多出版目录中，这本书常常被归类于情色作品，与《范妮·希尔》(Fanny Hill)[1]、《香水园》(Perfumed Garden)[2]为伍，当然，还有永恒的卡萨诺瓦(Casanova)的作品，更不用说赤裸裸的色情之作《铁路上的强暴》(Raped on the Rail)[3]了。一位爱尔兰牧师在购买了此书后，问我：

---

1. 约翰·克来兰德（John Cleland）的情色小说，出版于1748年。
2. 15世纪的伊斯兰的情色宝典。
3. 1894年在英国出版的色情小说，作者不详。

"还有没有其他这样热辣辣的书籍?"

许多伟大的作家都创作过情色之作,有几位作家,例如波德莱尔(Baudelaire)和威尔伦(Verlaine),还成功地让这个题材变得趣味盎然。约翰·克来兰德的《范妮·希尔》不仅有趣,而且还很赚钱,他正是通过此书偿还了所有的债务。不用说,乔伊斯在创作《尤利西斯》时,丝毫没有这个意图。乔伊斯不是哪一科的专家,但他可以算是一位"全科医生",身体上的各个部位都被他用在《尤利西斯》里了。他曾经这样哀怨道:"那种事儿,在我的书里连十分之一都没有占到。"

在《尤利西斯》取得成功之后,无数个作家来到莎士比亚书店,他们都以为我是专门出版情色书籍的。他们给我带来了他们最得意的作品,而且,不仅如此,他们还要坚持对我朗读其中的一些段落,他们觉得以我的"品位",这些段落会让我无法拒绝他们的作品。例如,有个留着八字胡的小个子男人,坐着一辆由两匹马驾驶的四轮两座大马车来到书店。后来他告诉我,他租了这辆马车,就是为了要给我留下很深的印象。他长长的手臂如同猿猴般乱晃,他走进我的书店,把一包看起来像是手稿的包裹放在我的桌上,并且自我介绍说,他是弗兰克·哈里斯(Frank Harris)[1]。我喜欢他写的《莎士比亚其人》(*The Man Shakespeare*),也喜欢他写的关于奥斯卡·王尔德的书[2],特别是萧伯纳写的前言,其中提到王尔德的巨人症。在这点上,乔伊斯和我的看法一样。我问哈里斯他的新手稿的内容,他打开包裹给我看,里面是他的传记《我的生活和爱情》(*My Life and Loves*),他向我保证说此书可比《尤利西斯》要露骨得多,他又宣称,他是唯一"真正深

---

1. 弗兰克·哈里斯(1856—1931),英裔美国作家、记者、出版家。
2. 指《王尔德传》(*Oscar Wilde, His Life and Confessions*),出版于1916年。

入地了解女人"的英国作家。

在那个时候，弗兰克·哈里斯关于王尔德的故事已经开始有点过时，而且，如同王尔德自己的故事一样，都不再能算得上是原创。再者，英国哪些政治家得了什么性病，我也实在不感兴趣。哈里斯朗读起诗歌来有声有色，所以，当他最终放弃了要我听他朗读《我的生活和爱情》的企图，从我的书架上拿起本《日出之歌》(*Songs of Sunrise*)，诵读了里面的几句诗时，他还是蛮让人喜欢的。但是，我还是一直没能搞明白，这个男人能娶到像耐丽·哈里斯（Nellie Harris）这样迷人的女子，说明他的品位还是挺高的，那他怎么会堕落到写作《我的生活和爱情》这样低下的作品的地步呢？

我建议他去试试出版商杰克·坎哈恩（Jack Kahane），因为他总在寻找"热辣"的作品，果然，《我的生活和爱情》最终在剑塔出版社（Obelisk Press）找到了一个快乐的安身之处[1]。

我对他的回忆录缺乏热情，这让弗兰克·哈里斯颇为失望，但他仍然继续和我保持着友善的关系。我曾说服乔伊斯接受他的邀请，去查塔姆饭店和他一起吃中饭，这个饭店是英国人经常聚集的地方，以美食和美酒著名。一起吃饭的有哈里斯和他的一位朋友，那朋友在一家英国报社供职，乔伊斯怀疑哈里斯和这个朋友设下了圈套要采访他，对于记者，乔伊斯总是敬而远之，所以，整个中饭，他几乎什么都没有说。哈里斯和他的朋友说了许多有声有色的荤腥故事，乔伊斯根本没有任何反应。

---

1. 1922—1927年之间，此书以四卷本的形式出版，莎士比亚书店成为此书在巴黎的发行人。20年代，住在尼斯的哈里森和毕奇之间有许多通信，其中一封很能反映出毕奇的生意水平："亲爱的西尔维亚小姐，生意和你简直是天壤之别，谢天谢地！你给我寄来的账目上根本就没有日期，你告诉我在一堆废物中又发现了五十本我的书，你说你只弄丢了三本，而且你一定会出钱赔我的！请千万不要这样……"，之后不久的一封信中，哈里斯又说："由你来经营我的事务，让我很满意，我痛恨那些真正的生意人。"

有时我也有些刻毒调皮，忍不住要对弗兰克·哈里斯开一些小玩笑。有一次，他正要赶火车到尼斯去，到书店来看看是否有什么适合于他在路上阅读的东西。他请我为他推荐一本比较刺激的书，我的眼光就落在了书架上那些便宜的陶赫尼茨版的书籍上。我问他是否读过《小妇人》(Little Women)，他一听到书名就兴奋地跳起来，因为他的特别嗜好，当然会以法语的理解把"小妇人"当成了"小女人"(petites femmes)。所以，他抓了两卷露易莎·爱尔科特（Louisa Alcott）的"热辣"的作品，急急忙忙去了火车站。

等我下次见到他时，我已经后悔如此捉弄他。他没有提及我对他的愚弄，但是可以看出来，平时一直和蔼可亲的他有些愤怒，我觉得我的玩笑确实过了头。

下一本被我拒绝了的书是《查泰莱夫人的情人》(*Lady Chatterley's Lover*)，我并不喜欢这本书，我觉得它是劳伦斯（D. H. Lawrence）所有作品中最无聊的一部，但是，对于D.H.劳伦斯前来求救，拒绝起来还真让人犯难。

当时，劳伦斯的两位朋友前来请求我出版《查泰莱夫人的情人》，他们告诉我，这本书的处境非常糟糕。其中一位是我已经认识的理查德·奥尔丁顿，另一位是我初次见面的阿尔德斯·赫胥黎（Aldous Huxley）[1]，后者很高，我们一起到后屋里去商量此事时，他得弯着腰才能通过走廊。我想，为了好友劳伦斯，他还真做了牺牲，因为他并不喜欢《尤利西斯》，却要屈尊到乔伊斯的大本营来。《查泰莱夫人的情人》已经在佛罗伦萨以限量本的形式出版了，出版商是一对英国—意大利合伙人，戴维斯和奥瑞欧利（Messrs Davis & Orioli）先生，他们在珍本书的收藏世界中享有盛名。

---

1. 阿尔德斯·赫胥黎（1894—1963），英国作家。

可惜的是，如同《尤利西斯》以及其他流亡作家的作品一样，《查泰莱夫人的情人》也享受不到版权的保护。盗版的情况非常猖獗，那些不限量的，便宜的，未经授权的版本在巴黎非常流行，而作者则一分钱都拿不到。劳伦斯非常希望我能在巴黎将此书以平价本出版发行，这样可以终止盗版的流行。

他的朋友们的来访并不成功，所以，劳伦斯决定亲自来看我，一位我们俩都认识的朋友贝弗瑞芝小姐（Miss Beveridge）将他带到我的书店来，她是一位英国艺术家，也是乔伊斯在西西里岛的邻居。他注意到莎士比亚书店中有一幅贝小姐所画的他的肖像的复制品，他为我在上面签了名。他还说会送我一张摄影师施蒂格利茨为他拍的照片，他会请摄影师寄一张给我。

他第二次来访时，他的太太，身材高挑，头发金黄的弗里达·劳伦斯（Frieda Lawrence）陪着他一起。我和劳伦斯商量他的事情时，弗里达一直在看书，所以很可惜，我和她几乎一句话都没有说。

有一件事一直让我难以理解，劳伦斯是一位非常具有个人魅力的男人，也是位才华横溢的作家，但他似乎没有足够的功力创作出读者们所期望的那种作品。作为一个人，他非常有意思，相当迷人，我能够理解为什么他的朋友们都愿意为他两肋插刀，为什么女人们会漂洋过海，穿越好几个国家前来追随他。

拒绝出版劳伦斯的《查泰莱夫人的情人》，对我来说也是很伤心的事，特别是我们最后一次见面时，他已经病得很重，离开病床到书店来见我，脸上泛着高烧的红晕。我向他解释为什么除了《尤利西斯》以外，我不出版其他书籍，这真不是一件容易的事。首先，在资金上我有问题，但没人相信莎士比亚书店没有赚到大钱；第二是我也没有空间、人手和时间。而且，要告诉他我不想被人看成是情色书籍的专业出版商，这也让我难以启齿，我更不能说我只想出版一本书,在出版了《尤利西斯》之后,还有什么值得我出版呢?

劳伦斯写信给我,再次问我是否改变主意,我照着他给我留下的法国南部的地址回了信。但后来,在他出版的一本书信集中,他说从来没有收到我的回信,我想这封信可能根本就没有寄到他那里。

弗兰克·布京(Frank Budgen)[1]先生是我和乔伊斯共同的朋友,他去法国的芬斯参加了劳伦斯的葬礼,并且寄给我几张劳伦斯临时墓地的照片,墓碑之上,是劳伦斯的"浴火凤凰"的图像。现在,他的坟墓和凤凰,都被迁移到了美国的道斯,什么都没有在芬斯留下[2]。我总觉得,这里也应该立一块牌子,来纪念他的第一个长眠之地。

几乎每天都有人带着他们的手稿来找我,有时还会带来他们的坚强后盾。例如亚力斯特·克劳利(Aleicester Crowley)[3],他的后盾就是一个金发女郎,一位攻势猛烈的干将。

亚力斯特·克劳利真的很古怪,就像坊间传说的有关他的故事所描述的那样,也正如他在自己的《毒鬼日记》(*Diary of a Drugfiend*)中所做的记录。他土黄色的头几乎已经全秃了,只有一绺黑发从前额经过头顶一直垂到后脖子上。那一绺头发仿佛是用

---

1. 弗兰克·布京(1882—1971),英国画家。
2. "浴火凤凰"是劳伦斯书中经常出现的意象。1930年他在芬斯去世后,曾临时安葬在那里,墓碑上是鹅卵石拼成的凤凰形象。1935年,应他的遗孀弗里达的要求,他的遗体从墓中挖出并火化,骨灰被运往美国新墨西哥州的道斯,也有人怀疑骨灰在中途遗失。但是墓碑其实是被运回英国,如今展览于劳伦斯的出生地伊斯特伍德。
3. 亚力斯特·克劳利(1875—1947),英国著名的术士、神秘主义者、魔术师,是神秘主义宗教Thelema教派的创始人。他的第一部小说《毒鬼日记》出版于1922年。

胶水粘在头皮上的，即使有大风，也不会将它吹起。他把自己弄得像一具木乃伊，看上去让人生厌。我与他的交往非常短暂，有些英国朋友曾暗示我，他是为情报机构工作的，但是，只要看看他，就很让人怀疑这种说法的可信度。情报机构选用的人，应该不会那么惹眼吧。

克劳利书中写过的怪东西很多，例如阿索斯圣山修道院里的教士，黑色弥撒，等等之类。我希望雄山羊和牛津学生的关系是其他人发明的，因为克劳利自己没有向我提起过。

那位金发女郎打开一个公文包，从里面取出即将由莎士比亚书店出版的《亚力斯特·克劳利回忆录》(*Memoirs of Aleicester Crowley*)[1]的宣传册，还有一份早就拟定只需要我签字的合同，看到这些，我真是非常震惊。他们已经事先将一切都考虑周到，包括莎士比亚书店将把售书收入的百分之五十分给克劳利先生，还要把我们所有客户的通讯录移交给他！

有一天早上，一个男孩骑着自行车来到书店，他的帽子上印有"马克西姆餐厅"的字样，他交给我一封信。信是这个著名饭店的服务生领班写来的，他宣布要把他的回忆录交给我出版。他认识这个时代的所有头面人物：王室成员，剧坛名角，头牌名妓，政界要人。他能八卦的故事可真多！这本书将成为长久以来文坛上最为刺激的头等大事，他暗示我这本书将胜过《尤利西斯》，他希望莎士比亚书店不要错失良机。

差不多同时，我收到塔卢拉·班克海德小姐（Miss Tallulah

---

[1]. 克劳利的自传 "*The Confessions of Aleister Crowley: An Autohagiography*" 于1929年由伦敦的 Mandrake Press 出版。

Bankhead）[1]的某位代理人的来信，问我是否有兴趣出版她的回忆录。班克海德小姐肯定比较早熟，因为在我收到这封信的时候，她还应该是个孩子。我从来没有收到过班克海德小姐的手稿，但是我想，如果我有机会拜读一眼的话，倒可能真的不会拒绝呢。

事实上，我书店的事务非常繁忙，还有我的单个作者的出版事业，我还照管着好几份小评论杂志的发行，并与那些如雨后春笋般出现的小出版社合作，所以，如果真有哪部手稿被莎士比亚书店接受的话，那么对它来说可能是件倒霉事。

第二版

在《尤利西斯》出版后不久，韦弗小姐就写信来问她是否可以自己出资把第一版的铅字排版制成印刷版。她这么快就要出版第二版，我有些惊讶，但我还是很快就把铅字版给了她。我当然不能拒绝乔伊斯的女恩主的任何要求，而且，我也知道，这是乔伊斯自己的主意。乔伊斯做事一向很性急，《尤利西斯》出版后不久，他就急急忙忙赶到伦敦去安排这件事[2]，而当时，我正在想尽办法排除万难要把第一版送到美国的订书者手上，如我前面已经叙述过的那样，我"最好的顾客"帮助我促成此事。最早我要印刷一千本时，乔伊斯还反对过，他说："这本书太枯燥了，你可能一本都卖不掉。"但是当他看到事实正相反，那一千本根本无法满足读者的要求时，他肯定后悔没有多印一些。而且，当他听到第一版已经卖到了很高的价钱后，他就决定供应一批新书上市，以

---

1. 塔卢拉·班克海德小姐（1902—1968），美国女演员、脱口秀主持人，毕奇收到此信时，她应该已经不是孩子。
2. 1922年8月中旬，乔伊斯带着全家前往伦敦，这是他第一次和他的赞助人韦弗小姐见面。

此来杜绝投机商人的炒作，这样作者就能得到更多的收入，而不是投机商。对于乔伊斯来说，《尤利西斯》是他的一大笔投资，所以，他想从中获得最大的利润，这也是很自然的。

如同第一版一样，第二版也是在第戎印刷的。从形式上来说，它和第一版非常相像，也是蓝色的封面，但是上面印着这样的注记："由自我主义者出版社的约翰·洛德克（John Rodker）[1]出版"。这一版印了两千本。其中一部分被运往英国的多佛港，但是这些都被官方没收了，并立即被投进到"国王的烟囱"里烧毁了——韦弗小姐告诉我，大家都这么称呼焚书处。她告诉我，一听到书被没收的消息她就赶到了多佛港，但是发现她的《尤利西斯》已经化为灰烬。那些被送往美国的书也都不幸丧生，大概跟许多小猫一样，掉进纽约港里被淹死了。但有一些可能还是成功地上了岸，时不时我也会收到一些信，大家都在信中反映说，两个版本如此相似，很容易被混淆起来。同时，我也听到巴黎书商的许多抱怨，他们听说第一版出版之后还没几个月，第二版就上了市，他们觉得这严重违反了限量发行版的出版规则，一个个都义愤填膺。

我得承认，这是我的过错，而且，我觉得他们的抱怨很有道理，这都怪我经验不足，我应该考虑到对于书商来说，这么快就宣布第二版将出现，他们还根本没有时间把初版的限量本卖完。但是韦弗小姐和乔伊斯好像都不觉得这样做有什么问题，在给韦弗小姐的一封信中，乔伊斯说他从毕奇小姐那里听到巴黎书商们多有抱怨，这让他非常惊讶。

事实上，第二版的命运让一切都变得非常明朗，也就是说当时想在英国出版此书的努力将完全是徒劳。而且，想在美国出版

---

1. 约翰·洛德克（1894—1955），英国作家、诗人、出版家。

此书也同样完全不可能，除非有另一个委员会可以压制得住"打击淫秽协会"。所以，在试图跨越英吉利海峡和大西洋的尝试失败之后，莎士比亚书店的"丢失的羔羊"又回到了剧院街上。

《尤利西斯》定居此地

莎士比亚书店版的《尤利西斯》印了一次又一次，我们出了《尤利西斯》第四版，第五版，第六版，第七版。乔伊斯说这让他联想到一世又一世的教皇。（说起教皇，有一个年轻人去罗马的时候到书店来买了一本《尤利西斯》，后来他写信告诉我说教皇无意之中已经对这本书进行了祝福，因为他去梵蒂冈拜见教皇时把这本书藏在大衣下带了进去。）有一些版本让乔伊斯很失望，例如有一部分蓝色的书皮用完了，所以只能给书套上白色的书皮，就像是服务生的白外套。还有一些，为了省钱，是印在一种吸墨纸上的。

在印刷第八版时，我重新排了字，改正了那张《尤利西斯》附加的道歉条上的许多错误。至少我们以为错误都给改正了。我记得是弗兰克·哈里斯把他的一位在《每日邮报》工作的朋友推荐给我，请他替我做校对。这位先生是一位校对专家，他仔细把校样看过好几遍。我也审过校样，但因为我不是这方面的专家，所以我的检查几乎没有意义。等到第八版的书运到后，我把一本交到乔伊斯的手上，借助两副眼镜和一副放大镜的帮助，他急切地审阅着第一页，我听到一声长叹：他已经捉到了三处错误！

虽然《尤利西斯》存在着这些排字错误，但是它还是卖得极好，首先大批购买它的是塞纳河右岸的那些英国和美国的大书店们，随着这本书的名声日增，许多法国书店，不管它们以前是否卖过英文书，也发现了《尤利西斯》，所以，对这本书的需求量也大大增加。分布在这个城市各个角落的书店都派人前来取书，这些人常常聚在我的店里，他们聊天的内容基本上都是关于书，话题也就自然而然地集中到书的重量上，这让我非常感兴趣。我的出版物如此厚重，我对他们表示歉意，他们则赞扬我出版了这么一本畅销书。他们把绿色的大方布摊在地上，然后在上面放上二十本《尤利西斯》，把四个角扎成一个大结，然后把这个重重的大包裹甩上肩头，然后他们会去其他地方取书。这种差事也让他们常常需要到一些小酒馆中去解渴，所以，有一次，一位这样满怀酒意的朋友走进书店来大声吆喝着："一本《酒意利斯》[1]"，还有一位递给我的订单上写着"詹姆斯·乔伊斯的百合花"[2]。

我们把这本书寄往印度、中国和日本，我们的顾客包括在马六甲海峡定居的殖民者们，我敢说，还有沙捞越的那些猎头者。那些从店中直接卖给英国或美国顾客的书被伪装成《莎士比亚全集第一卷》或是《快乐童话集》之类，或是其他同样厚度的书，《尤利西斯》被换上这些书的封套。度假旅游的人也发明了许多把《尤利西斯》走私进美国的办法，把这本书弄进英国要更困难一些。

这本书在巴黎卖得非常好。如果它的销路在英语国家的正常市场没有被截断的话，那么它真能为它的作者和出版商赚大钱了。在非英语国家中，销量毕竟是有限的。

---

1. 原文："Un Joylisse"。
2. 原文："I Lily by James Joyce"。

第十一章

布莱荷

布莱荷（Bryher）[1]，布莱荷，我一直在想，拥有这个有趣的名字的人是否有一天会踏进我的书店？我已经认识了她的丈夫，罗伯特·麦卡蒙，但是布莱荷不喜欢城市，也不喜欢她所称呼的那"一排排的商店"。她不喜欢人多的地方，很少光顾咖啡馆，离群索居。但我知道她喜欢巴黎，喜欢法国的一切，我希望，有一天，她能够对那"一排排"讨厌的商店视而不见，到我的书店来。

果然有了这一天，对莎士比亚书店来说，那真是个重要日子，罗伯特·麦卡蒙把她带来了。她是一位羞涩的英国女子，穿着定做的套装，帽子上有两根饰带，让人联想到水手的帽子。我的视线无法从布莱荷的眼睛上移开，她的双眸如此湛蓝，那种蓝色赛过天空，赛过海洋，甚至比卡布里岛的蓝色洞穴还要蓝。更为美丽的是她那双眼睛里的神情，我要说直到今天，都让我无法忘怀。

---

1. 布莱荷（1894—1983），Annie Winifred Ellerman 的笔名，英国小说家、诗人、杂志编辑。

我记得那天布莱荷什么话都没说，她连一点声音都没有发出，对英国人来说，这并不奇怪，他们不喜欢闲聊，用法语来表达，就是"让别人花费精力去交谈吧"。所以，麦卡蒙和我的任务是说话，而布莱荷的任务只是观看。她以布莱荷特有的方式静静地观察着一切，就像在伦敦大轰炸期间，她在"暖锅"茶屋里观察着一切一样。正如她的小说《贝奥武夫》（*Beowulf*）[1]所证明的，什么都逃不出她的眼睛。

她的这种态度和其他人很不同，大多数人都是匆匆忙忙地进进出出，她只关心自己，把自己封闭得就像邮局里的包裹一样。

布莱荷对莎士比亚书店的兴趣非常切实，而且呵护备至。从那天起，她的兴趣和她的呵护就没有间断过。[2]

布莱荷的名字源于西西里群岛中的一个小岛，她小时候常到那里去度假。她的朋友们向来都以布莱荷这个名字来称呼她，但她的家人和从小就认识她的人则称呼她为温妮弗雷德。据我所知，她的全名应该是安妮·温妮弗雷德（Annie Winifred）。她的父亲约翰·埃勒曼爵士（Sir John Ellerman）是金融界的头面人物，也是英王乔治五世在位期间最了不起的人物之一。他有许多业绩，年轻时还曾是位杰出的阿尔卑斯山的登山高手。

小温妮弗雷德的父母亲非常疼爱她，但是同时，他们也因她有些古怪的性格而困扰。她非常讨厌像其他小女孩那样穿着漂亮的裙子，也不喜欢花边丝带或是把头发弄成鬈发。噢，还有那一层层的衬裙，特别是冬天法兰绒布做成的，更是不能忍受！她童年的生活远远不如她所喜爱的《巴布斯特的猫》（*The Cat of*

---

1. 出版于1948年。
2. 布莱荷后来写道："在巴黎，我只喜欢一条街，那就是剧院街，可能是因为那里的人吧，我一直认为那是世界上最美丽的一条街，我指的当然是西尔维亚和阿德里安娜，还有我在她们的图书馆中所度过的那些快乐的时光。"

Bubastes）[1]以及其他海洋与历史故事中那么有趣,她所要忍受的,是那些女家庭教师,她走到哪里她们就跟到哪里,还有那一顿顿由戴着白手套的男佣们伺候着的没完没了的大餐!可惜她那好心的父母亲没有意识到他们的孩子正计划着如何逃到海上去,她其实是一位小"汤姆·索亚",正等着她能够跳出窗口的第一个机会。

布莱荷在她那本薄薄的《巴黎1900》(Paris 1900)中,写到她跟随父母亲第一次到巴黎的经历,他们带她去参观了著名的世博会,她那年才五岁,而且,比同龄的孩子们长得还要矮小。但是,她是位挺厉害的英国小姐,当时正是"波尔战争"[2]期间,如果哪位法国人说一些英国以及"那些波尔人"的坏话,她就想要一拳击中他的眼睛。

她的父母亲带她去埃及时,她还没长大多少。在那里,埃及的象形文字让她痴迷,埃及的故事让她充满兴趣,她一点都不像其他孩子,只对儿童读物中小狗小猫的故事感兴趣。开罗真让她开心,有一天,她的父母亲骑着骆驼出去了,她就把床上所有的床单和枕套扯了下来,然后用它们来打扮自己。当她出现在用人面前时,他们都害怕极了,还以为是看到了鬼,他们尖叫着逃出了饭店,一个用人都没有留下。

随着她的年龄渐长,布莱荷与她家庭之间的误解也就越来越深。她曾写过一系列的自传体小说,其中那本《发展》(Development)[3]写到她结婚时为止。在这本书中,她写到她如何尽了最大努力试图让自己适应那种根本就不适合她的生活,但最

---

1. 英国作家G.A.韩迪(George Alfred Henty,1832—1902)的作品,是一则古埃及的探险故事。
2. 1880—1881年以及1899—1902年间的两次英国人和荷兰人在南非殖民地的战争。
3. 出版于1919年。

后还是以悲惨的失败告终。她只有在上击剑课和阅读时才觉得高兴。等到她长成少女时，法国诗歌取代了韩迪（Henty）和海洋的故事，法国诗人马拉美（Mallarme）成了布莱荷心目中的英雄。

通过诗歌，布莱荷最终逃离了那让她绝望的生活环境，后来，她就结识了希尔达·杜利特尔，她们成了一生的挚友[1]。在H.D.的帮助下，她找到了自己的世界，也进入了作家的圈子。H.D.是"意象主义"这一文学流派中最受推崇的一位诗人，这一流派中还包括埃兹拉·庞德、约翰·戈德·弗莱切（John Gould Flentcher）[2]等人，在那段时间，他们主要聚集在伦敦。

因为布莱荷最好的朋友是位美国人，她也就开始对美国产生极大的兴趣，并决定要到那里去看看。所以，就像布莱荷后来一直说的那样，她与她的导游H.D.，就"远走美国"去了。

她的这次美国之旅的最主要的事件，除了第一次与玛利安娜·摩尔（Marianne Moore）等诗人会面外，就是她与来自明尼苏达的年轻的作家罗伯特·麦卡蒙的婚姻[3]。他们认识后的第二天就决定结婚，布莱荷没有告诉她的未婚夫她真实的身份，因为她实在是害怕这一争取自由的计划招来反对之声，所以，她打算在她能够把丈夫带回英国与父母见面之前，保守住她结婚的秘密，这样，她的父母就没有机会反对这桩婚事了。但是，报纸还是披露了这个故事，第二天，麦卡蒙就知道了自己娶的是约翰·埃勒曼爵士的女儿。

---

1. 布莱荷是同性恋，杜利特尔是双性恋，她们在1918年结识后成为恋人，但是她们的关系是开放型的，两人都有其他的情人。
2. 约翰·戈德·弗莱切（1886—1950），美国意象派诗人，普利策文学奖得主。
3. 布莱荷与麦卡蒙于1921年结婚，1927年离婚。但是他们的婚姻只是名义上的，麦卡蒙首先是杜利特尔的情人。在他们离婚的当年，布莱荷与杜利特尔的另一位情人麦克菲森（Kenneth Macpherson）结婚，并正式收养了杜利特尔和麦克菲森的女儿。这场婚姻于1947年以离婚告终。

布莱荷的父母亲听到这个消息后，还是挺高兴的，他们很喜欢这位女婿。他们全家，还有布莱荷的弟弟约翰，都打心里喜欢罗伯特，包括他讲话带着的鼻音和他身上的一切。

布莱荷喜欢远离"公众"和城市，而麦卡蒙基本上都住在巴黎，他和他的作家朋友们一起，大部分时间都花在塞纳河左岸的咖啡馆里。他的才华让他成为二十年代最有趣的人物之一，而且，在这帮波西米亚的朋友中，他的富有也是独一无二的，这当然也是他如此受人喜爱的原因之一。他出手大方，喝酒总是他买单，咳，他喝得可也真够多的。[1]结婚后，他的资金更为充裕，就当起了出版家，他建立了接触出版社（Contact Editions），出版了好几本挺成功的书籍。麦卡蒙的朋友们都很喜欢他，但他无法接受任何对他的控制，无论在私人生活中还是在文学创作上都是这样，就像他亲口对我说的那样："我只是一个酒鬼。"

虽然我们偶尔能够诱惑她一次，但布莱荷很少到巴黎来，每年差不多只来一次。但是她每次来，大家都会兴高采烈，阿德里安娜会邀请我们的法国朋友们与她见面。有一次她到莎士比亚书店来，看到一群人正围在壁炉前，在那一堆搁在壁炉架上的邮件中寻找自己的信。对于那些聚集在塞纳河左岸的艺术家们来说，莎士比亚书店不仅是他们的"美国快递"，也是他们的银行，所以，我有时就称我的书店是"左岸银行"。布莱荷认为我这个如此重要的邮政服务应该有个信箱，所以，就帮我弄来了一个质地上好的巨大的匣子，里面按照字母顺序分成一个个小格子，这就让

---

1. 毕奇介绍乔伊斯与他相识后，乔伊斯、麦卡蒙和拉尔博就经常一起到夜总会去喝酒，他们还经常光顾一家常有妓女出入的夜总会，毕奇曾写道："对于我来说，在这样的地方呆上一刻钟就足够了，但是我的朋友们常常呆到凌晨被夜总会给赶出来。"有一天早上，麦卡蒙和拉尔博用一辆手推车将喝醉的乔伊斯推回家。这些记录后来在此书出版时被毕奇删掉。

接收发送信件成为一种乐趣[1]。

在送给莎士比亚书店的礼物中,最让人赏识的是那尊我们的保护神莎士比亚的半身雕像,它是一尊斯塔福德郡的彩色陶瓷雕像,是埃勒曼爵士夫人在布莱敦市给我们买到的。罗伯特·麦卡蒙把这尊雕像用旧报纸包着从伦敦带过来,我们就把它摆在壁炉之上,从那时起,它就一直是我们书店中最宝贵的摆设,我也一直相信它能给我们带来好运。

有一件事不太为人所知,而且布莱荷可能也不希望我提及,那就是在第二次世界大战期间,她尽力保持着国际上的一切联系,把分散在世界各地的知识分子和作家们像一个大家庭一样扭结在一起,不论是战争年代,还是和平时期,她一直在照顾着他们,她的来往信件非常之多。

布莱荷会很不喜欢"慈善事业"这个词,但是,说起她对许多患难之中的人所提供的帮助,我实在找不出另一个词来形容。例如,在她的无数义举中,最伟大的一件是她营救了几十位受到纳粹迫害的人。我亲眼看见了她如何千方百计地把他们从迫害者那里救出来,然后把他们漂洋过海送到美国,她对他们的照顾一直持续到他们在新世界中安定下来。布莱荷的经历可以写成最精彩的历史故事,让人庆幸的是,她自己现在已经开始写了。[2]

---

1. 这个信箱上有三个大格子,分别给布莱荷、麦卡蒙和乔伊斯,其他格子按字母顺序排列。布莱荷对毕奇的邮政服务特别感兴趣,因为许多年来,她一直将自己写给母亲的信交给毕奇,由毕奇贴上巴黎的邮票后再寄到英国,这样她的母亲就不会知道她并未和麦卡蒙一起住在巴黎。
2. 1933年,布莱荷就在《近距离》(*Close up*)杂志上发表了题为《战争中你会做什么?》(*What Shall You Do in the War?*)的文章,写到犹太人在德国的处境并希望人们有所举措。同时,她在瑞士的家就成了难民们的"接收站",在那里,她帮助了一百多位犹太人逃离了纳粹的迫害,她自己于1940年逃离瑞士。她的这段经历被写进1965年发表的科幻小说《阿弗伦的签证》(*Visa for Avalon*)中,毕奇在这里提到的可能就是这本书。

第十二章

杂务

对于一个喜欢独处,做做梦,读读书,打打坐的人来说,莎士比亚书店的环境简直是太喧嚣了。有许多人是在从各种事务和活动中退隐出来后,才开始一种沉思的生活。但对我来说,一切却正相反:首先是沉思,然后是忙乱。有一个刚刚从维也纳过来的弗洛伊德的学生在观察我之后,说:"你是一位典型的外向型的人。"

首先当然是书店里的一切日常事务,一个书店中要忙的事情可真多,就像《"南西·贝尔号"之歌》(*Rhyme of the Nancy Bell*)[1]那首打油诗中写的那样,我"既是厨师也是勇敢的船长"。在玛西尼前来帮忙之前,我一直是学徒、老板、职员集为一身。单单想象一下每天除了卖书和借书之外,我还得负责计算那些账单!我

---

1. 英国诗人吉尔伯特(William Schwenck Gilbert)的谐趣诗,发表于1866年。此诗以曾被英国杂志《笨拙》(*Punch*)拒绝而出名,《笨拙》称它"对于我们的读者群来说太过野蛮"。"南西·贝尔号"为船名。

得要管理三种不同货币的银行账户：美元、法郎和英镑。要计算那些美分、生丁和便士，是最让我头疼的工作。我"特殊的"算术能力让我处理起生意来可真困难，为此我浪费了许多时间，也浪费了大张大张的草稿纸。有一次，我在普林斯顿时的好友杰西·赛亚（Jessie Sayre）[1]正巧经过巴黎，她是威尔逊总统美丽的二女儿，一直对我的书店非常关心，我对她提起这一大困难，杰西就建议我晚上到她的旅馆去，她可以教我一种算术系统，她曾用这个系统成功地教会过一班智力发育迟缓的孩子们。所以，吃过晚饭后，我就来到她的房间，开始学习。第二天，赛亚夫妇就离开了巴黎——说也奇怪，她的丈夫和她的父亲非常相像。杰西临走时，非常肯定地说，有了她的这个算术系统，我立即就能把一切都料理好。我不想让我的好朋友失望，而且，我也感到非常惭愧，一直没有告诉她，其实我立即就回到了我的老办法中，那就是用大张纸做计算。

阿德里安娜·莫尼耶的书店给人的印象是平和安静的，你一走进去，就觉得全身舒缓下来。也难怪，阿德里安娜没有一个乔伊斯在她的书店里呀！更何况，我们美国人天生就喜欢吵吵闹闹。莎士比亚书店也就整天人声喧哗。我父亲在普林斯顿读书时，他的同学们给他起的外号是"杂务毕奇"，这个雅号用在他女儿身上也正合适。

早上九点钟，巴黎大学专门研究盎格鲁-撒克逊的贺钦教授（M. Huchon）就来了，要给他的英国太太找一本轻松的小说；从那时开始，一直到午夜关门，书店里就不断地有学生们，读者们，作家们，翻译家们，出版商们，出版商的跑腿们，或朋友们进进

---

1. 杰西·赛亚（1887—1933），政治活动家。

出出。图书馆的成员中有许多当代作家，当然，还有那些我不认识的他们的读者朋友们。我当然特别喜欢那些来借阅乔伊斯或艾略特作品的读者，但是对于其他的读者，我也尊重他们的权利。我曾为一位养育着七个喳喳乱叫的孩子的妈妈提供了一整套"宾豆"（Bindle）系列作品[1]，我还曾给法国会员弄到他一再要求的英国作家查尔斯·莫根（Charles Morgan）的作品。我也非常喜欢像我自己这样平凡单纯的读者。如果没有我们，作家们该怎么办？书店该怎么办？

为读者寻找到合适的书籍，就像为他们寻找到合适的鞋子一样困难。有些顾客要从美国或英国订购最奇怪的出版物，例如，有一位每年只到我的书店来一次，就是为了取他的《拉斐尔历书》（Raphael's Ephemerides）。他们怎么就不能简简单单地买一本《男孩的愿望》（A Boy's Will），而偏要寻找我书店里根本就没有存货的东西呢？

当然，我的顾客一半以上是法国人，所以，我的工作也包括非正式地教授他们有关美国文学的知识，给他们提供最新的信息等。我发现，他们中的许多人对美国新作家们一无所知。

我的这些"兔儿"[2]之中，有一位是培根的崇拜者，我的店名让他如此恼怒[3]，所以，他常常按捺不住要到我的店里来。在吞下培根火腿和鸡蛋的早餐后，他就急急忙忙赶到我的书店，千方百计地阻止我回复那堆积如山的写给莎士比亚书店的公务信函。他会把《解剖忧郁》（Anatomy of Melancholy）[4]或其他书籍从书架上硬扯下

---

1. 英国作家詹金斯（Herbert George Jenkins）所创作的一系列幽默小说。
2. 毕奇的姐姐霍莉把她的图书馆会员们称为"兔儿"。
3. 有一派学者认为，根本就没有莎士比亚这个人，莎士比亚是哲学家培根的化名，所有的作品都是培根写的。
4. 英国学者神父Robert Burton（1577—1640）的著作，出版于1621年。

来，把书打开到能够证明莎士比亚是培根的笔名的那一页上，然后就把翻开的书留在店里。这位"兔儿"还有些暴力倾向。有一天我看到他直盯着拨火棍看，很显然，他已经决定要把莎士比亚书店的老板给放倒在地上，所以，当我看到海明威一如往常地走进书店时，我真是大大松了一口气。

我还是更喜欢那些年轻的"兔崽儿"们，他们径直走进来，坐在那张红色圆桌边古老的小扶手椅上，阅读布莱荷的《地理》(*Geography*)[1]。布莱荷一直相信书籍应该出得又大又平展，可以让人坐在上面。我也总愿意停下手中并不太重要的活计，给这些孩子们看拉尔博的西点军校的士兵们，还有我在里屋大柜子上面放着的其他玩具，当然，你得把这些孩子举起来，他们才能看得见。

其中我最喜欢的一位是哈里特·沃特菲尔德（Harriet Waterfield）。她的父亲戈登·沃特菲尔德（Gordon Waterfield）正在撰写一本关于他们家族长辈达芙·戈登夫人（Lady Duff Gordon）[2]的传记。这本传记非常有趣，我要将这个引人入胜的故事推荐给所有没有读过的人。

哈里特当时只有五岁，她对她妈妈说："你知道吗，西尔维亚是我最好的朋友。"我也把她当成挚友。有一天，我本该在书店里工作，却跟着她去布隆涅森林里的动物园游玩。那时正是春天，那些动物的幼崽们就在游客的脚下跑来跑去，让人恼火的是，有时候它们还会跳起来，咬掉你大衣上的纽扣，这可是你最好的大衣，你妈妈一再叮嘱你千万别弄坏。等到我们去看大象时，就轻松多了，因为大象不会跳来跳去。哈里特说："下次我们再来，就

---

1. 指《图说儿童地理》(*A Picture Geography for Little Children*)，出版于1925年。
2. 英国时装设计师，创建了真人模特时装秀，并是设计高衩低胸女装的先锋，她也以1912年沉入海底的"泰坦尼克号"的幸存者而著名。

直接去看大象。"

有一天，一位穿着白裙子的金黄头发的小女孩和她的父亲一起来到书店，她坐在红色的小圆桌前翻阅儿童读物。这个孩子名叫薇奥兰（Violaine），是诗人克洛岱尔的干女儿，她的名字就是随克洛岱尔的戏剧《小女孩薇奥兰》（*La Jeune Fille Violaine*）中女主人公的名字取的。她的父亲是诗人和大使亨利·霍伯诺（Henri Hoppenot），他是我们最好的朋友之一。薇奥兰和她的父亲以及母亲海琳娜·霍伯诺（Helene Hoppenot）刚刚从北京回来。

这个小女孩的英语几乎和法语一样好，那天我和她的父亲说话时，她深深地沉浸在凯特·格林纳威（Kate Greenaway）[1]的作品中，等到她长到二十岁时，在反纳粹的抵抗运动中，她变成了最危险的环境里最勇敢的女英雄。

莎士比亚书店的访客中偶尔也会有一些小狗，但我的小狗泰迪对它们的态度并不友善。

说起泰迪，它原来的主人是我的顾客，来自布鲁克林的一位年轻迷人的女士。泰迪是混有杂种血液的硬毛猎犬，是一条特别有魅力的狗。它常常到我的书店来，项圈上的许可证还是在布鲁克林时颁发的，它不许任何人把这许可证取下来。有一天，它的女主人来对我说，虽然她很喜欢泰迪，但是，她无法再继续养它了，她要把泰迪送给我做礼物，并且希望我能接受。我告诉她，我的书店是没有办法让乔伊斯和一条狗共存的。她听后说：那我只能请兽医把泰迪给弄死了。

这样，我只得同意先试着收留泰迪一段时间，我首先得看穆萨是否能接受它，穆萨是阿德里安娜父母亲在乡下的庄园中的那

---

1. 凯特·格林纳威（1846—1901），英国儿童书作家。

条毛茸茸的牧羊犬，我们经常去那里过周末。说好了这个前提条件后，泰迪的女主人把它的狗链交给我，还有一份详细的养狗说明书。说明书中告诉我它的健康状况，它的饮食（罐头三文鱼居然是其中很重要的一项，这让莫尼耶一家大为惊奇），它的行为习惯，她花了许多精力才教会它的那些把戏，还有它能听懂的语言。泰迪会玩的把戏很能逗孩子们开心，如果需要它养家糊口的话，可以在马戏团里为它找份工作。它能踮着脚尖转圈圈；它能四脚朝天躺在地上，直到你数到三；它能用鼻子顶着一根棍子，然后把棍子扔出去，并在落地前又用嘴接住。

我担心对泰迪来说，替换女主人会是一种打击，但它不仅很快接受了它的新伙伴，而且，当旧主人第一次回到书店时，它根本就没起身去和她打招呼。也许是因为它也有自尊心吧。

后来的一个周末，阿德里安娜和我带着泰迪去赶火车，我们正要通过火车站的大门时，车站的工作人员拦住我们，他说："你们不能带这条狗上火车，它必须得戴口套才行。"我们没有狗的口套，也没时间去买一个，而这班火车又是我们能乘坐的最后一班车。阿德里安娜总是能想出办法，她掏出一块大手帕，扎在泰迪的嘴巴上。还不等那人反应过来该说什么呢，我们就冲了进去，上了火车，前往乡下去了。

穆萨原本是条山里的狗，它还是小狗崽时，我从萨瓦省将它买来，送给阿德里安娜的父亲做礼物。没人能替穆萨梳理它的毛，即使是它的主人也不行，对于一条山里的狗来说，它从来都不会如此放弃自己的尊严。有一次，而且只有这一次，阿德里安娜的妈妈想替它把打着结的毛梳开，穆萨抢过梳子，把上面缠着的毛弄下来，一口就吞了下去。

我们都觉得穆萨肯定不想要泰迪与它做伴，但是，在初次见面大打一架后,这两条狗居然成了朋友。穆萨佩服泰迪的聪明和智慧,而泰迪则崇拜穆萨,因为它可以说是狗中的一条好汉。

阿德里安娜认为泰迪是一个高度进化的动物,它肯定经历过无数种变体,或者是如茉莉·布卢姆(Molly Bloom)[1]所说的那样,它是一种"会转世的灵魂"。阿德里安娜觉得它下一次投胎会成为一个邮差,因为她的父亲在邮政局工作,所以,她的这一说法充满了对泰迪的尊重。我很喜欢它目前作为狗的阶段,它也很喜欢我。我敢肯定,为了我,它也能放弃掉它作为狗的状态。

当然,每次乔伊斯一来书店,我就要赶快把泰迪赶到其他地方去。可怜的乔伊斯!当我和阿德里安娜买了辆汽车时,他也很不赞同,他觉得只有政府官员才能使用汽车。而现在,莎士比亚书店又增添了条"好可怕的狗"。

乔伊斯不喜欢泰迪,却很喜欢莎士比亚书店的店猫,那只全身漆黑的名叫幸运的猫。幸运喜欢吃手套的手指头,它的这个习惯让许多人气恼,因为他们刚刚将一副上好的手套放在桌上,随后就会发现上面的手指头都被咬掉了。乔伊斯从来不戴手套,所以,他不会像其他人那样对幸运发怒。我实在无法让幸运意识到这种习惯非常不好,就只能在书店里贴出一张告示,警告顾客们他们的手套所面对的危险。帽子也一样,有一次,幸运把海明威的一顶新帽子的帽顶给咬穿了,这真让我羞愧。还有一次,朋友们到阿德里安娜家里去喝茶,幸运把放在卧室里的所有手套的手指头都给咬掉了。乔伊斯夫人为了另一位客人的手套而大发雷霆,只有在离开之后,她才意识到,她的手套也同样是牺牲品。

---

1. 乔伊斯的《尤利西斯》中的女主角。

访客和朋友

访客从许多不同的国家来到莎士比亚书店,在二十年代初,有一位顾客来自于我们当时称之为俄国的地方,他就是塞吉·爱森斯坦(Serge Eisenstein)[1],他是位伟大的电影艺术家,总是充满着许多令人兴奋的新念头。他也是我所遇到的最有趣的人物之一,他对于文学界中发生的一切都非常关注,充满激情地崇拜着乔伊斯。他非常希望能把《尤利西斯》改编成电影,但他又告诉我说,他对于这本书里的文字实在太崇拜了,所以,不愿意因为电影的局限而牺牲其文字。

爱森斯坦后来又回到巴黎,他把我和阿德里安娜请到俄国大使馆,在那里给我们放映了他的新片《总路线》(*The General Line*),并向我们陈述了他有关这个主题的一些想法。他的想法如此之多,在电影所给定的时间里,他连其中的一半都没有表达出来,他可能也无法在特定时间里完成一部电影的拍摄。

我和爱森斯坦达成了一个协议,我为他提供新的英文书籍,与他交换当代俄国作家的作品。从他寄给我的书来看,在那段时间,俄国并没有什么重要的文学作品,也可能因为当时的翻译没有跟上。

苏联外交官李特维诺夫(Maxim Litvinov)[2]一家也到书店来过,艾维·李特维诺夫夫人是英国人,而她丈夫几乎就可以算是爱

---

1. 塞吉·爱森斯坦(1898—1948),俄国电影艺术家,常被视为"蒙太奇"之父。《总路线》拍摄于1929年。
2. 李特维诺夫(1876—1951),苏联著名的外交家,1930年,任斯大林政府的外交部长。他的夫人艾维是英国人,据说曾教授过斯大林英文,她在莎士比亚书店购买了一本《尤利西斯》并打算把乔伊斯介绍给苏联读者。她自己也是作家,在《纽约客》上发表过短篇小说,并写过长篇小说和侦探小说。

尔兰人，他在都柏林上的大学，还是乔伊斯的校友。李特维诺夫家的孩子们的照片也被加入我其他小客户的照片当中，让我记忆最深的是汤妮亚（Tania）。

我的客户和朋友还包括一位中国语音学教授（他有一对双胞胎孩子），其他还有柬埔寨人、希腊人、印度人、中欧人、南美人。当然，我的客户中的大部分仍是美国人、法国人和英国人。

珍妮特·弗莱纳（Janet Flanner）[1]是我最早的美国朋友之一，她后来一直使用的是笔名热内（Genêt）。在二十年代，她常常在我的书店进进出出，有一次，她要去罗马，在去火车站的路上，她特地叫出租车到莎士比亚书店门口停了一分钟，就是为了要给莎士比亚书店的图书馆送两本精美的艺术书籍。阿德里安娜后来借了这两本书，她对里面的插图实在太喜欢，过了许久才很不情愿地还给图书馆。

珍妮特·弗莱纳总是在旅行，她是位四处漫游的作家，她不是在伦敦，就是在罗马或其他地方。她才华横溢，又很用功。而且，我可以证明，她也总是能找到时间帮助别人。有一次，为了对她的帮助表示感谢，我送给她一本《尤利西斯》，里面还夹着一页作者的手稿。许多年后，当乔伊斯的作品已经能卖到很高的价钱时，她问我是否反对把她这本《尤利西斯》卖给一家著名的图书馆，当然，出售此书得到的收入都会归我。这就是珍妮特·弗莱纳的性格。

一九四四年巴黎解放时，《生活》杂志的一位摄影师拍摄了一张剧院街十二号的两位老顾客在一起的照片，他们是珍妮特·弗莱纳和欧内斯特·海明威，这个构思可真棒。

---

1. 珍妮特·弗莱纳（1892—1978），美国作家、记者。1925—1975年之间，是《纽约客》长驻巴黎的记者，在这五十年中，她一直在写《巴黎通信》专栏。

另外一位我早期的朋友是约翰·多斯·帕索斯（John Dos Passos）[1]，他总是来去匆匆，我与他见面的时间是在他出版《三个士兵》（*Three Soldiers*）和《曼哈顿中转站》（*Manhattan Transfer*）之间，但每次都只是惊鸿一瞥。有时候，我也见到他与海明威在一起，有一天，在午休之后我重开店门时，我注意到有人在门下塞了张东西，那是一张约翰·多斯·帕索斯的照片，因为我曾告诉过多斯（我们当时都这样称呼他）我需要一张他的照片，这样可以摆放在书店里作家肖像的收藏中。

桑顿·怀尔德（Thornton Wilder）[2]几乎和海明威同时来到莎士比亚书店，他曾经和年轻的海明威夫妇交往很多，并且常常到书店来。在我所有的朋友中，他是最有礼貌的。他很害羞，言谈举止就像位年轻的助理牧师，和当时同在巴黎的其他人相比，他的背景和他的同代人很不同。我喜欢他的作品《卡巴拉》（*Cabala*）和《圣路易斯雷大桥》（*Bridge of San Luis Rey*），而且，我觉得虽然他已经取得了很大的成就，但仍然非常谦虚。法国人崇拜他的《桥》，认为此书简直就是法国文学作品，或至少是法国文学传统的一部分。在我二十年代的这批朋友们中，他们互相之间的区别可真大，例如怀尔德和麦卡蒙。美国就是这么地大人多，各种人物都有，如果忘了这点，你简直就无法解释他们怎么会那么不同。

我一直很喜欢桑顿·怀尔德，也一直很景仰他，所以，过了一段时间后，我发现他几乎从剧院街上消失，越来越多地出现在克

---

1. 约翰·多斯·帕索斯（1896—1970），美国小说家、艺术家。《三个士兵》出版于1921年，《曼哈顿中转站》出版于1925年。
2. 桑顿·怀尔德（1897—1975），美国剧作家、小说家，曾三次获得普利策奖。1921年秋天他无意撞上了莎士比亚书店，后来成为会员和常客。毕奇曾对斯坦因这样形容怀尔德："他仿佛要带着全世界的人前去参加周日野餐，而且要保证所有的人都能赶上火车。"他曾在书店里多次看到过乔伊斯，但是因为他为人腼腆，从未与其正式会面。

利斯汀街上[1],我的心中就有些遗憾。但是,我丝毫没有觉得这对我们之间的友谊有什么影响,他只是因其他事务前往别处而已。舍伍德·安德森也是这样,他也越来越经常去克利斯汀街,也就是说,更常到斯坦因家里去了。

艺术家曼·雷和他的女弟子贝伦尼斯·阿伯特(Berenice Abbott)[2](她曾经做过一段时间他的助手)是"圈内人"的专业摄影师。我书店的墙上挂满了他们的摄影作品。能够被曼·雷和贝伦尼斯·阿伯特拍照,就说明你是个有头有脸的人物了。我觉得对于曼·雷来说,他最感兴趣的已经不是摄影,当时他在前卫艺术运动中已经小有名气,是达达主义和超现实主义流派中的成员。

一九二四年四月,《出版商周刊》(*Publishers' Weekly*)刊登了一篇关于莎士比亚书店的文章,引起了许多美国书商和出版商的注意,而且激起了他们极大的兴趣。所以,以后他们有机会来巴黎时,总要到我的书店里来看看。能够引起业内媒体的关注,我们也挺得意。这篇文章的作者是莫瑞尔·科迪(Morrill Cody)[3],他的另一本更重要的著作中的男主角是酒保吉米,海明威还特地为此书写了序[4]。就像我二十年代在巴黎的许多朋友那样,莫瑞尔·科迪以后也是成就斐然,在美国和法国的文化交流中,他已经做出,并且正在做出很大的贡献。

---

1. 指的是格特鲁德·斯坦因的住处。
2. 贝伦尼斯·阿伯特(1898—1991),美国摄影师。
3. 莫瑞尔·科迪(1901—1987),美国外交家、文学编辑、作家。
4. 此书指的是《找对地方了:酒保吉米·查特斯回忆录,莫瑞尔·科迪笔录》(*This Must be the Place: Memoirs of Montparnasse by Jimmie "the Barman" Charters, as Told to Morrill Cody*),出版于1937年。酒保吉米是20世纪20年代巴黎丁格酒吧最红的酒保,丁格也是海明威常常光顾的地方。

"圈内人"

茱娜·伯恩斯（Djuna Barnes）[1]，充满魅力，充满爱尔兰风格，才华横溢，在二十年代初也来到了巴黎。她是属于《小评论》和纽约格林威治村那个圈子里的，也是麦卡蒙的朋友。她的第一部小说出版于一九二二年，这部小说的书名非常简单，但很有特点，就叫《一本书》（A Book），这也是她的成名之作。她的作品充满了一种奇特但忧郁的风格，这和她平时脸上灿烂的笑容形成强烈的对比，和当时的其他任何作家都不一样。而且，她也不是王婆卖瓜自卖自夸的那种人，幸亏T.S.艾略特慧眼识珠，把她给挖掘出来，并且把她推到文坛她应有的地位上[2]。即便如此，在关于当代文学的专著中，她仍没有受到应有的重视。在我看来，毋庸置疑，她是二十年代巴黎文坛上最有才华、最让人着迷的人物之一。

在我的书店刚刚开张的那几年中，有一位名叫马士登·哈特雷（Marsden Hartley）[3]的美国艺术家也在拉丁区一带活动。他是个很有趣的人物，他的诗集《诗二十五首》（Twenty-five Poems）是麦卡蒙的接触出版社出版的。他在巴黎没待很长时间。但是，在与他为数不多的几次接触中，我能感觉到他很吸引人，可能还稍有些多愁善感。

在二十年代的巴黎来来去去的，还有一位红脸颊红头发的活跃人物，她叫玛丽·巴兹（Mary Butts）[4]，至少在我与她相熟的那

---

1. 茱娜·伯恩斯（1892—1982），美国作家。
2. 伯恩斯最著名的作品，意识流小说《午夜森林》（Nightwood），首先被美国出版社拒绝，后来在艾略特的大力推荐下，由英国的法伯与法伯出版社于1937年出版，并风靡一时。
3. 马士登·哈特雷（1877—1943），美国画家、诗人、散文家。
4. 玛丽·巴兹（1890—1937），英国现代主义作家。

段时间，多愁善感可根本与她沾不上边。在她的作品《异教徒的陷阱》(*Traps for Unbelievers*)中，有科克多（Cocteau）[1]为她画的画像，可以说是当时的玛丽·巴兹的真实写照。但是，她的生活是一场悲剧，她的充满潜力的写作因为她的突然去世而中断[2]。虽然她有几部作品是由接触出版社出版的，其中一本是《远古圆环的阿许》(*Ashe of Rings*)，但是，在她去世后，她的所有作品仿佛都消失了，不知怎么就绝版了[3]。她也曾写过一本关于埃及艳后的书，她认为埃及艳后是一位智慧之士，简直就是位博学的女才子。

在"圈内人"中，有三位美女，很不公平的是，这三位是一家人，她们是诗人米娜·罗伊（Mina Loy）[4]和她的两个女儿——珠拉（Joella）和法碧（Faby）（这个名字的拼法显然不正确），她们都是绝代佳人，走到哪里都会引起人们的注视，而她们早就习惯了这点。但是我相信如果进行投票的话，三人中，米娜会被选为是最美丽的。乔伊斯虽然患有眼疾，但他如果诚心想看，他能和其他人一样什么都看得见，据他观察，从各方面来说，珠拉都是标准的美女：她金黄色的头发，她的眼睛，她的皮肤，还有她的仪态。所以，乔伊斯肯定会选她。而法碧当时年龄尚小，但已经美丽动人，而且长得很有趣，你真难把目光从她身上移开。

你如果去米娜的公寓，会看见到处都是灯罩，制作灯罩是她养活孩子们的生计。她自己所有的衣服也都是她亲手缝制的，女儿们的衣服可能也是她缝的。她的帽子和她的灯罩非常相像，或者反过来说，她的灯罩和她的帽子非常相像。

---

1. 让·科克多（Jean Cocteau，1889—1963），法国艺术家、诗人和电影导演，也曾为巴兹的作品《想象的信件》(*Imaginary Letters*)创作插图。
2. 根据陈荣彬译本资料，巴兹因吸毒而于1937年去世，只活了47岁。
3. 20世纪80年代后，她的作品又重新出版，再度流行。
4. 米娜·罗伊（1882—1966），英国艺术家、诗人、作家。

空闲时，米娜会写一些诗作，麦卡蒙曾经出版过一本她的诗集，这本诗集薄薄的，书名是典型的米娜·罗伊的风格，《月之旅行指南》(Lunar Baedecker)（请注意，麦卡蒙出版的书上把"旅行指南"这个词给拼错了）。

麦卡蒙在左岸的朋友之中，还有一位来自日本的佐藤建（Ken Sato），他的《怪异故事》(Quaint Stories)也是麦卡蒙出版的，里面写的是关于日本武士以及他们手下斗士的神话故事，书中的英文非常古雅别致，赛过影响了纪德创作的那些日本前辈作家们。

我还有一位同胞对我和阿德里安娜的书店都非常感兴趣，那是诗人纳塔莉·克里弗德·芭妮（Natalie Clifford Barney）[1]，也就是法国象征主义诗人雷米·德·古蒙（Remy de Gourmont）[2]《书信集》(Letters)中所提到的那个"女战神"，因为她每天早上都在布隆涅森林里骑马，由此而得名。除了写诗之外，她的沙龙在巴黎文学圈子里也非常有名，但我总怀疑她是否真把文学当成一件严肃的事。作为一位"女战神"，芭妮小姐并不好斗，正相反，她充满魅力，穿着一身白色的衣服，加上金黄的头发，非常迷人。我相信，许多女人也发现她充满了致命的诱惑力[3]。每个周五，芭妮小姐都会在她雅各街住所的亭馆中招待客人，这里曾经是十七世纪名媛妮侬·德·兰可儿（Ninon de Lenclos）的住所，但我不知道她的沙龙是否也在星期五聚会。雷米·德·古蒙已经仙逝，但是，他的弟弟还常常去芭妮小姐那儿，去她沙龙的作家大多是《法兰西

---

1. 纳塔莉·克里弗德·芭妮（1876—1972），美国剧作家、小说家、诗人，主持着在巴黎最著名的文学沙龙，持续六十年。有人说，就像斯坦因收藏艺术品一样，芭妮收藏各种人物。她于1920年10月11日成为莎士比亚书店的会员。
2. 雷米·德·古蒙（1858—1915），法国象征主义诗人、小说家，芭妮的精神上的恋人，芭妮的文学沙龙是他们俩一起开始的。
3. 芭妮是公开的双性恋，早在1900年就以真名发表了同性恋的诗歌。毕奇曾在此书中写道，在芭妮的沙龙中，能认识许多女同性恋，包括"那些住在巴黎的或那些路过巴黎的"，这部分后被编辑删掉。

信使》文学期刊圈子里的人物，也许这也是她成为埃兹拉·庞德的朋友的原因，因为庞德的许多朋友也都是《法兰西信使》文学圈子里的。也是通过庞德的介绍，芭妮小姐在她的沙龙里安排了乔治·安太尔的音乐表演。

有一天，我到雅各街芭妮小姐的家中，帮助她寻找她从我的图书馆里借走的一本书，她把我带到塞满书的橱子前，当她打开橱门时，一本书掉到地上，那是庞德的散文集《教唆》(*Instigations*)，她说："如果你找不到你的书，就拿这本去好了。"我表示反对，说这本书实在太珍贵了，而且这是作者签赠给她的，但她坚持一定要我拿走这本书，她说除了诗歌以外，她什么都不读，而且她的图书馆里也从来不收藏非诗歌的书籍。

在芭妮小姐那里，人们还能遇到穿着高领子上衣，戴着单片眼镜的女士们，而芭妮小姐自己的穿着打扮则非常女性化。很可惜，我错过了在她的沙龙中认识《寂寞之井》(*The Well of Loneliness*)[1]的作者的机会，这本书的作者得出结论说：如果同性恋也可以结婚的话，那么什么问题都能迎刃而解。

也是在芭妮小姐那里，我遇到了桃莉·王尔德（Dolly Wilde）[2]，她和她的叔叔奥斯卡·王尔德长得很像，只是更漂亮。后来，她在威尼斯不幸去世，芭妮小姐发表了一篇非常让人感动的文章赞扬她。芭妮小姐的另一位朋友，诗人蕊内·维维安（Renée Vivien），也是在悲惨的境遇下突然去世的。[3]

---

1. 英国女作家瑞德克利夫·霍尔（Radclyffe Hall, 1880—1943）创作的同性恋小说。
2. 桃莉·王尔德（1895—1941），社交界名媛。
3. 这两位都曾是芭妮的情人，两人都有一种自我毁灭的倾向。象征主义诗人维维安于1909年去世，时年32岁，死于酗酒吸毒厌食等综合征。桃莉·王尔德和芭妮于1927年会面，她曾酗酒吸毒并多次企图自杀，芭妮曾出资让她戒毒，但是效果甚微，1941年，桃莉可能因吸毒过量而去世。

但是，芭妮小姐却不是那种悲观的人，她总是快快乐乐的，性情愉快。她给客人们提供的点心也都非常高级，特别是哥伦班餐厅的巧克力蛋糕。

有一本不太为人所知的经典之作《女士年鉴》(*The Lady's Almanach*)，作者不详，可能是茱娜·伯恩斯的作品[1]，也有人说此书描写的就是芭妮小姐。

有一位女士，带着芭妮小姐的一封信来到我的书店，看来她对雅各街的造访并没让她受益，她看上去过度紧张，在我的耳边悄声问："你这里还有没有关于那些可怜家伙的其他书籍？"

---

1. 确实是她的作品，此书由达戎蒂耶印制而成，里面有很多手绘的插图，写的是当时在巴黎的美国女性，当时共印了25本。

第十三章

菲茨杰拉德、尚松和普雷沃斯特

阿德里安娜和我一样,对于在我书店里进进出出的美国作家们也非常感兴趣,我的朋友也是她的朋友,在剧院街的这两家书店之间,真该打通一条地下通道。

我们的好朋友之一是司各特·菲茨杰拉德,我还曾经拍过一张他和阿德里安娜一起坐在莎士比亚书店门槛上的照片。我们非常喜欢他,但是又有谁不喜欢他呢?他的双眼是那么蓝,他长得那么英俊,他对别人那么关心,他那种桀骜不驯、做事完全不顾后果的性格,还有他那种堕落天使的魔力,他在剧院街一出现,就能让人眼花缭乱。

司各特崇拜詹姆斯·乔伊斯,但是又特别害怕和他接近,所以,有一天晚上,阿德里安娜就准备了一顿丰盛的大餐,邀请了乔伊斯夫妇、菲茨杰拉德夫妇、安德烈·尚松(Andre Chamson)[1]

---

1. 安德烈·尚松(1900—1983),法国作家、档案学专家。

和他的太太露西亚（Lucie）。司各特在我那本《了不起的盖茨比》中，画了一幅素描，素描上画了所有的客人，坐在桌边的乔伊斯的头上有一个光环，司各特跪在他的旁边，阿德里安娜和我坐在桌子的两头，被描绘成美人鱼（抑或是水妖）。[1]

可怜的司各特，好像他写书赚的钱太多似的，他和太太塞尔达（Zelda）要在蒙马特区喝无数瓶香槟，才能使劲把钱花掉。有一次，他用一位出版商支付给他的所有的钱，买了一串珍珠项链送给太太，而她则把项链作为礼物，送给她在夜总会跳舞时认识的一位黑人女孩，但第二天早上，这女孩又把项链还给了她。

司各特和塞尔达还经常把现金留在一个盘子里，盘子就放在他们住的房子的大厅里，这样，那些带着账单前来的客户或需要小费的人都可以自己取钱。司各特就这样把他挣到的钱全部花完了，一点都没有考虑到未来。

我记得是司各特介绍我认识了好莱坞的导演金·维德（King Vidor）[2]，而司各特是通过我，认识了法国作家安德烈·尚松。

我与好莱坞先有缘而后无缘的过程是这样的。金·维德有一次到我的书店来，他问我是否能向他推荐可以改编成电影的某个年轻法国作家的某部作品，我立刻就想到了安德烈·尚松的处女作《路》（The Road）。这是一个充满戏剧性的让人兴奋的真实故事，内容是修建一条新路，地点是尚松的故乡，塞文山脉的艾加尔山区。书中描写的那个山脚下的小村子是他出生并成长的地方，这个年轻的塞文人所讲述的故事惊人且美丽，也是尚松亲身经历过的。

所以，我就把《路》推荐给了金·维德，告诉了他故事的内容

---

1. 司各特在漫画上称这一晚为"圣詹姆斯节"。还有一次，为了表达他对乔伊斯的敬仰，他要从一扇窗子上跳下来，乔伊斯惊叹道："这个年轻人可能发疯了，他这样做是要受伤的。"乔伊斯后来在司各特的那本《尤利西斯》上为他题字并签名。
2. 金·维德（1894—1982），美国导演。

是什么,"哇,这正是我所需要的,"他说,他当即就要求我请尚松到书店里来一下。

维德从美国回来的时候,带来了埃莉诺·波德曼(Eleanor Boardman)[1],这样他们可以和尚松一起编剧。维德一点法语都不懂,而尚松根本不懂英语,所以,我给他们做翻译,并且兴致满怀地看着故事情节和场景慢慢清晰起来。维德当时在欧洲的声誉如日中天,而且他的为人也没有让我失望,他很有深度,理解力极强,而且特别敏锐。

改编《路》的工作大约进行了有一个多月,有一天,维德的那辆豪华车没能把他带到书店来,我只收到一张匆忙中潦草写就的纸条,通知我他有急事突然被召回了美国,纸条上没有任何其他解释。这也是我们最后一次和他联系。

以后许多次,尚松每每和我谈起维德要把他变成大富翁的种种保证,我们俩都禁不住要笑,但是在当时,我们可一点都不觉得好笑。维德希望这位年轻作家放弃他在法国的一切,陪他到好莱坞去,并说在那里,尚松能赚一大笔钱。幸运的是,尚松来自一个传统而明智的种族,用他们的话来说,尚松压根就不会"找不着北",也就是说,他还是比较循规蹈矩的。他问维德:"那我的工作该怎么办?"尚松当时有一份很好的工作,他是法国下议院某位部长的秘书,而且,他根本就没有放弃那份工作的打算。

这事真让我丢尽了脸面,更糟糕的是,让我的祖国也很丢脸。司各特·菲茨杰拉德也吓坏了,但是他处理此事的方法非常妥善,不久,尚松就原谅了我们,不再计较我们给他带来的失望。

尚松夫妇还向我谈起一次司各特半夜造访他们的事情,他

---

1. 埃莉诺·波德曼(1898—1991),美国女演员,以无声电影著称,1926—1931年间是金·维德的妻子。

们当时住在先贤祠后面的一个小公寓里。司各特带来了一瓶装在桶里的香槟,可能是他从哪个夜总会里弄来的,在和朋友共饮了香槟之后,司各特就伸腿躺在长沙发上,打算在那里过夜了,于是,露西亚就把一条毯子盖在他身上。可是他改变了主意,尚松夫妇花了好大劲才阻止他从阳台栽到大街上去,他们住的可是六楼啊!最后,尚松总算扶着司各特一步一步走下楼梯,把他弄到大街上,弄进一辆出租车里。要是没有尚松,司各特准会把口袋里所有的钱都掏给司机,连司机自己都惊恐地拒绝,他用法语说:"你这样会给我惹麻烦。"出租车司机都是忠厚老实的人。

尚松后来的事业非常成功,所以,他当年没有去追随"鬼火",也没有什么可后悔的。他成为凡尔赛宫博物馆最年轻的馆长,现在,他是小皇宫美术馆以及另外两家国家博物馆的馆长,而且,他也已经成为法兰西学院的院士。

二十年代中期,阿德里安娜和我常常与安德烈·尚松以及作家让·普雷沃斯特(Jean Prévost)[1]见面,他们俩是非常好的朋友,但两人又实在非常不同。尚松稳重扎实,勤奋好学,多才多艺,头脑冷静。而普雷沃斯特则毫无定数,喜怒无常,非常情绪化。他是一位文法学家,又很有哲学家的才能;而尚松则是一位艺术鉴赏家、历史学家,更有政治头脑。

普雷沃斯特曾经是阿德里安娜出版的《文学评论》的一位助理编辑,所以,他的大部分时间都逗留在我们的书店里。他也是作家安德烈·莫洛亚的好朋友,他对莫洛亚很忠诚,莫洛亚对他很照顾,他总是把莫洛亚挂在嘴边。

---

1. 让·普雷沃斯特(1901—1944),法国作家,在第二次世界大战的抵抗运动中牺牲。

阿德里安娜和尚松有一个共同点，那就是他们的山，而且，他们都有各自所钟爱的山脉，尚松的山是他的塞文山区中的艾加尔山，而阿德里安娜的山则是矗立在尚贝日和艾克斯莱班两座城市之上的荒漠山，其山峰坐落在瑞瓦峰和尼弗十字峰之间。

为了证实尚松的山确实像他所说的那么好，我们还特地开车去了塞文山区参观了他的艾加尔山，我们不得不承认，他的忠诚完全是有道理的。这座山非常高，长满了树，山的一侧有一道溪流顺山而下，山下是幸福谷，一条山路蜿蜒通向尚松的山顶，那就是他的小说《路》中所写的那条路，修筑这条路可真是一项伟大的成就。当你爬上艾加尔山的山顶，你的目光能越过塞文山脉，一直看到地中海。即便如此，阿德里安娜仍然认为和她故乡萨瓦地区雄伟的阿尔卑斯山相比，尚松的山美虽美，但还只能算是个小山丘。

普雷沃斯特的头非常硬，我这样说，并不是指他头脑顽固，我指的是字面上的意思，也就是说，他的头真的就像石头那么硬。为了证明这一点，他曾经用他的头猛击我书店中的钢管，钢管和我一起战栗，而他的头却一点感觉都没有。他是一个拳击手，他说，别人的拳头打在他的头上，他根本就不在乎，因为他压根就感觉不到。你要去打普雷沃斯特的头，还不如去打一根钢管呢。我曾经安排海明威和普雷沃斯特这两个拳击冠军进行过一场比赛，结果把海明威的大拇指给弄断了。普雷沃斯特身材结实，健壮有力，他特别喜欢体育运动，每个周日都去踢足球。

普雷沃斯特是师范学院的毕业生，有一天，我们三人坐在阿德里安娜的图书馆里，外面有一个男人停下来，看橱窗里陈列的书籍，那是个中年人，长相很有趣。普雷沃斯特说道："那是贺瑞欧。"

就冲出了书店。他以师范学院特有的方式和贺瑞欧打了招呼（这种打招呼的方式太不雅观，实在不便描述），贺瑞欧就和他一起进了书店。我很喜欢艾杜亚·贺瑞欧（Eduard Herriot）[1]，我觉得他是法国政坛最出色的政治家之一，更不用说他一直很喜欢美国。我赶紧跑回街对面我的莎士比亚书店中，取来那本他写的《诺曼底的丛林中》(Amid the Forests of Normandy)，他非常乐意地为我签了名。

无论是多么微不足道的小病，都会让普雷沃斯特大惊小怪，例如感冒啦，胃疼啦，但是这个人并不怕死。最后，他在抵抗运动中牺牲了。

A. 麦克莱许

莎士比亚书店的大家庭中，有两位美国人也是我非常喜欢的，他们是爱达和阿契伯德·麦克莱许[2]夫妇。我记得《幸福的婚姻》(The Happy Marriage)和《地壶》(The Pot of Earth)的作者好像是一九二四年来到我的书店的，具体哪一年我已经记不清了，也可能是更晚一些？阿契是在一九二八年将这两本小书题赠给我的，但是在一九二六年时，我们已经是很好的朋友了。他也是乔伊斯的好朋友，他和路德维克·陆为松（Ludwig Lewissohn）[3]一起，曾经为反对《尤利西斯》的盗版起草了抗议书。

我记得麦克莱许和海明威曾经在书店里见面，商量如何解救美国诗人哈特·克莱恩（Hart Crane）[4]的计划，克莱恩在法国警察

---

1. 艾杜亚·贺瑞欧（1872—1957），法国激进的左派政治家，在20到30年代期间曾三度出任法国第三共和国的总理。
2. 麦克莱许于1919年毕业于哈佛大学法学院，之后留校执教一年，并做过三年律师。
3. 路德维克·陆为松（1882—1955），美国文学批评家、小说家和翻译家。
4. 哈特·克莱恩（1899—1932），美国诗人。

那里惹了些麻烦，这种事在我的朋友身上常常发生，主要是他们喝酒太多，会讲的法文又实在太少。幸运的是，每每遇到这种紧急情况，总有麦克莱许和海明威去帮忙。

有一天晚上，阿德里安娜和我一起去麦克莱许家吃饭，他们住在一座样式典雅的小房子里，就在布隆涅森林大道上，现在这条大道已被改名为福合大道了。他们有些不好意思地解释说，这栋房子，连同那位戴着白手套的用人，都是一个朋友出租给他们的。

晚饭后，阿契为我们朗读了他写到一半的诗作，爱达则为我们唱了歌，她的歌喉可真优美。乔伊斯夫妇也在场，乔伊斯非常欣赏爱达的歌声，他还在她的音乐会之前教会了她许多爱尔兰的民歌，而她的音乐会我们也都参加了。

"机械芭蕾"

莎士比亚书店也曾经一度与音乐结缘。在我们搬到剧院街之后，乔治·安太尔和他的太太波斯珂就住在书店楼上的一套两居室的公寓里。这个住处对他们来说真是太合适了，因为乔治特爱读书，几乎读遍了我图书馆里的每一本书。到我书店来的顾客们看到墙上的那些作家肖像，总是要问曼·雷照片中那位留着刘海的小伙子是谁，而往往就在这时，旁边通向图书馆的门会打开，照片上的那人会捧着一大摞书走出来。对于如何能更快地卖掉我的书，乔治也给了我许多宝贵的建议，他自告奋勇要为橱窗里陈列的那些书另起一些更让人兴奋的书名，他说，这样立马就会有人来买。我想他的话倒还真可能兑现，因为他所建议的一些书名连我都无法说出口。

如果乔治忘记了钥匙而波斯珂又不在家，他就会顺着莎士比亚书店的招牌爬上去，然后从二楼的窗子钻进公寓。路上的行人往往会停下来，观看我的顾客上演的又一出西部片。他们吹着口哨在街上来回走动，有的甚至打扮成牛仔的模样。我的门房是一位有四十年工龄的忠诚的老太太，她非常喜欢美国人。她会说"我们美国人"，仿佛我们就像赛马一样有趣。她丈夫曾经是开往龙畅赛马场的大巴车司机，在她成为门房之前，她就是大巴车的售票员，她的肩膀上斜挎着一个皮包，随着车子的运行而晃来晃去。她也常说"那个美国来的"，指的是我的那条狗泰迪，因为它的脖子上戴的还是布鲁克林的牌照。她非常喜欢乔治·安太尔，当然，每次他半夜回来时例外，因为她得起来给他开门。

乔治和我对《尤利西斯》的看法是一致的，乔治说这本书"能行"，仿佛它是一个什么机器发明。他也曾梦想过要根据《尤利西斯》写一部歌剧，但可惜的是，他的这个愿望一直没有实现。

从一开始，阿德里安娜和我就参与到"机械芭蕾"（Ballet Mécanique）[1]这一项目的酝酿之中，当时，安太尔连钢琴都没有，阿德里安娜就让他使用自己家的钢琴，反正她白天总在书店里。当安太尔弹钢琴，更确切地说，当安太尔敲打钢琴的时候，他就让你感觉到钢琴确确实实是件打击乐器。[2]那个替阿德里安娜打扫房间的女佣常常倚着扫把听他弹琴，她称之为"消防队员"，她觉得这种音乐虽然古怪，但是激动人心。

---

1. 是安太尔和电影艺术家费南德·拉杰（Fenand Leger）合作的项目，但是电影和配乐直到90年代才真正合为一体。当乐曲在音乐厅演出中，"芭蕾"的表演者不是演员，而是机械，包括自动钢琴、飞机的螺旋桨和电铃等物。
2. 一般来说，钢琴被视为是一种打击弦乐器。阿德里安娜曾这样描写安太尔弹琴："演奏的时候，他真的很吓人，他是在和钢琴练拳击，他拼命地毁打它，就这样坚持不懈，直到钢琴、观众和他自己都被弄得精疲力竭。等他弹完之后，他满脸通红，用海绵擦去满头的汗水。他从拳击圈里走出来，低着头，摆动着肩膀，紧锁着双眉，拳头还握得紧紧的。要在一刻钟后，他才能平静下来，恢复自我，他又说笑起来，忘记了先前的一切。

我们无比兴奋地关注着整个创作的进展，等到整部作品完成后，我们都被邀请到普莱尔音乐厅（Pleyel），听乔治在一架自动钢琴上演奏这部曲子。听众共坐了三排，有阿德里安娜、乔伊斯、罗伯特·麦卡蒙，我自己，还有一些其他人，当然还有波斯珂，演奏者挥汗如雨，她得忙着帮他擦汗。

安太尔说，他的"机械芭蕾"是为自动钢琴创作的，因为从技术上来说，人的双手根本就不可能演奏它。但是，演奏时他的双手所要做的和那架自动钢琴简直不相上下。所有的听众，包括乔伊斯，都非常喜欢"机械芭蕾"，但是有一点让乔伊斯觉得遗憾，那就是自动钢琴并没能消除那种钢琴演奏家常有的"自由发挥和曲解其意"。

在布莱荷的母亲埃勒曼夫人的资助下，安太尔得以集中心思完成他的"机械芭蕾"。然后，伯克夫人给他寄了一张支票，帮他支付演出时所需要的一切开销。他租了巨大的香榭丽舍剧院，一直很关注安太尔的音乐的著名指挥家弗来德米尔·戈尔舒曼（Vladimir Golschmann），同意担任"机械芭蕾"的指挥。在同一场演出中，还有指挥家自己的交响乐，那是节目单上的第一个节目。

同时，庞德夫妇也给我们寄来了一张请柬，请我们去参加一场私人音乐会，那里将演奏庞德和安太尔两人的音乐作品。这两位音乐同谋的音乐会，是在普莱尔音乐厅的一个小演奏厅里举行的，阿德里安娜和我坐在乔伊斯和他的儿子乔乔的旁边，把乔乔带来，是乔伊斯希望能培养他对现代音乐的兴趣，但是，庞德和安太尔的作品所起的作用，可能适得其反。玛格丽特·安德森和简·希普也在那里，还有茱娜·伯恩斯和海明威。

节目单上的标题是这样写的："美国音乐（独立宣言）；表演

者：欧尔加·如洁（Olga Rudge）[1]和乔治·安太尔。"

"机械芭蕾"在香榭丽舍剧院的演出是二十年代最重大的艺术活动之一，所有的圈内人都来了，把整个大剧院坐得满满的。我们到达剧院时，离演出还有好一段时间，但是已经到处都是人，剧院外还有乱糟糟的一大群人想挤进去。我们好不容易才挤到我们的位子，真像是土耳其陵墓，"全是满满的"。乔治·安太尔的朋友阿兰·坦纳（Alan Tanner）正在帮他缝补他晚礼服上一个虫咬的小洞，没有晚礼服安太尔就不会上场，没有钢琴家音乐会就无法开始，所以，我们有足够的时间东张西望。我们看到乔伊斯夫妇坐在一间包厢里，还有很少露面的T.S.艾略特，那么英俊，穿着打扮是那么优雅，跟他坐在一起的是巴夏诺王妃（Princess Bassiano）[2]。在最上层坐着常在蒙马特高地活动的那群朋友，正中间是埃兹拉·庞德，他仿佛在为乔治·安太尔坐镇。在前排座位上，有一位穿着黑裙的女士姿态优雅地向人们鞠躬，非常引人注目。有些人在小声议论她是不是哪位皇室贵人，而阿德里安娜则大叫道："那是你的门房！"

"机械芭蕾"对听众们有一种很奇怪的影响力，音乐厅里到处都是大喊大叫的声音，音乐本身完全被淹没了。楼下传来叫骂声，楼上的就以叫好声来回击，在一片嘈杂中，埃兹拉的声音最响亮，有人说他们还看见他头朝下从顶层楼座上倒挂下来。

你能看到有人在拳击对方的面孔，你能听到大呼小叫，你就是听不到"机械芭蕾"的音乐声，但从舞台上那些人的表演来看，这音乐的演奏应该没有停止过。

---

1. 欧尔吉·如洁，美国小提琴演奏家，庞德的情人，二人育有一女。
2. 巴夏诺王妃（1880—1963），美国人，二三十年代文坛上的重要保护神，原名玛格利特·卡耶塔尼（Marguerite Caetani），1911年与意大利的巴夏诺王子罗浮雷多·卡耶塔尼（Roffredo Caetani）结婚。

等到飞机的螺旋桨上场时,这些愤怒的人们突然平息下来,因为螺旋桨开始转动,吹起了一阵风,据斯图尔特·吉尔伯特说,他旁边坐着的一个男人的假头发被吹掉了,一直吹到音乐厅的后排。男人们把衣领竖起来,女人们把围巾披了起来,因为还真有些冷。

所以,我们不能说观众真正倾听到了"机械芭蕾"的音乐,但是至少乔治·安太尔举办了一场热热闹闹的演出,从达达主义的角度来说,没有什么能比这更高超了。

我个人觉得,从现在开始,乔治·安太尔应该专心致志地继续创作他的音乐。也有人建议说他应该借着公众的兴趣大赚一笔,乔治告诉我,庞德劝他到意大利去徒步旅行,巡回演出,背着他那只名叫"疯狂"的猫。但是乔治根本不喜欢走路,特别是让"疯狂"坐在他的背上。而"疯狂"呢,他更喜欢沿着阳台走到隔壁,去拜访那里的母猫。

最后,乔治·安太尔为了"追求节奏"消失在非洲丛林中,他找到了一个地方,在那里,音乐完全是由棍棒演奏出来的,"只有棍棒,没有其他任何乐器"。在那以后,他就杳无音信。我很后悔我的图书馆里有那么一本题为《非洲沼泽》(African Swamps)的书,我更担心乔治。他的父亲也很着急,他看到了报纸上的报道,就给我发来一个电报,问我有没有他儿子的消息。而且,我书店里的电话铃声就没有中断过。正当我急得如同热锅上的蚂蚁时,他竟兴高采烈地出现了。[1]

乔治·安太尔和我有一个共同的朋友,他就是才华横溢的维

---

[1] 从当时他们的通信来看,安太尔根本就没有去丛林,所谓"消失在非洲丛林中"的故事只是宣传上的炒作和玩笑而已,他那一段时间应该是躲在突尼斯。

吉尔·汤姆逊（Virgil Thomson）[1]，他也是格特鲁德·斯坦因的朋友。他所创作的曲子在巴黎的许多音乐沙龙中得到演奏，特别是著名的杜伯斯夫人（Madame Du Bost）的沙龙，这个沙龙，也曾是斯特拉文斯基（Stravinsky）[2]、"六人组"（The Six）[3]，当然还有安太尔演出他们的作品的地方。

一九二八年，另一位在巴黎的美国人来到莎士比亚书店，购买了一本《尤利西斯》，此人就是乔治·格什温（George Gershwin）。格什温富有魅力，而且招人喜欢。有一位我未曾谋面的女士为格什温举办了一个晚会，也邀请了我。参加晚会的人群从电梯里拥出来，挤进她的公寓，谁都不知道女主人被挤到了哪里，所以，也就根本无法向她握手致意。大家都挤到那架大钢琴前，乔治·格什温就坐在那里。在他旁边站着的是他的哥哥艾拉（Ira），还有漂亮的妹妹弗朗西丝（Frances）。他妹妹唱了几首他谱写的歌，格什温也唱了歌，还演奏了几首他的钢琴曲。[4]

---

1. 维吉尔·汤姆逊（1896—1989），美国作家、作曲家。
2. 斯特拉文斯基（1882—1971），俄国作曲家、钢琴家、指挥家，20世纪最有影响力的作曲家之一。
3. 法国音乐小组，1923年得名，包括六位在蒙帕那斯地区活动的作曲家：Georges Auric, Louis Durey, Arthur Honegger, Darius Milhaud, Germaine Tailleferre 和 Francis Poulenc。他们反对瓦格纳或印象主义的音乐。
4. 格什温家一共兄妹四人，艾拉（1896—1983）是老大，乔治（1898—1937）排行第二。父母亲最早为艾拉买了一架钢琴，但是最先学会弹琴的却是乔治。艾拉与乔治以后合作过许多首著名歌曲，艾拉作词，乔治作曲。其实弗朗西丝（1906—1999）最早成名，但是结婚后她就集中精力做贤妻良母，放弃音乐生涯，但又在绘画上颇有建树。

第十四章

《银船》

到了二十年代中期，法国读者已经对美国作家的作品表示出极大的兴趣，这当中，阿德里安娜·莫尼耶是做了很大的贡献的。一九二五年，她在《银船》上发表了《普鲁福鲁克之歌》（*Prufrock*）[1]的第一个法文译本。这个译本是我和她一起翻译的，也许翻译得并不是很好，但至少我们在翻译的时候是充满爱意的，而且，我们也从来没有听到原作者有任何抱怨。一九二六年三月，阿德里安娜出版了《银船》的美国文学专号，其中刊登的首篇作品是沃特·惠特曼（Walt Whitman）的一篇政治演讲稿，题为《第十八任总统》（*The Eighteenth Presidency*），这篇演讲稿是一位名叫让·卡特尔（Jean Catel）的年轻的法国教授发现的。卡特尔相信这篇作品从来没有发表过，他的这一说法可能还真是对的。阿德里安娜和我一起翻译了这篇演讲稿，原稿由诗人自己印刷而成，字

---

1. 诗人T.S.艾略特的作品。

号极小，翻译此文简直把我的眼睛给弄瞎了，我还为此特地到乔伊斯的眼科医生那里去就诊，那天正好是乔伊斯的生日，我去参加了他的生日晚会，哎呀，乔伊斯和他的出版人各自戴着一只黑色眼罩，那可真是一景！

在阿德里安娜的这期美国专号中，除了惠特曼的演讲稿外，还有"四位年轻的美国作家"的作品，包括威廉·卡洛斯·威廉斯（William Carlos Williams）[1]、罗伯特·麦卡蒙、欧内斯特·海明威和卡明斯（E. E. Cummings）[2]。对于这四位作家来说，这是他们的作品第一次以法语的形式出版。作品有威廉斯的小说《伟大的美国小说》（*The Great American Novel*）的节选，由奥古斯特·默瑞尔（Auguste Morel）翻译，他也是《尤利西斯》法文版的译者；海明威的短篇小说《不败者》（*The Undefeated*）；卡明斯的小说《巨大的囚房》（*The Enormous Room*）中《西普利斯》（*Sipliss*）一章的节选，由乔治·杜普莱（George Duplaix）翻译；还有麦卡蒙的短篇故事《公关高手》（*The Publicity Agent*），由阿德里安娜和我翻译。

这一期中，还包括阿德里安娜编写的《美国作品目录》（*Bibliographie américaine*）的一部分，她已经花了一番工夫，开始编录所有被翻译成法语的美国作品的目录，这项工作并不容易。之前，她曾编录过一份有关英国文学的类似书目。奇怪的是，在她以前，没有任何关于翻译作品的书目。当然，她做这项工作，除了让自己心满意足外，是没有任何报酬的。

---

1. 威廉·卡洛斯·威廉斯（1883—1963），美国现代主义作家、意象派诗人。
2. E.E.卡明斯（Edward Estlin Cummings, 1894—1962），美国诗人、画家、散文家、剧作家。

惠特曼在巴黎

也差不多就在这个时候,我组织了一个纪念惠特曼的展览[1]。惠特曼绝对不是那种赶时髦的人,所以,"圈内人"没人受得了他,特别是在T.S.艾略特公开批评了他之后,他的作品就更不受欢迎了。[2] 只有乔伊斯,法国人,还有我这种守旧的人才能看得惯惠特曼的作品。就算我睁一只眼闭一只眼,也能看出惠特曼对于乔伊斯的创作的影响——有一天,他不是亲自朗读了惠特曼的诗作给我听吗?

当雕塑家乔·戴维森听到我要组织一个惠特曼的展览时,他前来告诉我纽约的炮台公园也正计划要竖立一尊惠特曼的雕像,在通往雕像的林荫大道上,两边会放置一些长椅,这样,午餐时人们可以在那里休息。他们已经邀请了乔·戴维森来制作这尊雕像,雕像将是正在行走的惠特曼,象征前方道路开阔,戴维森说他希望我能把雕像的一个复制品放在我的展览中。听说曼哈顿要这样来纪念惠特曼,给他如此殊荣,我当然非常高兴,所以,我也就打算把我展览的门票收入全部捐给他们所募集的资金。

乔·戴维森给我送来了一尊惠特曼雕像的复制品,还有其他一些诗人有趣的照片。我又设法借到了一些珍贵的早期版本,还有

---
1. 这个展览开始于1926年4月20日,共持续了两个月的时间。
2. 当时美国大学才刚刚开始教授有关美国文学的课程,流亡在巴黎的年轻的美国作家们很难和美国本土的文学传统认同,许多人觉得美国传统上虽然有文字,但是没有文学,他们觉得惠特曼充其量只不过是美国民主、技术和社会发展的拉拉队,根本算不上是现代作家。毕奇把惠特曼看成是现代美国文学之父,但是她知道其他的年轻美国作家们不同意她的观点。虽然艾略特、海明威、安太尔、芭妮等都出于与毕奇的友谊参加了开幕式,但是他们根本没有兴趣讨论惠特曼,大家最欣赏的,还是那面大国旗。

他的书信以及其他一些东西。在法国的私人收藏中竟有这么多关于惠特曼的资料,这真让人欣喜。当然,莎士比亚书店还有自己的惠特曼的永久收藏,那就是我姨妈阿格尼丝·奥比森去肯顿拜访诗人时,从他的废纸篓里抢出来的那些手稿。

展览的一切准备就绪,现在唯一缺少的是一面大小适中的美国国旗,国旗可以用来挡掉书架,也可以增加一些爱国主义的情调。惠特曼的作品总是能激起我的爱国热情。虽然国旗大同小异,但是,我觉得我的国旗应该是E.B.怀特(E. B. White)所描写过的那种"狂野的国旗"[1]。碰巧我也真找到了一面可能在全巴黎来说都是最大的美国国旗,那是我在罗浮百货商场以低价买下的。这面国旗是第一次世界大战的遗物,原本是用来挂在高大的建筑物上的。在惠特曼的展览上,这面大旗可真发挥了很大的作用。

许多年以后,我又有幸拥有第二面巨大的美国国旗,那可是我从国民计算机公司的大楼上直接取下来的。那是在巴黎解放运动中,德国人的一颗炸弹正好投在这栋建筑上。在这场灾难发生后的第二天早上,我从残垣断壁附近的巴黎圣母院中走出来,就碰到一个男人扛着两面大旗子,一面是法国国旗,一面是美国国旗,那尺寸之大可是我未见过的。在当时那种情形下,我自然而然地向这个男人询问是怎么回事,他告诉我他是国民计算机公司的雇员,正要替这两面国旗找个安全的落脚处。他立即把这个重大责任转交到了我的手上,我就扛着这两面大旗一路走回家,幸好在巴黎解放的那段时间里,还能看到比这更奇怪的事呢。

回头再说惠特曼的展览,它非常成功,我还准备了一本签名册,大小就像《尤利西斯》一样,封面是摩洛哥小羊皮的,很多

---

1. 美国作家怀特(1899—1985)的散文集《野菖蒲》(*The Wild Flag*)出版于1946年。此处,作者使用了书名的字面意思。

参观者都在上面签了名,头一个就是保尔·瓦莱里。

接触出版社和三山出版社[1]

莎士比亚书店和巴黎一些出版英文书籍的小的出版社们一直保持着非常密切的关系,这类出版社的先驱者之一是罗伯特·麦卡蒙的接触出版社,他在F.M.福特(F. M. Ford)[2]的《大西洋两岸评论》(*Transatlantic Review*)的创刊号上,宣布了他的计划:

> 每隔两周到六个月的时间,甚或是每隔六年,我们会出版各类作家的作品。由于商业或法律上的原因,这些作品不可能在别的出版社那里得到出版。……每本书我们将印刷三百本,我们出版这些书的原因很简单:因为它们已经被写出来了,而且我们也比较喜欢它们,觉得值得出版。有兴趣者可与接触出版社联系,地址为巴黎剧院街十二号。

在麦卡蒙移居之前,他和威廉·卡洛斯·威廉斯就曾在纽约合作推动过一场所谓的"接触运动",他们也出版了一两期《接触评论》(*Contact Review*)。我一直就不太明白"接触运动"到底是什么意思,但是我知道麦卡蒙的接触出版社中出版的那些书却都很不同寻常。例如,他们曾经出过一本薄薄的蓝色封皮的书,题目叫作《三个故事和十首诗》(*Three Stories & Ten Poems*),那是文坛新秀欧内斯特·海明威的作品。这本书很快就售罄,也让海明威和接触出版社大大出了名。然后,他们又出版了麦卡蒙自己的一本

---
1. 两家出版社都开始于1923年秋天。
2. F.M.福特(1873—1939),英国小说家、诗人、批评家、编辑。

故事集，书名叫《匆匆忙忙的人们》（*A Hasty Bunch*），乔伊斯说这书名就像是描写作者自己。我记得这也是麦卡蒙的第一本散文集，之前他有一本诗集《探险》（*Exploration*），是由英国的自我主义者出版社出版的。

接触出版社还出版了布莱荷的《两个自我》（*Two Selves*），H.D.的《羊皮纸》（*Palimpsest*），还有一本是玛丽·巴兹的《远古圆环的阿许》，就像巴兹的其他作品一样，现在也是一书难求，非常珍贵，我真希望有一天，能够有人出版玛丽·巴兹的作品全集。他们的其他出版物还包括：约翰·何尔曼（John Herrman）的《发生之事》（*What Happens*），写的是一个鼓手的故事，充满趣味；格特鲁德·比亚兹莱（Gertrude Beasley）的《我的前二十年》（*My First Twenty Years*），作者是德州的一位老师，这本书可一点都不枯燥。当然，在接触出版社最早出版的一批书中，还有诗人伊曼纽尔·卡那瓦里（Emanuel Carnevali）的作品《急匆匆的男人》（*The Hurried Man*），这位诗人在米兰卧病在床，"圈内人"对他一直照顾有加。其他作品还有佐藤建的《怪异故事》，马士登·哈特雷的《二十五首诗》，威廉·卡洛斯·威廉斯的《春天与万物》（*Spring and all*），米娜·罗伊的《月之旅行指南》（我听说这本书即将在美国被重新出版），爱德温·兰汉姆（Edwin Lanham）的《水手们不在乎》（*Sailors Don't Care*），罗伯特·科奥兹（Robert Coates）的《黑暗食者》（*Eater of Darkness*），麦卡蒙的另外两本短篇小说集——《姐妹篇》（*Companion Volume*）和《青春期之后》（*Post Adolescence*），后一本是他所有作品中我最喜欢的。最后，还有一本文选——《接触出版社当代作家选集》（*Contact Collection of Contemporary Writers*），其中选载了作家们当时正在创作的作品片段，不论他们正在写什么。这是我有生以来看到的最有趣的一本文集，例如，

《芬尼根守灵夜》的片段最早就是在这里问世的，当时的题目是《正在创作的作品》（From "Work in Progress"），这本文集里收入了所有当时值得一提的作家。

作者写给接触出版社的稿子，都会被交到在圆顶咖啡馆中的麦卡蒙手中，他还告诉我，他的大部分作家，都是在这家或那家咖啡馆中发现的。

麦卡蒙有一位朋友，也是出版家，叫威廉·伯德（William Bird）[1]。伯德是巴黎出版界中非常卓越的一位，他把所有的时间、金钱和精力都投入到他的三山出版社（Three Mountains Press）上，他所出版的书都完全是出于他个人的喜好，而且印数都很少。有一天，他听说有位作家同仁要廉价出售一台手动印刷机，就赶紧买下，安置在圣路易岛[2]的一间小小的办公室里。有一天我去看他，他正在印书，他就跑到外面的人行道上来和我见面，因为他的办公室中只够放得下那台手动印刷机和他这位印工兼编辑。伯德对善本书了如指掌，他自己就是位藏书家，所以，他出版的书都是藏书家梦寐以求的。它们都是印刷在精美宽大的纸张上，字体非常漂亮，而且都是限量本。伯德出版了庞德的《诗篇》（Cantos）和《妄言》（Indiscretions），欧内斯特·海明威的《我们的时代》（In Our Time），F.M.福特的《女人与男人》（Women and Men），还有其他一些书籍。伯德也是品酒的高手，他所出版的书中，只有一本没有用大开本出版，那是一个小册子，书名是《法国美酒》

---

1. 威廉·伯德（1888—1963）是一位记者，出版只是他的业余爱好，却以此而名传后世。他于1922年创立三山出版社，庞德是他的编辑之一。1928年，Nancy Cunard接手三山出版社，改其名为时间出版社（Hours Press），继续出版许多现代派的文学作品。
2. 塞纳河上的一个小岛。

(*French Wines*)，作者就是威廉·伯德自己。

杰克·坎恩

另一位在出版界的朋友和同仁是杰克·坎恩（Jack Kahane）先生[1]，他是位爱喝酒的老兵，来自英国的曼彻斯特。他非常幽默，蔑视一切矫揉造作、虚情假意，这让我很喜欢。梵东出版社（The Vendome Press）和尖塔出版社（The Obelisk Press）都是在他名下的，而且，他只出版热辣的情色作品，从来不在其他类型的书籍上浪费时间和金钱。他自己就以"塞西尔·巴尔"（Cecil Barr）的笔名创作了"花之系列"，这一系列包括《黄水仙》（*The Daffodil*）这样的作品。除了"花之系列"外，他也是《吃草山羊》（*The Browsing Goat*）的作者。坎恩的太太是法国人，他们有许多孩子，这么个大家庭都要靠"花之系列"来养活。

坎恩先生总是开着他那辆瓦桑牌的敞篷车到莎士比亚书店来找他的朋友聊天，那辆车是一种玻璃顶的客货两用车。他总是问："今天上帝好么？"（指的是乔伊斯。）他把《尤利西斯》称为是本"淫书"，对于我慧眼识珠发现这本书，他真是佩服得五体投地。而且，他也从没有放弃希望，想劝我把这本书移交给尖塔出版社出版。但是，乔伊斯的新作中的一个章节，《到处都有孩子》（*Haveth Childers Everywhere*）[2]，交给了他们出版，那他也应该满足了，但是坎恩先生还是抱怨说，这个章节不够性感。坎恩先生和他的合伙人巴布先生（M. Babou），出版了这一章的豪华本，过了段时间后，他们又出版了乔伊斯的《一首诗一便士》（*Pomes*

---

1. 杰克·坎恩（1887—1939），英国作家，尖塔出版社创立于1929年。
2.《芬尼根守灵夜》中的一个章节。

Penyeach），由乔伊斯的女儿露西亚进行字体的设计和书内的装饰。这本书出版之后，让人联想到《凯尔之书》(*The Book of Kells*)[1]，那可是乔伊斯最钟爱的书籍，你能看到《一首诗一便士》中的字体显然受到它的影响。当乔伊斯发现我拥有一本《凯尔之书》时，他欣喜若狂。在他看来，在所有古老的手绘插图本的书中，只有这一本是充满幽默感的。

克罗斯比夫妇

哈里（Harry Crosby）[2]和卡莱丝·克罗斯比（Caresse）[3]也想出版乔伊斯《选自正在创作的作品》中的一个节选，所以，有一天，我就带着《山姆和山恩两则故事》(*Two Tales of Shem and Shaun*)这一章前去见他们。他们的黑日出版社（Black Sun Press）坐落在一条古老的小街红衣主教街上，离圣哲曼教堂区只有几步之遥。在我所认识的人中，克罗斯比夫妇非常讨人喜欢，他们不仅是善本书的鉴赏家，更重要的，他们还是好作品的鉴赏家。他们曾经出版的作品包括哈特·克莱恩（Hart Crane）的《大桥》(*The Bridge*)，阿契伯德·麦克莱许的《爱因斯坦》(*Einstein*)，还有其他一些作品。他们也出版了亨利·詹姆斯（Henry James）的《写给华特·贝雷的信》(*Letters to Walter Berry*)，但这本书很少被人注

---

1. 爱尔兰的凯尔特教士们手绘的拉丁文《圣经》新约全书中的四福音书，成书于公元8世纪之前，其中有许多独特的字体和彩绘图饰。
2. 哈里（1898—1929），美国诗人、出版商，出生于一个非常富裕的家族，可以说是"迷惘的一代"的缩影。
3. 卡莱丝·克罗斯比（1892—1970），原名Mary Phelps Jacob，大家都叫她Polly。1920年与比她年轻六岁的哈里认识时，她已经结婚并有两个孩子，在当时的波士顿是丑闻。两年后，她与前夫离婚并与哈里结婚，移居巴黎，开始波西米亚的文学生活，保持着开放性的婚姻。1924年她改名卡莱丝，二人成立善本书出版社（Éditions Narcisse），1927年改名为黑日出版社。

意到，这些书信都是晚年的亨利·詹姆斯写的，读来让人感到既有趣，又很苍凉。书信的内容是作者试图婉言辞谢一件礼物，这件礼物是一个他永远不会使用的高级手提箱。华特·贝雷也是个有趣的人物，哈里·克罗斯比好像是他的侄子，或是他的堂表兄弟。

克罗斯比夫妇将这一章定名为《山姆和山恩讲述的故事》（*Tales Told of Shem and Shaun*）出版，其中包括我最喜欢的"小人和牢骚鬼"以及"蚂蚁与蚱蜢"。对我来说，这两章呈现了乔伊斯这位词语大师最为精彩的语言特技，更不用说它们非同寻常的诗一般的魅力。

"小人"这个角色，是乔伊斯对于温德姆·刘易斯的评论的一种充满幽默的反击，刘易斯曾在期刊《敌人》（*The Enemy*）中发表过攻击他的文章[1]。这表现了乔伊斯在受到攻击时，他也会反击，但是他的方式总是那么温和，就像是一种好玩的小发明，几乎是在说悄悄话，遮遮掩掩地隐藏在一种怪异的乔伊斯特有的氛围中，不仅根本伤不着人，简直可以说是充满温情。

在这本书的出版过程中，还有第三个"故事"，这就是克罗斯比夫妇请布朗库斯（Brancusi）[2]为乔伊斯画一幅肖像，可以作为整本书卷首的插图。乔伊斯去艺术家的画室请他画像，第一次画出来的和被画者非常相像，但出版家却表示失望。布朗库斯只得重新开始，只用了寥寥几笔，就勾画出乔伊斯，他自称是把乔伊斯

---

1. 1927—1929年间，刘易斯的艺术文学评论杂志《敌人》一共出版了三期，其中的文章大都是由刘易斯自己写成。从杂志的名字就可以看出，刘易斯借用这本杂志向他曾经属于的先锋派文学和艺术宣战，被他攻击的不仅是乔伊斯，还有庞德、斯坦因等人。他称庞德是"革命的蠢蛋"，说乔伊斯和斯坦因等被时间困扰，无意识地受到浪漫倾向的支配。
2. 布朗库斯（Constantin Brancusi），现代主义雕刻家，罗马尼亚人。

精简到了最基本的元素，这次大获全胜，画像确实是布朗库斯的真正风格。

我这个人非常传统，所以，我还是喜欢那张更像乔伊斯本人的肖像。不久前，布朗库斯还和画家凯瑟琳·杜德利（Katherine Dudley）笑谈起此事，他告诉她他很愿意把那张肖像赠给我。而那张在《山姆和山恩讲述的故事》卷首的肖像，对我来说实在太精炼了。

哈里·克罗斯比在业余时间学习如何驾驶飞机，他对死亡特别着魔，他甚至认为坠机而亡是最好的死法[1]。他也非常喜欢埃及的《死亡之书》，并且送给乔伊斯一套印刷非常精美的三卷本。他是个神经很容易紧张的人，我总是想，即便坠机而死对他来说多么有吸引力，但因为他神经太紧张，他根本就无法驾驶飞机飞到天上去。他常常在我的书店里进进出出，一头钻进书架里，就像是一只蜂雀从花蕊上吸取花蜜。有时他也在我的桌边转来转去，他告诉我，有一天他对他太太说，她应该把名字改成卡莱丝，然后，他们俩就手拉手来到市政厅把她的新名字合法化。还有一天他带了一张照片来给我看，是他们夫妻俩在他的飞机前面拍的，那天他取得了飞行执照。他一般不太给我看他的诗歌作品，这也就证明了他有多谦虚。他做什么事都举重若轻，充满了魅力，而且，他为人非常善良。

在处理与乔伊斯有关的任何事宜时，他都非常慷慨。当然，

---

1. 在第一次世界大战中，哈里自愿入伍，成为救护车驾驶员。他说自己崇拜太阳和死亡，他曾在诗中写道：死亡"是打开关着我们的笼子的手，是我们本能要飞回的家"。1929年，哈里自杀，死时他和一个情人在一起，两人左右太阳穴上各有一个对称的枪眼，哈里一手拿着比利时自动手枪，另一手抱着情人，有人说这是约定的自杀，也有人说哈里在谋杀了情人后，然后自杀的。他死后，卡莱丝继续黑日出版社的事业，直到40年代。

乔伊斯的事大都是我在张罗着的,安排《正在创作的作品》中某些片段的出版,并尽可能多地为作者争取到收益,这都是我的工作。对于和乔伊斯有关的任何事,我都特别会讲条件,为此,别人都把我看成是铁腕的生意人。但是,我周围的所有人对这事都看得特别明白:莎士比亚书店虽然受到乔伊斯的全权委托处理他的事宜,但是对于书店来说,是毫无利润可言的,我们的服务完全是免费的。出版商们也知道这一情况,所以,他们总是会送我一本印制精美的书,乔伊斯也总是会在上面为我签名题字,"诚表谢意"。

平价出版社

在第二次世界大战之前几年,格特鲁德·斯坦因和艾丽斯·B.托克拉斯也以"平价出版社"(Plain Edition)的名义出版了一些书,出版社的地址就是她们当时住的花街二十七号。她们出版了好几本格特鲁德自己的书,其中有我最喜欢的那本《和蔼的露西·邱吉》(*Lucy Church Amiably*),还有一本剧作集——《歌剧与话剧》(*Operas and Plays*),里面有著名的《四圣人三幕剧》(*Four Saints in Three Acts*)。这出戏后来由莎士比亚书店的一位老顾客维吉尔·汤姆逊配乐,在纽约演出,公演时,这本书也受到了极大的欢迎,一下子就卖完了。平价出版社出版的作品都很吸引人,深得斯坦因的追随者们的喜爱。它们的印工和纸质都很棒,那些小开本让我想起二十年代的开路先锋,罗伯特·麦卡蒙的接触出版社。

我要提到的最后一家在巴黎的小型美国出版社是芭芭拉·哈里森小姐(Barbara Harrison)的哈里森出版社(Harrison Press)。在专家门罗·维勒（Monroe Wheeler）[1]的帮助下，哈里森小姐出版了一些非常精美的书，其中有凯瑟琳·安妮·波特（Katherine Anne Porter）[2]的《哈西安达》(*Hacienda*)和《法国歌本》(*French Song Book*)，现在都是非常珍稀的了。

《怪兽》及《大西洋两岸评论》

在二十年代，关注那些小型文学评论杂志，就能够掌握当时的文学运动发展的趋势。让人惋惜的是这些小型评论刊物的寿命都很短，但它们总是趣味盎然。莎士比亚书店自己从未出版过这样的杂志，但有不少朋友们请书店来帮着发行他们出版的杂志，这就足够我们忙活的了。

这类杂志中的第一本，是亚瑟·莫斯（Arthur Moss）[3]的《怪兽》(*Gargoyle*)，它的另一位主编是弗罗伦斯·吉利安（Florence Gilliam）。《怪兽》的封面上有一头喷火兽的图片，但是，一位法国建筑师向我指出，喷火兽和建筑物上的石头怪兽根本就不是一回事。法国人不喜欢别人把他们的"宠物"给搞混。《怪兽》的内容虽然非常有趣，但是没有出版几期就停止了。

接下来的就是《大西洋两岸评论》(*Transatlantic Review*)，福特·麦多克斯·胡弗（Ford Madox Hueffer）[4]原是那本让人兴奋的

---

1. 门罗·维勒，美国出版家，1935年加入位于纽约的美国现代艺术馆，之前六年在欧洲进行出版事业，是毕加索、雷诺阿、夏加尔等多位现代主义艺术家的好友，并邀请艺术家们对他所出版的限量本书籍进行插图，或参与豪华本艺术书籍的创作。哈里森出版社是他们俩共同创建的，1930—1934年间共出版了十三本书，1934年出版社迁回巴黎，又出版了最后一本书——《哈西安达》。
2. 凯瑟琳·安妮·波特（1890—1980），美国记者、作家、政治活动家。
3. 亚瑟·莫斯（1889—1969），美国诗人、杂志编辑。《怪兽》杂志从1921年8月出版到1922年10月。
4. 他的祖父是英国先拉斐尔画派的Ford Madox Brown。1908年，他创立了《英文评

《英文评论》(*English Review*)的主编,后来,他也来到巴黎,就把"胡弗"这个姓给甩掉了,从此以后,就以福特·麦多克斯·福特(Ford Madox Ford)而为人所知。在第一次世界大战中,他曾受到毒气的攻击[1],但是这并没有影响到他的性格,他生性轻松快活,在作家同仁中很讨人喜欢,有很多朋友。众所周知,在他编辑《英文评论》时,有时出版资金还没有到位,他就从自己的腰包里掏钱去支付作者的稿酬。

福特以一艘船的图案作为《大西洋两岸评论》的标志,同时,他也取用了巴黎的一句格言的上半句"随波漂浮"作为杂志的座右铭,这里,他很慎重地省略了这一格言的下半句:"总不沉沦"。

他和他的夫人斯黛拉·波温(Stella Bowen)做的第一件事,就是在他们租用的那间大工作室中开一个晚会,邀请了所有的"圈内人"。大家随着手风琴的音乐而跳舞,晚会上还有一大堆啤酒、奶酪和点心。福特请我跳舞,他要我先把鞋脱掉,他自己已经是光着双脚了。和福特共舞,与其说是跳舞,还不如说就是蹦蹦跳跳。我看到乔伊斯在一边看着我们,满脸逗趣的表情。

还有一次,福特和斯黛拉请我去吃晚饭,当时他们已经搬到一个较小的工作室中,有一个小厨房,里面还能放一张餐桌。福特亲自下厨,做了煎鸡蛋和火腿,味道还真不错。晚餐之后,福特来回走动着,朗读了一首他刚刚完成的诗作。这首诗的内容是关于天堂,至少从我听到的那部分来说,这首诗还是蛮有趣的。

论》,发表哈代、康拉德、高尔斯华绥、叶芝等人的作品。1924年,创立《大西洋两岸评论》。
1. 一战中,福特是威尔士军团的一名上尉,1916年,在所门之战中,他患炮弹休克症,1917年因残疾而退伍回家。他的诗作《安特卫普》被T.S.艾略特称为是关于战争的唯一一首好诗。

我希望福特没有注意到我打了好几次瞌睡，因为每天早上我都要很早起床，所以，如果有人对我朗读一首稍长的诗作，很快就会送我入睡。对于福特来说，这真有些不幸，因为他把新诗读给我听，可能是希望莎士比亚书店能够出版这部作品，虽然他自己从来没有对我提起过这点。我只出版乔伊斯的作品，我觉得许多作家对我这种排他性很不满，但是，他们可能没有意识到，就这一个作家已经让我忙得不可开交了。

在第一期《大西洋两岸评论》上，福特发表了T.S.艾略特的一封非常有趣的信。乔伊斯的《四位老人》(*Four Old Men*)[1]发表在第四期上。但是很快，资金就开始入不敷出，我记得，为了不让他的船沉没，这位主编要回到大西洋对面去筹措资金，他不在的时候，杂志就交给海明威来负责，等到福特回来时，杂志仍然办得热热闹闹。

虽然杂志的主编和作者们都兴味盎然，但是《大西洋两岸评论》最终还是停刊了。无论是读者们，还是那些年来从国外投稿的作家们，都非常想念这本杂志。

欧内斯特·沃尔许和《这一区》

有一天，克莱瑞奇饭店给我送来一张便条，便条是一位名叫欧内斯特·沃尔许（Ernest Walsh）的年轻人写来的，还附了一封远在芝加哥的某人写的介绍信。沃尔许对他没有亲自上门表示道歉，并说他病得厉害，卧床不起。他还说他的状况很糟，钱都花完了，如果没有人能帮他的话，那么他就得搬出克莱瑞奇饭店。

---

1. 也是《芬尼根守灵夜》中的一部分。

我搞不清楚，在这样的情况下，他希望莎士比亚书店做些什么。而且，我那天非常忙，根本没时间离开书店，但我还是请了位朋友代替我前去，看看我们是否能帮上他的忙。朋友发现诗人在饭店里最豪华的套房中卧床不起，他确实病得不轻，有一位医生和两位护士日夜轮班照顾他，他还真是病得无法搬家。

我的朋友还了解到，沃尔许刚到法国时，伴随他的还有他在船上遇到的两位可爱的年轻姑娘，他们一起开车去布隆涅森林游玩，结果他染上了流感，病得越来越厉害。在沃尔许把钱花完之后，两个姑娘就从他身边消失了，可能去寻找更有钱的人了吧。我朋友注意到桌子上摆着一瓶金质瓶盖的威士忌，椅子上丢着一件富丽堂皇的睡袍，开着门的衣橱里也挂满了华美的衣服。

克莱瑞奇饭店的管理人员对他一直很好，但现在，他们的态度开始强硬起来，对于饭店来说，住客交不起房费就得搬出去，他们甚至还提出来要和美国大使馆联系。

沃尔许真算是很幸运的，他还有一封写给庞德的介绍信，而埃兹拉向来以解救诗人为己任，当然，他很快就赶了过去。后来我听说沃尔许在经济上的问题都解决了，等他带着一位女性朋友出现在书店里时，他的病也已经全好了。这位赞助他的女施主是苏格兰女诗人爱塞尔·莫海德小姐（Ethel Moorhead），她是位好战的妇女参政权论者，曾经有过炸毁邮筒的壮举。欧内斯特·沃尔许显然是她下一个最具爆炸性的项目，这时，他们俩已经决定要创办一份名叫《这一区》（*This Quarter*）的评论杂志，而且，他们也决定了要在里维埃拉出版这本杂志，因为巴黎的气候对于沃尔许来说太不适宜。

我非常喜欢这两个人，我也崇拜他们俩的勇气和对于诗歌的激情。他们的计划果然实现了，他们出版的那几期杂志都充满了活力。创刊号是埃兹拉·庞德的专刊,第二期中包括了乔伊斯的《正在创作的作品》中与山姆有关的那些部分,其他撰稿者有许多是美国文学史上"巴黎时期"那些活跃的作家们。[1]

后来,凯·博伊尔(Kay Boyle)[2]协助欧内斯特·沃尔许编辑这本杂志,她本身就是位出色的作家,还是位好母亲,所以,在传奇般的二十年代中,她也是一个有趣的人物。我刚刚认识她的时候,她正在创作她早期的小说《夜莺之灾》(*Plagued by the Nightingale*)和《前年》(*Year Before Last*),前一本书中写的是她的第一次婚姻。[3]

后来我们才知道,欧内斯特·沃尔许已经知道他只剩下几个月的生命,所以,他决定到巴黎来,要在巴黎和他所崇拜的作家朋友们一起度过最后的时日。他梦想着要成为一位著名的诗人,但是这件事却要困难得多。欧内斯特·沃尔许拥有一种非常美妙的东西,他一生活得那么充满生机,又是那么勇敢。

《变迁》

对于二十年代的巴黎文学界来说,文学评论杂志《变迁》的出现,可以说是一件大事。

我们的好朋友尤金·约拉斯(Eugene Jolas)是一位法美混血的年轻作家,在现代主义的文学运动中,他也非常活跃。有一天,他打电话告诉我他要离开《巴黎先锋论坛报》(*Paris Herald*

---

1. 沃尔许只编辑了这本杂志的第一期和第二期。他于1926年在蒙特卡罗因肺结核而去世,年仅三十一岁。
2. 凯·博伊尔(1902—1992),美国作家、教育家和政治活动家,20年代在巴黎时,她曾是沃尔许的情人,二人育有一女(在沃尔许去世后才出生)。
3. 《前年》中的一部分写的是沃尔许去世前几个月他们俩的爱情。

Tribune），他打算出版一本文学评论杂志，当然，这本杂志会在巴黎用英文出版。

这真是一个好消息。那么多的评论杂志开张了，又关门了，所以，现在正是创办一本新杂志的好机会，特别是有像约拉斯那么能干的编辑和掌门人。我不仅非常欣赏他的为人，也很赞成他的许多理念。

约拉斯问我有没有什么特别的东西可以让这本新杂志刊登，我就想到了乔伊斯的《正在创作的作品》。这部作品中的许多章节曾经让各种小杂志零星发表过，与其这样，还不如让《变迁》每个月连载，当然要他这位主编同意才行。约拉斯和他的助手艾略特·保尔（Elliot Paul）充满热情地接受了我的建议，约拉斯立即就向乔伊斯提议，说他这整本书都可以由《变迁》连载。所以，当乔伊斯打电话问我对这有什么看法时，我建议他应该毫不犹豫地立即接受。我知道，约拉斯是一个值得信赖的朋友，而且，对于一本新出版的杂志来说，乔伊斯这个名字无疑会是巨大的帮助。

毋庸置疑，乔伊斯一生中最美好的事件之一是他与玛丽亚（Maria）和尤金·约拉斯夫妇的合作及友谊。从他们开始发表他的作品那一日起，一直到他逝世，他们为他提供了一切服务，不管是什么样的牺牲，他们都可以接受。

尤金·约拉斯有三种母语：英语、法语和德语（他的老家是法国洛林），他和会说多种语言的乔伊斯一起，开始了一场英语的革命。他们能够运用的文字实在太多了，没有任何东西能够阻止他们随心所欲地玩弄文字游戏，尽情地享受语言世界的各种乐趣。对于乔伊斯来说，约拉斯的加盟简直就是上天送给他的礼物，在《变迁》出现之前，他孤军作战进行这场语言革命，常常感到非常寂寞。[1]

在文学创作上，约拉斯是一个民主派，他的很多观点我并不赞同。他告诉我他从来不会拒绝一位不知名的作家的手稿，对他来说，这是一个原则性的问题。我能看出这样做的好处，那就是给文学新手们一个机会。如果你去看看《变迁》存档的稿件，你会看到他们接受稿件的范围是多么宽泛。那个时期几乎所有最好的英美和欧洲的作品都在上面发表过，许多是在那里第一次面世的。在我接触的所有杂志中，《变迁》是最有活力，也是持续时间最长的，而且它特别关注并提拔文学新人的创作，在这一点上，它也是最有眼力的。

在艾略特·保尔离职后，第一位和尤金·约拉斯合作的是罗伯特·赛奇（Robert Sage），其他和《变迁》有关的人员包括：麦修·约瑟夫森（Matthew Josephson）、哈里·克罗斯比（Harry Crosby），卡尔·爱因斯坦（Carl Einstein）、斯图尔特·吉尔伯特（Stuart Gilbert），还有詹姆斯·约翰逊·斯温尼（James Johnson Sweeney）。

《交流》

到此为止，我的故事中所提到的都是二十年代巴黎的英文文学杂志，只有《交流》（Commerce）除外。《交流》刊载的文章虽然都是法语的，但杂志的主人却是美国人巴夏诺王妃，她更喜欢

---

1. 1929年，约拉斯在《变迁》杂志的第16/17期上发表了一篇有关写作的《宣言》，《宣言》中充满了如"英国语言的革命已经是一个既成事实"，"时间是一个应该被废除的暴君"，"作家表达，而不是交流"，等等激进的言论。约拉斯不遗余力地捍卫《正在创作的作品》（即后来的《芬尼根守灵夜》），他认为这部作品是对他的《宣言》的最好写照。《变迁》从1927年创刊时起，一直到30年代，发表了这部作品的许多片段。《变迁》上所发表的还包括许多超现实主义、表现主义和达达主义的代表作。

大家叫她玛格利特·卡耶塔尼。

《交流》的第一期出现在一九二四年，撰稿人都是我们的朋友，它是由阿德里安娜·莫尼耶在她剧院街的书店里出版的。保尔·瓦莱里是它的主编，他的助手有瓦莱里·拉尔博和莱昂－保尔·法尔格。法国诗人圣琼·佩斯（Saint-John Perse）是撰稿人之一，从杂志的名称就可以看出他的重要性，因为它取自于他的史诗《远征》中的一句："我的灵魂的纯粹交流"，这首美丽的诗篇是T.S.艾略特翻译的。

玛格利特·卡耶塔尼的法国作家朋友们都很崇拜她的品位、智慧、手腕和仁爱。所以，后来她离开巴黎移居罗马，大家都嫉妒得牙痒痒。

阿德里安娜·莫尼耶负责《交流》的出版，她也负责从莱昂－保尔·法尔格那里索要稿件，那可是最为艰难的工作，法尔格的脑子比笔要走得快，他整天说他要写这写那，但是，让他真把这些付诸笔端，变成能够在《交流》上发表的文章，这就是可怜的阿德里安娜的工作了。

法尔格非常健谈，所以，对于巴黎的女主人来说，他是社交圈里的抢手货。但是，跟他相处可不是一件容易的事。我记得有一次，玛格利特·卡耶塔尼邀请所有与《交流》有关的朋友到她在凡尔赛区的府邸去吃午餐，她派了辆车来接我们，司机先到剧院街接阿德里安娜和我，然后到罗比亚广场去接乔伊斯，最后到东车站地区去接法尔格。司机到楼上去告诉他我们都在下面等他，他还没起床。他正在床上写一首关于猫的诗，他的猫儿们都在床上围着他。他告诉司机他会马上起床穿衣下楼来，但我们足足等了一个多小时。他总算下来了，但他觉得穿黑鞋子会更配他的西服，而不是脚上那双棕色鞋子，所以，他又上楼去换鞋，这还不够，他又上楼去换了一次帽子。在上车之前，他告诉司机他得找一家理发馆，因为他需要刮胡子和剪头发。这天正巧是星期天，所有的理发馆都关着门，最后，我们总算找到了一家，理发师正在关店门呢，法尔格说服了他替自己刮脸理发，两人消失在店里面。等到这一切都搞定，没有什么能够再阻止我们去凡尔赛吃午餐了，我们才得以正式出发。

阿德里安娜担心我们是否已经太晚了，法尔格没有手表，所以他就向乔伊斯询问时间。乔伊斯戴着四块手表，但是每块表上的时间都不一样。午餐说好是一点钟的，我们只晚了一个半小时，那真是奇迹。玛格利特·卡耶塔尼没有任何责怪我们的意思，她一点都不着急，如往常一样谈笑风生。至于其他的客人们，他们早就习惯等待法尔格了。

这个午餐会是为了庆祝《交流》的出版而安排的，也是为了庆祝在杂志的第一期上，首次刊登了《尤利西斯》的法文译本，所以，乔伊斯的出场至关重要。他向来不接受中午时分的社交邀请，只有到傍晚他才愿意出来参加活动。这一次，我好不容易才劝他出来，我想他可能会后悔答应过来，果然，我们还没在桌子前坐定呢，就有一条毛发杂乱的大狗跑进来，直奔乔伊斯，把它的大爪子放在他的肩膀上，充满爱意地看着他的脸。

可怜的乔伊斯！等到巴夏诺王妃意识到乔伊斯很怕狗，她立即就叫人把这位人类的挚友给弄走了，同时，她也告诉乔伊斯这条狗压根就不会伤害他，它是孩子们的宠物。当然，它也曾有一次把一个管道工人追赶到窗子的外面，她笑着说："我得给那人买一条新裤子。"

乔伊斯还在不停地发抖，他悄声对我说："她也得给我买一条新裤子。"

我们的朋友斯图尔特·吉尔伯特

《尤利西斯》的法文版的节选在《交流》上刊登之后，马上就引起了这本书的一位大专家的注意。《交流》上的节选刊出后不久，斯图尔特·吉尔伯特就到书店来找我了，其实，我应该按照法国人的习惯，直接称呼他为吉尔伯特就行了。

我一直很喜欢他的来访，这位心地善良的英国人充满着令人愉快的幽默感，言谈风趣，有时又有些荒谬刻薄。他曾经在缅甸做过九年的法官，而且，据他说，他的工作就是对犯人施以绞刑。但我总觉得他的这个故事充满了水分，这根本不符合他的性格，因为他曾经做过那么多好事，所以他不可能允许自己去做那种坏事。

吉尔伯特是《尤利西斯》的第一批崇拜者，而且，他的博学多识也让他对此书有特别的理解。除了乔伊斯以外，这个世界上不再有第二个人能比得上吉尔伯特对这本书的理解。他的眼光非常敏锐，从刚刚在《交流》上发表的法文版的节选中，他已经看出了一两个错误[1]，这个译本的译者是奥古斯特·莫瑞尔，这位年轻的诗人承担了这项巨大的工作，虽然他的能力极强，但是译文中的遗漏还是不可避免。莫瑞尔曾经翻译过弗朗西斯·汤姆逊（Francis Thompson）、布莱克、邓恩等作家的作品，阿德里安娜和拉尔博都很推崇他的翻译，他们说服了他放下他手上正在翻译的一本英国诗集，接受了翻译《尤利西斯》的重任。但是，他也提出了一个条件，那就是他的翻译必须由拉尔博来进行校对。到了

---

1. 据吉尔伯特的太太说，他发现了好几处非常严重的翻译错误。

一九二四年，整个翻译完成了，他们俩准备一起再过一遍，斯图尔特·吉尔伯特就毛遂自荐说如果拉尔博和莫瑞尔愿意接受他的帮助的话，那么他这个英国人的服务可能会有些用处。

当时，《尤利西斯》的法文本是由阿德里安娜出版的，所以，她立刻就接受了吉尔伯特的提议，这个提议也得到了拉尔博和莫瑞尔的赞成。翻译此书是一件困难重重的重任，所以，吉尔伯特的帮助是他们不可或缺的。要感谢吉尔伯特，他们避免了一些翻译上的错误，也去掉了一些含糊不清的地方，我敢肯定，对于译者和要对译本最后负责任的拉尔博来说，他的帮助非常之大。

当然，这几位合作者之间也有摩擦，其中承受压力最大的，当然要数阿德里安娜。因为拉尔博不仅想修正莫瑞尔的翻译，有的段落他还要重新写过，莫瑞尔对此当然有反对意见。我猜想脾气急躁的他肯定对拉尔博出言不逊，接着，他也开始对吉尔伯特生气，他觉得吉尔伯特太会字斟句酌，所以，一气之下，莫瑞尔就撂挑子不干了。就在这个时候，身体一向不太好的拉尔博也生病了，他搬到了维希乡下的房子里养病去了。剩下来的只有吉尔伯特和阿德里安娜，他告诉我，他们花了无数个下午，在阿德里安娜书店的后屋里完成了这项翻译工作。

第十五章

儒勒·罗曼和"伙伴们"

我第一次读到的儒勒·罗曼的作品,是戴斯蒙·麦卡锡(Desmond MacCarthy)和西德尼·华特罗(Sydney Waterlow)翻译的《小人物之死》(*La Mort de Quelqu'un*)(*Death of a Nobody*),那大约是一九一四年,我在纽约市立图书馆中借到这本书。这本书让我非常着迷,也是我第一次进入儒勒·罗曼的世界,从那以后,我就一直很关注他的作品。儒勒·罗曼和乔伊斯虽然有很多不同的地方,但我觉得他们也有许多相似之处,他们身上的共同点是同代其他作家身上找不到的。

儒勒·罗曼常常光顾阿德里安娜的书店,为了表示友好,他也顺便到我的书店来看看。每当被他写进故事中的"伙伴们"(the Copains)[1]聚会时,他都会请我和阿德里安娜同去。罗曼的朋友们都非常让人喜欢,他们中有一位教授和他的夫人(她也是位教

---

1. 罗曼在1913年出版的一部小说,题为《伙伴们》。

授），一位画家，还有如维剧院（Jouvet's Theatre）的业务经理。他们妙趣横生，而罗曼则是这些"同谋者"的首领。对罗曼来说，凡事都是一场阴谋，而他正是一切的"罪魁祸首"。

我们轮流招待大家，但通常都是罗曼夫妇请我们到他们家去。有一段时间，他们住在蒙马特区的一栋别墅里，更确切地说，那房子应该算位于莫尼蒙特区，那个区和儒勒·罗曼有着千丝万缕的关系。他们住的那条街非常僻静，但那一带名声很不好，因一个名叫阿帕契（Apaches）的流氓帮派而臭名昭著。罗曼家养了一条凶狠的獒犬帮他们看家，就连罗曼家的客人们都很怕这条狗，所以那些阿帕契帮的小流氓们也没人敢来招惹它。虽然如此，当夜晚越来越深，我们坐在那里听着脚步声越来越清晰，听到好像有人在动楼下的窗户，然后是吱吱嘎嘎的声响，我就暗暗希望，万一阿帕契帮的流氓们真的出现的话，那条狗在地下室中就能把他们摆平，不用让我们插手。

儒勒·罗曼还带着他的"伙伴们"到迷人的运河去游览，这里的景致也曾被他写进故事里。这些运河码头很有荷兰风味，例如维列运河（la Villette）和圣马丁运河（St Martin），但是很少有巴黎人会欣赏这里的景致，大多数人根本就不知道这些运河的存在。从那时起，我就常常到那里去。

有一次，他邀请"伙伴们"去"上帝谷"附近的一个小酒馆中参加聚会，他叫我们都打扮得尽可能凶狠些，因为那个地区就是那样。等到阿德里安娜和我好不容易找到了这家小酒馆，我们看到有几位"伙伴"在吧台旁喝着红葡萄酒，但压根就没有罗曼的影子，我们都以为他根本不会出现了。但就在这时，我们注意到外面角落里有个人在晃悠，他的帽子罩住了一只眼睛，用一种让人担心的眼光瞟着我们。有人开玩笑地说也许那人就是罗曼，这玩笑话还真说中了，那人走进了酒馆，果然，他正是罗曼。他的伪装可真彻底。

一个法国的莎翁迷

乔治·杜阿梅尔（George Duhamel）[1]曾到莎士比亚书店来过无数次，每次都很友善。他是位法国莎翁迷，我的店名好像格外吸引他。他的友谊并不仅限于我的书店，他和杜阿梅尔夫人还请了本老板和阿德里安娜一起去巴黎附近的凡尔莫德市（Valmondois）游玩过一天，他们在那里有栋房子。阿德里安娜是杜阿梅尔的出版商之一，而杜阿梅尔夫人，也就是戏剧界著名的布兰雪·阿尔本（Blanche Albane），是雅克·科波的老鸽社剧团（Colombier group）中的成员，是剧团中最有才华的女演员。她卓然超群，魅力非凡，优雅无比。我非常喜欢听她朗诵诗歌，关于演员朗诵诗歌一事，即使最伟大的演员，有时也不免让人失望，但她却从来都不会。

我们去凡尔莫德市的那天，正是夏天，我们看着杜阿梅尔在花园里用一个大盆给他的头生子伯纳德洗澡，那真是件让人高兴的事。

让·施隆伯杰

有一位朋友让我和阿德里安娜不仅钟爱而且崇拜，他就是《幸福的男人》（*Un Homme Heureux*）的作者让·施隆伯杰。一九二七年，我们刚刚以分期付款的方式买了一辆雪铁龙，第一

---

1. 乔治·杜阿梅尔（1884—1966），法国作家，曾经是医生，一战中他曾担任过四年的战地医生。

次开这辆车出远门就是去施隆伯杰在诺曼底的家中。他邀请我们去那里过一个周末,我也答应他要帮他看看他的家族图书馆中的英文书籍,扔掉那些不值得他收藏的作品。

施隆伯杰这个在乡间的庄园是他的外曾祖父建造的,他是法国政治家和历史学家基佐(Guizot)[1]。庄园的景致非常漂亮,它还有一个名号,叫布哈菲(Braffye)。施隆伯杰从小就在这庄园里长大,他的孩子们也是,所以,他对这里很有感情。但是,他并不喜欢住在大宅邸中,他平时的工作和生活,都是在和大房子毗邻的那栋小屋里,我们去的那个周末,也是住在那里。陪伴着他的有一对夫妻,他们照顾他的日常生活,并给我们烹饪了美味的菜肴。与他同住的还有一条小腊肠狗,只要主人一声令下,这条小母狗就会用两条后腿站立,给我们看它那"背心上的小纽扣"[2]。和施隆伯杰以及那条腊肠狗一起坐在壁炉前,炉火通明,烧的都是他自己家的树林里的木柴,那种感觉真让人舒服。

正如施隆伯杰所担心的那样,这所大房子图书馆中的英文书果然只能反映出那些英国女家教的口味,布哈菲庄园中的好几代女子都是由她们教大的。

莱昂-保尔·法尔格

诗人莱昂-保尔·法尔格虽然一句英文都不说,但是他却像幽

---

1. 基佐,即弗朗索瓦·基佐(Francois Guizot),法国历史学家和政治家,曾在1847—1848年间任法国首相,1848年的二月革命,路易·菲利普的七月王朝被推翻,基佐也因而下台。有一句著名的政治格言"二十岁时不是共和派,证明你没有情感;三十岁时还是共和派,证明你没有头脑"(Not to be a republican at 20 is proof of want of heart; to be one at 30 is proof of want of head.)就是出自基佐,以后,此语被许多人重新创造并使用过,例如俾斯麦、邱吉尔、萧伯纳、威尔逊等等。
2. 指小母狗的乳头。

灵一样常常出没我的书店。法尔格可以说是法国文坛上最有趣的一位人物,他和乔伊斯一样,也是发明新词语的大师,他真是位造字狂,可惜的是,他的一些最具有独创性的发明都只是口头上的,因为他的许多读者并不是他的听众,所以,这些发明也就没能流传下来。阿德里安娜的图书馆是法尔格的总部,你每个下午都能在那里见到他,听他向一群围着他的听众讲述一些最不登大雅之堂的故事。他称呼他的朋友们为"好家伙们",我也有幸能成为其中的一员。他所发明的那些俗话口语大多是些伤风败俗的粗话,一般人根本就无法想象,而且,他还要加上许多不雅的手势。而这一切都发生在图书馆里,那里正有一些贤妻良母带着她们的小女儿们从书架上挑选书籍!拉尔博是他最忠实的听众之一,他会涨红着脸咯咯大笑,用拉尔博特有的方式说:"哇!"但是另一方面,法尔格的诗歌却非常纯洁,它们偶尔会结集出版,都可以算是珍本。

  法尔格到我的书店来,并不是为了买书,他来,是因为他可能在这里碰到他在别处没有看到的他的"好家伙们"。他生活的一个基本需求,就是到处去追他的朋友们。有一次,拉尔博没有给他开门,法尔格就找了一架梯子爬上他的窗口。拉尔博告诉我说,当时他正坐在桌边写东西,突然看到法尔格正凝视着他。法尔格是个夜猫子,他每天下午才起床,起来后就像一个邮差一样,轮流去拜访他的朋友们。

  法尔格每天都会出现在阿德里安娜的书店里,有时早些,有时晚些,然后他会去伽利玛[1]家,他的新老朋友们,总会在这两个地方聚集。法尔格是《新法兰西评论》的创始人之一,这本杂志

---

1. 加斯东·伽利玛(1881—1975),法国出版家。1908年与纪德和施隆伯杰一起创立《新法兰西评论》,1911年三人成立出版社,1919年,出版社改名为伽利玛出版社,现在还是法国著名出版社之一。

的出版人是加斯东·伽利玛，他们俩是同窗老友。每天晚上，法尔格都会在阿德里安娜的书店里待到最后，书店里的所有顾客都走了，阿德里安娜忙着关店门，而法尔格则喋喋不休地向她倾吐自己的苦闷。

他与他的寡母住在一起，还有一位长年忍辱负重的老家佣，他们的住处，是他过世的父亲留下来的玻璃工厂。他的父亲是一位工程师，还发明了一些制造玻璃的秘方。工厂坐落在东车站的附近，法尔格说火车的汽笛声给了他写诗的灵感。法尔格非常尊重他的父亲，对父亲一手建立起来的工厂，他也非常不愿意割舍，但是，工厂在这位诗人的管理之下，很快就走了下坡路。当年新艺术流派（art nouveau）盛行之时，法尔格家族的玻璃工艺品还非常有名呢，许多百万富翁家中的窗户上都镶嵌着他们的彩色玻璃，家中摆着他们的玻璃花瓶，充满了当时的风格和品位。法尔格曾指着美心餐厅的窗子给我看，那也是他父亲的作品。有一位曾经为他父亲工作的工头还在厂里，他知道所有制作玻璃的秘方，所以，工厂就由他来管理，如果偶尔果真来了订单，他就会再雇两个工人来帮助他。

有一天，阿德里安娜的妹妹玛丽亚·莫尼耶（Marie Monnier）[1]带我去参观了工厂，她正在为法尔格家族的玻璃工艺品进行设计工作。工厂正在生产一批顶灯，这些灯就像倒过来的汤盘，上面装饰着些稀奇古怪的星座图案。但这些彩色玻璃的颜色很深，我觉得灯光可能很难穿透出来，不过，也许这正是他们想要的效果。法尔格突然决定生产这些顶灯，是因为他想振兴工厂，否则工厂就真要倒闭了。工厂将不复存在的可能性让法尔格非常伤感，的

---

1. 比阿德里安娜小两岁，画家贝卡的妻子，但是长年来一直是法尔格的情人。

确，想想他的父亲和那位忠心耿耿的工头，这事还真让人伤心。我们都希望工厂不会倒闭，我就想到也许此时一些宣传会有用处，所以，我就联系了曾经到书店来拍过照片的《纽约时报》的一些摄影记者，请他们去拍摄法尔格在他的工厂中的照片。我现在还有几张当时拍的照片，法尔格在工厂里向我们一群人展示他们的玻璃制品，照片上也有那位工头和女佣。

等到顶灯的样品生产出来后，法尔格就叫了出租车，把顶灯打包带上，去各大百货商店推销，他说服许多灯具部的主管们下了很大的订单，我可以想象，那些熟悉父亲的玻璃工艺品，又熟悉儿子的诗作的人们，肯定觉得法尔格的造访特别好笑。

法尔格在社交界非常受欢迎，但他也实在让那些女主人们头疼，因为他根本就没有时间概念，总是迟到。但是，她们总会原谅他，因为在他姗姗来迟之后，他总是能给大伙带来极大的乐趣。即便在等待他的过程中，大家也都在谈论他，每个人都能说上一段法尔格的事，因为他的故事实在太多了。但是，有一次，他被邀请去参加晚宴，居然迟到了两个星期，这事足以让任何女主人都吓得打战。

他来来去去都是坐出租车，这些出租车往往要等他很长时间，最后司机得亲自去找他才行。有一次，那位司机总算把他等出来了，却见他伸手去招呼另一辆出租车，因为他完全忘了在他家门口已经有一辆等了他很长时间。

许多出租车司机好像都是法尔格的私人朋友，这也就说明了他们为什么受得了他。有一次，法尔格钻出车子时向我介绍了那位司机，他不仅熟读法尔格的诗作，而且还收藏了由作者签名的珍本书籍。

法尔格常常向我们介绍他的一些新朋友：一位是在瑞士奶酪业中赚了大钱的人；另一位与他交往了一段时间的西班牙贵族；

还有那位布商，他的名字让人难忘，叫加布里尔·拉东（Gabriel Latombe）；还有一位埃及魔术师，名叫吉利·吉利（Gili Gili），这人很有趣，每次变魔术要耍技巧时，他总是要说"吉利·吉利"。

雷蒙德

我最有趣的法国朋友之一是雷蒙德·莱诺索，我前面已经提到过她，在我们设法将《尤利西斯》制成打字稿时，她曾在《西茜》那一章上帮过我们的忙。在那之后不久，乔伊斯就说："我已经把雷蒙德写进《尤利西斯》中去了。"

雷蒙德的父亲是一位著名的医生，她从小家教就很严。她本该在书店附近的那家法学院攻读学业，但是她父亲实在太忙，没时间关注她的行踪，他根本就不知道她每天下午都在外面。有时她在七号阿德里安娜·莫尼耶的书店中，她是那个文学大家庭中重要的一员，并且是诗人莱昂-保尔·法尔格的"好家伙们"中最正宗的一位，有时她在莎士比亚书店中帮忙，给店主打气，甚至代替店主工作。

我向来就是一位为所欲为的美国女子，所以，我很难理解为什么雷蒙德做什么事都那么秘密。我一直不明白，像她这样一位年轻的女子，整天和出入于法庭上的各种人物打交道，而且还曾为一位妓女做过辩护，事实上，她也因此对妓女这行做过很多研究，为什么她就不能和法尔格或乔伊斯之流交朋友呢？

雷蒙德最好的朋友是弗朗西斯·普莱（Francis Poulenc）[1]，他

---

[1] 1930年，三十四岁的雷蒙德去世，对普莱打击很大，虽然普莱是公开的同性恋，但是他还是说过，他是希望能与雷蒙德结婚的。后面谈到的《比比-拉-比比丝特》就是题献给普莱的。

们从小一起长大，他们的口味和他们看事情的方式都非常一致。她的许多时间不是花在剧院街的诗人那里，就是花在那个叫作"六人小组"的音乐家朋友那里。达瑞尔（Darius）和玛德莲·米拉（Madeleine Milhaud）是她的特殊朋友，他们也是我的朋友，特别是玛德莲，她阅读过所有美国新出版的书籍。

雷蒙德并不是我的顾客，她那为数不多的零用钱都用在购买法国书籍上了。法尔格是她最喜欢的诗人，她拥有他所有的书，也包括他大部分的手稿。但是，她对我书店里的一切活动仍然非常关注，这和她对阿德里安娜书店中法语活动的关注不相上下。她自己也是一位作家，当然，她的写作也是在秘密中进行的。她是一本题为《比比-拉-比比丝特》（Bibi-la-Bibiste）的书的作者，这本书的封面上写着，它的作者是"某姐妹们"（the X Sisters），她们是雷蒙德和她的妹妹爱丽丝，也就是当今的爱丽丝·莱诺索-阿迪翁医生（Dr Alice Linossier-Ardoin）。其实，雷蒙德才是真正的作者，她妹妹用自己的零花钱支付了印刷的费用，这对姐妹的感情非常好。

从字面上翻译过来，这本书题目的意思是"一个人的自我及其自我主义"，是题献给弗朗西斯·普莱的，它被印刷在大张的纸上，包括书名页，总共只有十四页，几乎没有什么文字。一九一八年，也就是我刚刚结识雷蒙德时，这部"作品"还真是件文学大事。埃兹拉·庞德抓到这本书后，就把它寄给了《小评论》，后来，此书在一九二〇年九月到十二月间的《小评论》上发表，上面还附了一位名叫"E.B."[1]的注释，称这部作品是一部杰作。他宣称，这部作品拥有"学院派追求的所有品质，清晰透彻，形式完美，起承转合，井然有序"。我向来不认为法国人在乎这些，特别是雷蒙德自

---

1. E.B.，指庞德。

己，她更不在乎。雷蒙德宣称她发起了一种新的运动，叫作"自我主义运动"，这让我联想到瓦莱里曾说过他也想创建一个"崇拜自我"的社会，当然，英国已经有《自我主义者》这本杂志。但是，雷蒙德实在太谦逊也太幽默了，所以，她根本就不会把"一个人的自我及其自我主义"真当回事。认识她的人都觉得她有成为一位作家的天分和气质，如果她能稍微多一些"自我主义"的话，她肯定能成大器。她心地善良，非常无私，就像她的写作，有几分神秘，有时又以自相矛盾和滑稽可笑为伪装。像她这样的人虽然存在，但却非常罕见，特别是像她这样具有才华的人。

雷蒙德和我有一个共同的好友，他就是伟大的音乐家萨蒂（Satie）[1]，也许因为萨蒂有一半英国血统，所以他喜欢莎士比亚书店。他用法语口音称呼我"小姐"，我想也许这是他所知道的唯一的英文单词，他常常到书店来，而且不管是晴天还是雨天，他总是带着把雨伞，从来就没人看见过他不带雨伞的样子。对他来说，他要从遥远的郊外来到城里，并且一待就是一天，所以，这可能还真是防雨的好办法。[2]

有一次，萨蒂看到我在写东西，他就问我是否也写作。我回答说我只写商务信函。他说那是写作中的极品，好的商务写作内容明确，言而有物。我告诉他我所写的东西正是这样。

---

1. 艾瑞克·萨蒂（Erik Satie，1866—1952），法国音乐家和钢琴家。他的作品可以说是以后极简抽象主义、重复音乐派以及荒诞派剧院的先驱。
2. 1898年，萨蒂离开他住惯了的巴黎蒙马特区，搬到市郊的贫民小镇阿桂由（Arcueil），在那里住了二十七年，一生贫困且单身。阿桂由的生活乏味，所以，他常步行去巴黎，每次来回二十公里。步行让萨蒂身体健康，也给他提供了创作灵感，他常靠着昏黄的路灯做笔记，或是在咖啡馆里写曲子。有人说，萨蒂在阿桂由时期的作品，速度都如同走路般。萨蒂有许多怪习惯，其中之一是收集雨伞，在他去世后，人们在他家里发现了一百多把雨伞。

萨蒂和阿德里安娜也是好朋友，他的乐曲《苏格拉底》（*Socrate*）的首演就是在她的书店里举行的。法尔格和萨蒂原本也是挚友，但后来却因一个不幸的偶然事件让他们断绝了交往。音乐家和诗人有一个共同的社交圈子，在某次沙龙聚会中，主持人宣布一些由萨蒂谱写的歌曲，但他却忘了提起这些歌曲的歌词都是法尔格的诗作。毫无疑问，主持人肯定是无意间疏忽了，这事根本就不能怪萨蒂，但法尔格却非常生气。就像往常一样，愤怒而好斗的法尔格花了好多时间，绞尽脑汁想出最刻毒的污言秽语，每天写信去羞辱萨蒂，而且，把这些信从巴黎寄给萨蒂后，他还不甘心，又长途跋涉到萨蒂居住的阿桂由-卡格镇，亲自把一张侮辱他的文字塞进他的门下。这最后一封信写得非常过分，让人根本无法复述，但是，萨蒂还只是一笑置之，这位性情温和充满哲理的音乐家根本就没有其他反应，他毕竟是《苏格拉底》的作者。我想那是法尔格使出的最后一招吧。

后来，雷蒙德投入了东方主义的研究，她对此一直很感兴趣，接着她就在巴黎收藏东方文物的集美博物馆中供职，并有了一间自己的办公室，我们就不太常见到她了。

在雷蒙德的妹妹爱丽丝与阿迪翁医生结婚之前，她们一直住在一起。后来，她在圣米榭码头找到了一间小公寓，正是她喜欢的那种房子。公寓的房顶很低，书架上摆满了她最喜欢的诗人莱昂-保尔·法尔格的珍本书籍和他的手稿。

我们只到她的公寓里去过一次，那是一个温暖的夏天的夜晚，窗子都开着，窗外是雷蒙德的塞纳河景致，我们都很喜欢，对面是巴黎圣母院的高塔，上面挂着轮明月。那之后不久，雷蒙德就去世了，我们都非常怀念她。

第十六章

"我们亲爱的纪德"

我以前已经写道,安德烈·纪德是我的图书馆最早的会员之一,而且在以后的许多年中,他也一直是我的朋友和支持者。有一年夏天[1],我和阿德里安娜到地中海沿岸的耶荷镇(Hyèyes)去度假,他也去了,我们一起度过了许多时间。当时,住在这个小镇另一端的一栋高楼中的儒勒·罗曼向我们推荐了临海的一家小旅馆,我们到达之后两天,我就抬头在一扇窗子边看到了纪德,我对阿德里安娜说:"纪德也来了。"她听到这个消息后非常高兴。

纪德热爱大海,而且非常喜欢在海里游泳。现在,在旅馆面前的温暖碧蓝的海水中,我们的朋友纪德和我们一起在大海中扑腾。他决定跟随我们来到这里,我们很感激,这是他表达友谊的方式,他的好朋友伊丽莎白·凡瑞森贝格(Elizabeth Van Ruysselberghe)就住在附近,她也常常来与我们一起游泳。她

---

1. 指1921年。

是纪德的老朋友，比利时画家提奥·凡瑞森贝格（Théo Van Ruysselberghe）的女儿，她是位长得很帅的假小子，从她标准的英语听来，她应该是在英国接受的教育。伊丽莎白后来和纪德生了一个女儿凯瑟琳，不过这是后话了。[1]

伊丽莎白游泳游得非常好，至于我和纪德，游泳的水平半斤八两，都不怎么样。阿德里安娜根本不会游泳，她穿着救生衣，套着救生圈，在离海岸不远的地方漂浮着，不至于沉下去。纪德划着船把我载到离岸较远的地方，然后要我跳水，我从来没有跳过水，而且我真不想在他面前尝试第一次跳水，他看着我从船的那一头跳下去，贴大饼似的身体平平地落在水面上，"真差劲！"这就是他的评论。

有时候，儒勒·罗曼也从离海滩一英里远的耶荷镇过来，和我们共进午餐。下雨天时，我们被困在室内，纪德就在旅馆的钢琴上弹肖邦的曲子给我们听，可惜那架钢琴的音色受到了海风的侵蚀。纪德弹琴很动感情，但是他的琴艺还是比不上他的文笔。

天气好的时候，中饭之后，我们就坐在旅馆前面的露台上喝咖啡，抽烟，纪德抽烟很厉害。旅馆老板的小儿子是个会纠缠人的调皮鬼，他总是喜欢爬上纪德的膝盖，纪德好像也很喜欢逗他玩。有一次纪德到镇上去，回来的时候带了些巧克力回来，他明知道这些巧克力是上一个冬天剩下的，而且已经发霉了，但是他还是给了那个男孩一个，男孩把巧克力一把抢过去，塞进嘴里，

---

1. 1895年，纪德在他的母亲去世后，与表妹玛德莲（Madeleine Rondeaux）结婚，但因为纪德的同性恋倾向，这场婚姻有名无实。伊丽莎白的父母亲是纪德的好朋友，纪德称她为"我的白衣女郎"，她可能是纪德一生中唯一发生过性关系的女性，但他们的情人关系非常短暂，1923年他们的女儿凯瑟琳出生，她是纪德唯一的孩子。伊丽莎白后来和丈夫离婚，搬到巴黎照顾纪德的日常生活，他们住在隔壁的公寓中，虽然不再有情人关系，但是伊丽莎白一直崇拜着纪德。

当然，他立刻就把巧克力吐了出来，这让纪德大乐。这男孩不停地吐呀吐，非常恼怒。这么做很过分，但这男孩也是够讨厌的。

事实上，纪德的心肠非常善良，常常有无路可走的年轻作家们来到他的门口，他总是把他们请进家里，一同进餐。但是，如果人际关系让他烦心，他就会一走了之。他可以为朋友两肋插刀，但前提是不能让他受到任何约束。有时候他简直是残忍，例如，拉尔博曾告诉我，有一次他们约好到意大利去，但是纪德根本就没有出现在火车上，这种事是最让拉尔博伤心的。

大家都知道，有一段时间，纪德对拍电影非常感兴趣，他曾经出售了他的许多书籍，筹集资金和年轻的导演马克·阿雷格莱（Marc Allégret）[1]一起去刚果收集资料，那是现在已经名声大振的导演的处女作。这部电影的编剧是纪德，摄影是马克·阿雷格莱，它是在非常困难的情况下拍摄出来的，不是很专业，但是它在老鸽舍剧院首映时，还是让大家钦佩不已。纪德写的关于刚果的书并没有得到官方的赞同，但是纪德才不在乎官方或者公众的评论呢，他想说什么就说什么，不管是在俄国，在殖民地，还是在家里。[2]

马克·阿雷格莱是我的好朋友，他经常到书店来，有一次，他给我带来一只乌龟，说是纪德送给我的礼物。他还说这只小

---

1. 马克·阿雷格莱（1900—1973）是纪德婚礼上的伴郎艾力（Elie Allégret）的儿子，也被纪德收养为义子。1916年，四十七岁的纪德与十五岁的马克成为情人并私奔到伦敦，玛德莲为此烧毁了纪德的所有信件（纪德后来称这些信件是他"最好的一部分"）。这次刚果之行发生在1925年。纪德和马克的关系一直维持到1927年，但是直到1951年纪德去世，他们一直是好朋友。这里提到的这部电影，是1927年上映的《刚果之旅》（*Voyage au Congo*）。
2. 纪德的这次非洲之行虽然是为了寻找"非洲韵律"，但据说他带了一大摞关于非洲的欧洲文学作品，例如康拉德的《黑暗之心》，他的日记中充满了引文。毕奇在给母亲的信中，做了这样的评论："纪德和马克刚刚到书店来和我们告别，他们明天就要出发去非洲，要在那里待一年。马克会给我寄来纪德的照片。纪德真是个滑稽的人物，他不知道自己该做什么，所以就打算去非洲。他的上一本书并不很好，《克罗伊登》也只引来别人的嘲笑。他非常嫉妒乔伊斯，并试图让其他人对抗他，他真没必要这么做。"（1925年7月13日）

乌龟的名字叫阿格莱（Aglaé），后来，我从某处得知美国作家卡尔·凡·韦克顿（Carl Van Vechten）也有一只小乌龟叫阿格莱，看来这是人们爱给乌龟起的名字。

说起乌龟这种礼物，我能模糊地记起纪德告诉过我，当他还是一个学生时，他曾和一个同学用乌龟捉弄过他们的门房。他允许我在这本回忆录中讲述这个故事。

那位门房在她看门的地方养了一只中等大小的乌龟，那两个男孩找到了一只大些的，等到门房转身背对他们时，他们就把两只乌龟对调了一下，她根本就没有注意到有什么区别。男孩们接着就用越来越大的乌龟一次次进行调换，他们听到门房赞叹她的宠物长势之快，并对乌龟的这种习性表示惊奇。乌龟长得太大了，占据了不少空间。然后，它就不再长了，因为这两个男孩找遍巴黎，再也找不到更大的乌龟了。现在，他们决定让乌龟越变越小，可怜的门房惊慌失措，只能眼睁睁地看着自己的乌龟明显地缩小，最后，她的乌龟变得只有一颗纽扣那么大。

那以后不久，门房就消失了，男孩们担心地前去询问，被告知她休假去了。

我的朋友保尔·瓦莱里

我有幸在阿德里安娜·莫尼耶的书店中结识了保尔·瓦莱里，在莎士比亚书店开张之后，他也常常到我这儿来，坐在我的旁边，和我聊天或是说笑，给我带来不少快乐。瓦莱里是最喜欢开玩笑的。

当我还是个年轻的学生时，我就着迷于他的诗集《年轻的命运女神》(*La Jeune Parque*)，我根本不会想到有一天，瓦莱里会亲自为我在书上签名题字，而且，还会把他所出版的每一本书都亲自送给我。

我对瓦莱里充满了爱戴,当然,所有认识他的人都对他充满了爱戴。

对我来说,瓦莱里造访我的书店是一种殊荣,也是一种极大的乐趣。有时,他会用他那特别的瓦莱里式的英文,拿我的保护神莎士比亚和我开玩笑。还有一次,他抓起一本莎士比亚的作品,翻到《凤凰与海龟》(*The Phoenix and the Turtle*)那一页,问我:"西尔维亚,你知道这是什么意思吗?"我回答:"我还真看不懂。"他说这首诗根本不算荒唐,他刚刚在老鸽舍剧院的日场诗歌朗诵会上听到的缪塞(Musset)的诗歌,其中有一句是"世上绝美之歌乃绝望之歌",在他看来,这句诗才可算是彻头彻尾的晦涩不通呢,"他们竟敢说我的诗晦涩难懂!"

瓦莱里告诉我他年轻时在伦敦的一件事,那时每天都在下雨,他住在租来的阴暗的房间里,寂寞而悲惨,境况非常糟糕。有一天,他下定决心要自杀,当他打开橱门去拿他的左轮手枪时,一本书掉了出来,他捡起书,坐下来读起来,那本书的作者是舒尔(Scholl),他现在已经不记得书名是什么了,但记得那是一本充满幽默的书,他一口气把书读完,这本书给他带来了如此的乐趣,读完书后,他一点自杀的愿望都没有了。真可惜,瓦莱里记不起书名!在所有的图书目录里,我都没能找到舒尔这个作者。

瓦莱里的魅力和他的善良都是非常独特的,虽然在他出入的上流社会中,有许多奉承阿谀的人,都称他为"亲爱的大师",但他依然保持着自然本色,以温和敦厚的态度对待所有的人。即便在他告诉你他曾濒临自杀的边缘时,他也总是那么乐呵呵的。

瓦莱里非常健谈,在沙龙中很受欢迎,他也很喜欢去参加这类聚会。但是,瓦莱里绝对不是一个势利眼,有时候,我也拿这事和他开玩笑,他告诉我说,在写作之余,那些茶杯的碰撞声和叽喳的说话声对他很有益处。他每天早上六点钟起床,替自己冲了咖啡之后,就开始工作。他喜欢清晨时分,因为房子里非常安静。

有一次我对他开玩笑地说:"看看你,穿得这么衣冠楚楚的,肯定是刚刚去过一个沙龙聚会。"他大笑着,把手指头伸进帽子上的一个破洞中。他提到一位什么王妃的名字,"西尔维亚,你应该是认识她的吧?……但她是一个美国人呀!"我认识的王妃实在少而又少。我也会问他:"我到了一个沙龙里究竟能做些什么呢?"然后我们会因我奇怪的处事方式而放声大笑。

在二十年代中期,我们的朋友瓦莱里被选为法兰西学院的院士,在他的那批朋友中,他是第一个获选的。当时,大家都觉得这事很无聊,他的许多朋友都觉得他根本就不应该接受。但是,等轮到他们入选时,他们每个人却都欣欣然进入了法兰西学院。

瓦莱里每个周四都到法兰西学院去开会,他开玩笑地对我说,他之所以去,是为了去领那一百法郎的车马费,也因为那里离剧院街很近,所以,那天他总是会顺路到书店来看我们。

我的妹妹西普里安有幸得到瓦莱里亲自为她画的一幅画,只可惜她无法将这幅画保留下来。有一天,他到书店来时,西普里安正在店里,她穿着一条超短裙,还有一双齐膝的长袜。瓦莱里抓起一支铅笔,就在她的膝盖上画了一幅女人的头像,并在上面签了"P.V."。

有一次,布莱荷向瓦莱里为她的评论杂志《今日生活与文学》(*Life and Letters Today*)的法国特刊约稿,瓦莱里想把自己的《论文学》(*Litérature*)一文给她发表,就来征求我的意见。我认为这篇文章非常恰当,他就提出了一个吓人的建议,要我和他一起翻译此文。这虽然是一个极大的荣耀,但我却更愿意把这个机会留给更有能力的译者。

但是瓦莱里还是坚持此事得由"我们"来做。他说如果在翻译中我卡住了,只要去维勒朱斯街(现在此街已改名为保尔·瓦莱里街)找他咨询就行了。不幸的是,每次我依照他的建议跑到维勒朱斯街去找他咨询,我都发现他这位合作者压根就不可靠。我会问他:"你这里写的到底是什么意思?"他总是要假装认真阅读这一段落,然后会说:"我这里究竟是想说什么呢?"或者说:"我敢肯定,这段话根本就不是我写的。"白纸黑字就在眼前,他还是坚持自己一无所知。最后,他就会建议我把这一段给跳过去。所以,在"我们"的这桩苦差中,他怎么能算是位认真的合作者?但至少,和瓦莱里一起进行切磋,还是给了我不少乐趣。翻译稿最后的署名是"西尔维亚·毕奇和作者",他告诉我,这里"作者"将承担一切责任。但我知道,我是无法为自己开脱的,对于瓦莱里这篇最有趣的作品来说,我也是一位凶手,我是"作者"的帮凶。

我一直很喜欢瓦莱里夫人和她的姐姐,艺术家保拉·高比拉(Paule Gobillard),她们是画家贝瑟·莫里索(Berthe Morisot)[1]的侄女,在她们的幼年和少年时代,她们就常常当她的肖像模特儿,所以,她们是在印象派画家的圈子里长大的,他们维勒朱斯街的公寓中,挂满了画中珍品,例如德加、马奈、莫奈、雷诺阿等人的杰作,当然,也有贝瑟·莫里索的作品。

瓦莱里的小儿子弗朗索瓦(François)是我的好朋友,他们全家的头发颜色都很深,只有金头发的弗朗索瓦是个例外,不过,

---

1. 贝瑟·莫里索(1841—1895),印象派画家,1874年与好朋友莫奈的弟弟结婚。

瓦莱里的女儿阿加莎（Agathe）也像他一样有着美丽的蓝眼睛（瓦莱里的母亲是意大利人）。瓦莱里觉得儿子弗朗索瓦的浅色金头发很有趣，常常叫他是"伟大的北欧好汉"。

这位"北欧好汉"常来我的书店，他来阅读英国诗歌，或是来告诉我音乐界的最新消息。他在美国作曲家娜迪亚·保朗杰（Nadia Boulanger）那里学习作曲，他告诉我他几乎一直就住在那里。他把所有的零用钱都花在音乐会上了，因为零用钱很有限，所以，有一次，他居然卖掉了父亲的一张唱片来贴补自己。瓦莱里收集了许多唱片，而且，奇怪的是，他非常喜欢瓦格纳的音乐，而且，和乔伊斯不同的是，他公开承认自己的这种喜好。[1]

我是看着年轻的弗朗索瓦长大的，他最后在巴黎大学（Sorbonne）完成了他英文专业的毕业论文，而且，让我觉得很有趣的是，他论文所选择的研究对象是《戒指与证词》（*The Ring and the Book*）[2]，这也是他父亲建议给他的。

在德军占领巴黎期间，瓦莱里在法国学院讲授诗歌研究。小小的演讲厅里挤满了他的崇拜者们，有时候，要完全听懂他所讲的内容并不容易，他的口齿不很清晰，时不时的，你就跟不上他的思路了。但是我也能想象，让他的听众们坠入云里雾里，对他来说，可能有一种戏谑的快感。在那些日子里，他的演讲也算是当时为数不多的几件大事之一了。[3]

二战期间的某一天，瓦莱里夫人请我去她家里吃中饭，一起

---

[1]. 瓦格纳生前曾有不少反对犹太人的言论，他的音乐在30年代被德国纳粹使用，希特勒就是他的一位公开的崇拜者，所以，在自由思想的知识分子中，喜欢瓦格纳并不是一件大家愿意承认的事。
[2]. 英国诗人罗伯特·布朗宁（Robert Browning）的长篇叙事诗，共有两万一千行。
[3]. 二战期间，因为瓦莱里不愿意和德军控制下的维希政府合作，所以，维希政府剥夺了他的许多工作和头衔。但是他在知识界仍然非常活跃，特别是通过法兰西学院进行了许多活动。

共进午餐的还有画家弗朗西斯·约丹（Francis Jourdain）、保拉·高比拉小姐和弗朗索瓦。我们刚在餐桌前坐好，就响起了空袭警报声。瓦莱里赶紧跳起来跑到窗前，从窗子探出身子去看战斗机飞越巴黎上空，投放炸弹。对他的这种行为，他的家人早就习以为常。弗朗索瓦对我们说："我爸最喜欢空袭了。"

第十七章

乔伊斯的《流亡者》

《流亡者》(*Exiles*)[1]是乔伊斯唯一的戏剧作品——至少是他唯一承认的戏剧作品——也是他最早给我找来的麻烦之一。

在他刚刚抵达巴黎不久,巴黎声望最高的剧院经理吕涅波(Lugné-Poe)[2]就带着一本合同前来找他,希望他能授权"杰作剧院"(Théâtre de l'Oeuvre)排演《流亡者》,而吕涅波正是这座剧院的主管。

乔伊斯一点都不反对,正相反,他非常高兴能在这家剧院中上演他的剧作,因为这里每年都要演出一季易卜生的戏剧,而我们都知道,乔伊斯十八岁时,易卜生在他心目中的地位如同天神

---

1. 此剧是根据《都柏林人》中的最后一篇短篇小说《逝者》(*The Dead*)改编的,被认为是乔伊斯所有作品中最不成功的一部。当年,叶芝就拒绝在阿比剧院(Abbey Theatre)排演此剧。它在伦敦的上演也要等到1970年,由品特(Harold Pinter)执导在美人鱼剧院(Mermaid Theatre)演出。
2. 吕涅波(1869—1940),法国演员、戏剧导演,全名 Aurelien François Marie Lugné-Poë。

一样[1]。吕涅波的夫人是才华出众的女演员苏珊娜·德佩里（Susanne Depré），她以扮演易卜生的诺拉著称，她将扮演《流亡者》里的贝莎，这也让乔伊斯充满着期待。

虽然吕涅波看上去很迫不及待地想把此剧搬上舞台，但是合同签好后，时间一天天过去，却不再有他的消息。同时，乔伊斯从一位贝尔纳先生（Baernaert）那里听说，他和海伦娜·杜帕斯奎尔（Hélène Du Pasquier）女士已经将《流亡者》翻译成了法文，他们希望香榭丽舍剧院（Theatre des Champs Elysèes）的导演爱伯尔特（Hèbertôt）能够执导，将此剧在那个壮丽辉煌的剧院中上演。爱伯尔特虽然愿意执导《流亡者》，但他首先希望搞清楚此剧和吕涅波到底是什么关系。

乔伊斯请我去找吕涅波，问明白他究竟还想不想制作《流亡者》。有一天，吕涅波约我早上十一点钟到他的剧院和他见面，我到后就在剧院的侧翼和透着风的走廊上辗转追逐他，最后总算把他给追上了，我们俩气喘吁吁地坐下来，开始讨论《流亡者》一事。

吕涅波对他未能将乔伊斯的剧作搬上舞台深表歉意，他是真心诚意想在杰作剧院中排演此剧的，而且他已经请他的秘书，剧作家纳塔松（Natanson）将剧本翻译成了法语，他停顿了一下，我等着他的下文。"你看，我得要谋生，这是我的问题，我得要考虑当今观众们的需求，现在，他们要看的就是能让他们逗乐的喜剧。"我当然能理解他，乔伊斯的戏剧可一点都不逗乐，不过，从这一点上来说，易卜生的戏剧也不是逗乐的那种。这就是莎士比亚的伟大之处，在他的戏剧中，他总是为剧中的丑角们安排许多插科打诨的笑料。

---

1. 许多人认为《流亡者》的结构与易卜生的戏剧非常相似，也有人批评它是易卜生作品的仿造品。

显而易见，我不能强求吕涅波冒险将《流亡者》搬上舞台。我早就得知他在经济上的难处，可能现在他的问题更严重。而另一方面，我们也不可能希望乔伊斯把《流亡者》改编成喧闹的喜剧。当我把与吕涅波会面的结果告诉乔伊斯时，他只说了一句话："我应该把这出戏写得更好笑一些，我应该给剧本里的理查德安上一条木腿。"

《流亡者》最终没有在吕涅波那里得到上演，取而代之的是比利时剧作家费南德·克隆林克（Fernand Crommelynck）的《一顶大绿帽》（*Le Cocu Magnifique*）。我觉得这出戏里的男主角应该算是理查德的远亲，比理查德多的只是无数个笑话，所以，杰作剧院的观众们都笑得前仰后合，心满意足。《一顶大绿帽》连续演出了好几个月。

现在，没有什么再能阻止爱伯尔特想把《流亡者》搬上舞台的计划了。在他剧院里上演的那些作品，无论是音乐、芭蕾还是戏剧，都是不容错过的佳作。当然，这些演出的票价也都非常昂贵，像我这种人，除非有人请我去看，否则根本就负担不起。在剧院的座位上，你能看到爱伯尔特预告将要上演的剧目的告示牌，其中也包括《流亡者》，我还特地将这一条指给乔伊斯看过。但是，不知什么原因，爱伯尔特最终还是没有将这出戏搬上舞台。

路易·如维（Louis Jouvet）[1]所主持的香榭丽舍喜剧院（Comédie des Champ Elysées）位于大剧院的一侧，他也曾表示对这出戏的兴趣，幸亏乔伊斯对此事一无所知，这样，如维后来也未能上演《流亡者》，也就不至于让乔伊斯再度失望。如维未能扮演理查德这个角色，这也未必不是件好事，因为他曾扮演过许多伟大的角

---

1. 路易·如维（1887—1951），法国演员、导演。

色，例如儒勒·罗曼《纳克医生》(*Knock*)，莫里哀（Molière）的《唐璜》(*Don Juan*)和《伪君子》(*Le Tartuffe*)，那些才是更适合于他的角色。

不管怎样，如维一直拥有《流亡者》的演出权。许多年后，法兰西喜剧院（Comédie-Francaise）想要上演这出戏，如维才为了乔伊斯的利益放弃了他的演出权。如维就是那种非常善良的好人。

乔伊斯给我看了一封科波（Copeau）写来的热情洋溢的信，科波是老鸽舍剧院的总管，而格特鲁德·斯坦因则称之为"老鸽子"。从信中读来，科波好像非常迫不及待地要把《流亡者》搬上舞台，所以，在乔伊斯的请求下，我飞快地来到老鸽舍剧院，希望能在《流亡者》一剧的大幕拉开之前赶到那里。科波非常热情诚恳，表达了他对乔伊斯及其作品的无比敬意，并向我保证说，《流亡者》将是下一个他要排演的剧目，他说他已经在感受理查德这个角色了。

我们非常合乎情理地盼望着科波能把这出戏搬上舞台。在他周围有一批法国最好的作家们，他的观众们都有很强的理解力，他们早就习惯了那些生硬难懂的剧作。而且，我觉得科波可以把理查德这个角色刻画得入木三分，也能够把乔伊斯剧作中的微妙之处传达给他那些专心致志的观众们。是的，此时我觉得我们真的很有希望了。

科波的朋友们都知道他对于宗教的热情，虽然如此，当科波决定从剧坛退隐，搬到乡下去修行时[1]，这个消息还是让一些人大吃一惊，特别是那些希望他能把他们的剧本搬上舞台的朋友们。而这事发生在我与他刚刚会面之后，他刚表示过要排演《流亡者》的激情，所以，这也让我非常震惊。

---

1. 科波从剧坛退下是在1941年3月，德军占领巴黎时，原因是他不愿意接受德军的指挥，所以，归隐到乡间的家中。作者这里所说的科波的归隐修行无法考证。

下一位对这个剧本感兴趣的是一位快活而乐观的金发女郎，她满身大汗地来到书店，等缓过气来后，她告诉我她已经毫不费劲地把乔伊斯的《流亡者》翻译成了法文，她也知道好几家剧院都想立刻就把这出戏搬上舞台，她说她会和我保持联系，然后，她就急匆匆地走了。

这位兴高采烈的女性自称她在航空业中供事，飞行是她的专业，戏剧则占据了她所有的业余时间。她的"飞"一般的造访，还有她以后时常用瘦高的字体写来的信件，都让人觉得愉悦。她穿梭在飞机场、书店和剧院之间，带来的总是好消息。后来，我们这位匆匆忙忙的飞行朋友不再来看望我们，她渐渐从我们的生活中消失，我和乔伊斯都一点不觉得惊讶。

在第二次世界大战之前不久，一位迷人的年轻女性开始常到我的书店来，她是乔伊斯的同胞，她丈夫是法兰西剧院的一位资深演员，他们称之为"终身制演员"（Sociétaire）。她特别喜欢乔伊斯的作品，她告诉我说她的最大理想是要将《流亡者》搬上法兰西喜剧院的舞台。她已经把剧本翻译出来了（又多了一个译本！），她的一位朋友帮她把剧本改编得更适合法国舞台，她挺有把握，觉得这个剧本肯定会被接受，而且，她的丈夫，马塞尔·德松（Marcel Dessonnes）已经开始在研究理查德这个角色了。

这一切让人充满希望，热情洋溢的德松太太忙前忙后，她还把她先生带来，让他告诉我他是多么仰慕《流亡者》，多么期待着亲自扮演理查德这个角色。我还受邀去观看了他扮演的不同角色，他确实是一位值得敬仰的演员。

最后，因为我觉得有些问题最好让他们直接和作者沟通，所以，我就在书店中安排他们与乔伊斯的会面。

所有潜在的问题都迎刃而解，例如，问题之一是乔伊斯是否同意要将剧本按照法国舞台的要求进行一些改编，他向德松夫人保证，对于如何将他的剧本搬上舞台，他不会进行任何干预，因为这事不是他该管的。当然，接吻这场戏也被提出来，她问他是否可以也将这场戏进行修改，因为法兰西喜剧院的观众中会有许多年轻女性，接吻这种戏是肯定不会被接受的。事实上，已经有人告诉她所有的巴黎观众都无法接受吻戏。

法国人对接吻这场戏的反应让乔伊斯觉得很好笑，但他还是告诉德松夫人他全权委托于她，不单是这场戏，她可以修改剧本中的任何地方。

想到《流亡者》将在巴黎的首屈一指的剧院中上演，我非常高兴，而且充满了希望。乔伊斯也很高兴，但是他却不像我那样有信心。他预言说，肯定会有什么意外，阻止这场戏的上演。

乔伊斯所预言的这个"意外"就是第二次世界大战。最后，《流亡者》在十五年后才被搬上舞台，那已经是1954年。这次用的是詹妮·布雷德烈（Jenny Bradley）夫人翻译的剧本，她的译本非常出色，她告诉我说，这是她第一次尝试翻译。戏是在哈蒙剧院（Théâtre Gramont）上演的，演出很精彩，很可惜乔伊斯没能够活着亲眼看到这一切。[1]

本·W.许布希是《流亡者》的美国出版商，一九二五年他在纽约的邻里剧院（Neighborhood Playhouse）观看了此剧的第一场演出[2]。他曾经给当时的制作人海伦·亚瑟（Helen Arthur）写过一封信，并将此信的副本寄给了我。许布希先生在信中概括性地阐述了将此剧的剧本和观众相结合的各种困难，说得非常精辟。在此，他慷慨地允许我引用他信中的内容。在赞扬了邻里剧院的演出和

---

1. 乔伊斯于1941年1月在瑞士苏黎世病逝。
2.《流亡者》在那里共演了四十一场，是由雕塑家戴维森帮助制作的。

演员之后，他这样写道：

> 在我看来，上演这出剧本的最困难之处，是如何向观众传达剧中角色的没有明说出来的想法和情感；如何让剧中的对白成为这些隐藏的想法的注脚，而又不损害这些台词的微妙之处。每个人物允许观众听到什么，允许观众做如何的推想，演员得从这个角度出发来塑造他的角色，这就让这些困难变得很复杂。而且，更为复杂的是，观众不能单单依靠人物的对白来判断他们之间的关系以及他们互相的看法。
>
> 在向观众提供一夜娱乐的同时（这种说法虽然有些刺耳，但是许多人去剧院，就是为了寻求娱乐），又要向他们表达灵魂深处的冲突所造成的危机，这是一种非常艰巨的任务，特别是像《流亡者》这样一出戏，它并不是简单明了的，需要演员去尽心揣摩才行。我想任何真正的演员都会喜欢乔伊斯笔下的角色，因为这些角色对于他们来说是一场严厉的考验。演出时根本就不能走过场，如果不尽心投入，那就注定会失败。

1955年，我在巴黎的广播电台中听到用法语演播的《流亡者》，它的制作也非常出色。瑞尼·拉娄（René Lalou）做了介绍，扮演理查德的是皮埃尔·布朗切（Pierre Blanchard），他的表演实在很令人敬佩。

"A. L. P."

安娜·利维亚·普拉贝尔（Anna Livia Plurabelle），是乔伊斯的《正在创作的作品》亦即《芬尼根守灵夜》中的女主角，我们简称她为A.L.P.，她也给我带来了不少麻烦。

温德姆·刘易斯有一次到巴黎来，告诉乔伊斯他正准备创办一份新的评论杂志，可以用来接替之前的杂志《新手》(*Tyro*)。他问乔伊斯是否能尽快给他一篇新作[1]，乔伊斯答应了。他认为让他笔下的女主人公与读者见面的时机已经成熟，是她应该离开工作室的时候了，而刘易斯的杂志正是她登场的好舞台。她的创造者对她又进行了一番润色，为她整理衣装，我把她打包之后，寄给了温德姆·刘易斯。

在那之后，我们就不再有刘易斯的音讯，甚至不知道他是否收到了手稿。当时乔伊斯正在布鲁塞尔，他不耐烦地等待着，再加上眼疾的困扰，终于忍受不了悬念的折磨，他用最粗最黑的铅笔起草了给刘易斯的一封信。他把信寄给我，请我誊写清楚后以我的名义把这封信寄给刘易斯。我照办了。

"我"的这封信也石沉大海。但我还是按时收到了温德姆·刘易斯编辑的题名为《敌人》(*Enemy*)的新评论杂志的创刊号[2]。里面根本没有《A.L.P.》的影子，取而代之的是对乔伊斯新作进行大肆攻击的文章，而此文的作者正是温德姆·刘易斯本人。

这个攻击让乔伊斯很伤心，同时，他也很失望，因为他失去了一次把伊厄威克（Earwicker）家的成员介绍给伦敦读者的机会。

下一位想要发表《A.L.P.》的编辑是名叫艾德格尔·瑞克沃德（Edgell Rickward）的年轻的英国人。他正在为他的文学评论杂志《日历》(*The Calendar*)的创刊号进行组稿，他写信来说："我们的杂志将热诚欢迎当代最伟大的乔伊斯的作品。"

---

1. 这时是1926年5月，刘易斯承诺说乔伊斯的新作将是他的新杂志《敌人》中唯一的小说。
2. 此时是1927年3月，刘易斯在给毕奇的附信中说，他知道自己的这本杂志将不受欢迎，但是因为她是"巴黎唯一的英语的书商"，所以，还是把杂志寄给了她。

我答应会将《A.L.P.》这章给他，但是我警告他说，艾略特正要在他的杂志《标准》(Criterion)上刊登在这之前的一章，他得等《标准》出版之后才能发《A.L.P.》。他答应他会请他的读者们耐心等待，自从他宣布《日历》的创刊号中将发表乔伊斯新作的节选后，订阅者蜂拥而来。

《标准》如期出版后，我立即就将《A.L.P.》寄给了《日历》。我先是收到了一封主编写来的收悉稿件的愉快的回信，接着又收到一封痛苦不堪垂头丧气的信，他说印刷厂拒绝为文中的一个段落排版，这段从"两个穿着马裤的男孩"开始，到"羞红了脸斜眼瞅着她"结束。《日历》的主编非常恭敬地请乔伊斯允许他们把这段文字给删掉。

我很不情愿地写信给他，告诉他乔伊斯对于因他的文字而引来的诸多不便表示歉意，但是他不可能接受任何对他的文字的修改，我请瑞克沃德先生归还原稿。

到那时为止，阿德里安娜的《银船》杂志只发表法文的作品。但是她立刻邀请《A.L.P.》以英文版的原样登上《银船》，就这样，乔伊斯的新作在法语世界中第一次与读者见面。

阿德里安娜觉得《A.L.P.》趣味盎然，当它在《新法兰西评论》上发表时，阿德里安娜帮忙把它翻译成法语，在这个过程中，许多人都伸出援助之手，包括乔伊斯本人。后来，阿德里安娜又在她的图书馆中朗读了这篇作品的法文译稿，这也是她举办的乔伊斯作品的第二次朗读会。

对于如何把他的女主人公介绍给美国读者，乔伊斯充满了焦虑。于是，我就把目标定得很高，把它寄给了《日晷》，我希望它的主编玛丽安娜·摩尔（Marianne Moore）能够被它吸引住。

当我听到《日晷》接受了这篇新作的消息时，我非常高兴。后来才发现这是一场误会。稿子寄到出版社时，摩尔小姐正巧出门在外，其实她很不情愿发表这部作品。当然，《日晷》并没有完全拒绝，他们告诉我说，要他们发表的话，这部作品必须进行大量的删节，才能符合杂志的要求。但是乔伊斯现在考虑的只是如何扩增这部作品，要他进行删节，是完全不可能的。但是从另一方面来说，我也不责怪《日晷》谨慎处理这份稿件，因为这篇文字中，母性之河流汹涌澎湃，若处理不当，《日晷》在曼哈顿西十三街的一百五十二号的地址可能都要被冲垮了呢。

《日晷》未能刊登《A.L.P.》，我觉得非常过意不去。当时仍在比利时的乔伊斯却一点都不觉得意外。他写信给我说："你怎么没有和我打赌呢？我应该是能赢你一把的。"他又说他也对于未能取得这一"战略上的据点"表示遗憾，因为他向来就把《芬尼根守灵夜》看成是一场战役。

两张唱片

一九二四年，我来到主人唱片公司（His Master's Voice）[1]在巴黎的办公室，问他们是否能录制乔伊斯朗读《尤利西斯》的节选。他们让我去见音乐唱片的主管皮耶罗·卡波拉（Piero Coppola）[2]，最后，主人唱片公司同意录制乔伊斯的朗读，但是条件是一切费用必须由我们自己来承担，而且，录制出来的唱片不能用他们的

---

1. 亦即著名的唱片商标HMV，HMV的商标是一只狗在听留声机，1909年，这个商标正式启用。
2. 皮耶罗·卡波拉（1888—1970），意大利作曲家、指挥家和钢琴家。1923年到1934年间，是HMV巴黎分公司的艺术总监。

HMV商标[1]，也不会被收进他们的唱片目录之中。

从一九一三年开始，在英国和法国都有作家录制过唱片，诗人纪拉莫·阿波里耐尔（Guillaume Apollinaire）就录制过一些唱片，被保留在语言博物馆（Musée de la Parole）的档案室里。但在一九二四年，卡波拉告诉我大家想要的只是音乐唱片，别的唱片没有销路。我最后接受了主人唱片公司所开出的条件，答应等我收到三十张唱片后就会付款。此事的全过程就是这样。

对于录音这件事，乔伊斯既充满渴望又非常担心。那天，我叫了出租车陪他去远在城外的毕兰科镇（Billancourt）的录音棚，他正好眼疾发作，所以他非常紧张[2]。幸好，他与科波拉很快就熟悉起来，他们用意大利语谈论着音乐。但是，对乔伊斯来说，录音的过程真是一场折磨。第一次录音以失败告终，我们得回去重新再录一次。录成之后的《尤利西斯》真是一场出色的表演，每一次倾听，我都会被感动得流泪。

乔伊斯选择朗读的是《埃俄罗斯》（Aeolus）这一章中的一段讲演，他说这是《尤利西斯》全书中唯一可以独立出来的一段文字，也是仅有的一段"充满雄辩"的文字，所以，很适合朗读。他告诉我，他已经打定主意，这也将是他唯一一次朗读《尤利西斯》。[3]

我觉得，乔伊斯之所以选择朗读《埃俄罗斯》中的这一段，"充满雄辩"并不是唯一的原因。录音的结果也说明了这一点——

---

1. 因为HMV不愿意让毕奇使用他们的商标，所以，乔伊斯后来自己设计了唱片的标志。他的设计图和几张唱片，现在还保存在美国布法罗大学中的乔伊斯收藏中。
2. 录音的日期是1924年11月27日，在那之前，因为眼疾的困扰，博什医生已经安排要对乔伊斯的眼睛进行手术，但是，因为录音的日期，手术被推迟。录音后的第三天，乔伊斯的左眼进行切除白内障的手术，那时他的眼睛所接受的是第六次手术。
3. 1924年11月16日，在乔伊斯写给韦弗小姐的信中，他提到正准备在HMV的录音，但是说他要朗读的是《塞壬》（Sirens）一章；11月20日，在给拉尔博的信中，他说了同样的话。所以，他是后来才选择改录《埃俄罗斯》一章的。整个录音只有四分钟。

"他大胆地提高了他的声音"——听上去，让人觉得这远远不只是一次演讲。

我的朋友C.K.奥格登（C. K. Ogden）后来说，《尤利西斯》的录音是"很糟糕"的。奥格登和I.A.理查兹（I. A. Richards）合著的《意义之意义》（*The Meaning of Meaning*）在我的书店中非常好卖，我的书店中也有奥格登的一些关于基本英文（Basic English）的小书，有时，我也与这位英语束身衣的发明者见面[1]。他在剑桥的正音委员会（Orthological Society）的工作室中，为萧伯纳以及其他人录过音，他也有兴趣与其他作家交流并进行语言的实验，我猜想他的兴趣主要在语言上。（萧伯纳和奥格登观点一致，他们都认为英文的词汇量已经非常庞大，一般人用都用不完，乔伊斯根本没有必要再创造新词。）奥格登先生夸口说，在他的剑桥工作室中，有两台全世界最大的录音设备，他让我把乔伊斯送过去，到那里去做一次正儿八经的录音。所以，乔伊斯就前往剑桥，去录制《安娜·利维亚·普拉贝尔》一章。

就这样，我把他们两位凑在了一起：一位是要解放英文，扩展英文；另一位要把英文常用字压缩到五百以内。他俩的实验完全相反，但这并没有妨碍他们对互相的工作充满兴趣。如果英文真被压缩到五六百字的话，那么乔伊斯肯定会饿得发慌，但是，对于奥格登曾经把《安娜·利维亚·普拉贝尔》按照基本英文的原则进行改写，并将改写后的版本在评论杂志《心理》（*Psyche*）上

---

1. 奥格登（Charles Kay Ogden, 1889—1957），英国作家、哲学家和语言学家。他发明了"基本英文"（Basic English），也叫"简单英文"（Simple English），提倡最简单的用字和文法，并列出英文词汇850个，说这些字就足以表达一切。《意义之意义》出版于1922年，与《尤利西斯》同年。1927年，他在剑桥创建了"正音委员会"，他的著作《基本英文：其规章及语法简介》（*Basic English: A General Introduction with Rules and Grammar*）出版于1930年。所以，在这里作者比喻他的工作是为英文穿上"束身衣"。现在，在将英文作为外语教授的地区，还沿用基本英文的850个词汇。

205

发表，乔伊斯觉得还是挺好玩的[1]。我认为奥格登的"改写本"让原文尽失其美，但是我也知道，除了奥格登和理查德之外，再没其他人和乔伊斯一样对英语语言有着那么强烈的兴趣。所以，当黑日出版社要出版《山姆和山恩讲述的故事》时，我建议他们邀请奥格登为之作序。[2]

《安娜·利维亚》的录音非常美妙，乔伊斯更是将那位爱尔兰洗衣妇的口音表演得惟妙惟肖。这一珍贵成果，全要归功于C.K.奥格登和他的基本英文。乔伊斯的记忆力一向惊人，他肯定已经将《安娜·利维亚》烂熟于心，但录音时，他还是在某处打了结巴，就像当年录制《尤利西斯》时一样，要重新开始。[3]

奥格登把录音的第一和第二个版本都交给了我。他还用超大的字体把《安娜·利维亚》印在大纸上，这样我们那位视力每况愈下的作家阅读起来才能毫不费力。录音后，乔伊斯把这几张大纸也给了我[4]。我一直想知道奥格登到底从哪里弄到这么大的铅字，后来，我的朋友莫利斯·塞莱（Maurice Saillet）仔细审查一番后，告诉我原书中的那几页被拍成了照片，然后又被放大了许多倍。《安娜·利维亚》是录在一张唱片的正反面的，而《尤利西斯》中的段

---

1. 在录音时，乔伊斯向奥格登建议，如果用他的850字的基本英语来处理他的《A.L.P.》，效果会怎么样。但是直到1931年5月到9月间，当乔伊斯在伦敦住了一段时间时，他们才有机会共同进行这个实验，将《A.L.P.》的最后四页用基本英文改写，并发表在《心理》杂志的十月号上。
2. 乔伊斯首先是想请赫胥黎（Julian Huxley）或苏利文（John Sullivan）为这本书作序，在两人都拒绝之后，他才请奥格登为之作序。因为奥格登也是一位数学家，所以，乔伊斯希望他能在序言中对自己书中所使用到的数学结构进行阐述，但是奥格登在文中并未提到数学。虽然如此，乔伊斯还是称他的序言"很有用"。此书出版于1929年8月9日。
3. 乔伊斯这段1929年8月录制的《安娜·利维亚》，现在可以在网上找到并聆听。
4. 1929年11月到12月间，在乔伊斯将这些大纸交给毕奇之前，俄国导演爱森斯坦到巴黎拜访乔伊斯，乔伊斯还给他看了这些巨大的纸上印出的巨大的字体。当时他的眼疾让他无法亲自给爱森斯坦朗读，所以，他就放了录音给导演听，让他边听边看那些大字。

落只用了唱片的一面[1]。乔伊斯同意录制的《尤利西斯》也只有那么一张。

有一件事真让我非常后悔，因为我对有关录音事宜的无知，我没能采取必要的措施好好保护这些"母带"，后来才有人告诉我保护唱片有一些特定的办法，但是，那珍贵的《尤利西斯》的母带还是被毁坏了。那时候，录制唱片的方法还是很原始的，至少巴黎的主人唱片公司是这样，奥格登说得对，《尤利西斯》的录音从技术上来说并不成功。但不管怎样，那是乔伊斯亲自朗读《尤利西斯》的唯一的录音，在两份录音中，我也是更喜欢这一份。

《尤利西斯》的录制并不是一次商业活动，那三十张复制的唱片，大部分都给了乔伊斯，让他送给他的朋友和家人。一开始，我一张都没有出售，许多年后，在我的经济非常拮据时，我售出了手里剩下的一两张，当然，我的要价也是挺昂贵的。

我原本还想把乔伊斯的录音重新翻版，但是巴黎的主人唱片公司的新主人手下的专家们和英国广播公司的人都劝我打消这个念头，我便放弃了这个计划。后来，我授权给英国广播公司，允许他们用我所拥有的最后一张唱片进行复制，在诗人W.R.罗杰斯（W. R. Rodgers）有关乔伊斯的专题节目中播放，阿德里安娜和我也参与了这档节目[2]。

那些想听听《尤利西斯》的录音的朋友们，可以到巴黎的语言博物馆去听。这要感谢我的一位加利福尼亚的朋友菲里亚斯·拉朗（Philias Lalanne），是他提出的建议，乔伊斯的朗读才得以和许多伟大的法国作家的朗读保存在一起。

1.《尤利西斯》的录音只有四分多钟，而《安娜·利维亚》的录音是八分半钟。《安娜·利维亚》唱片的售价在当年是两个几尼，还是属于比较昂贵的。两年之后，第一版的唱片售罄后，奥格登又发行了第二版，这次售价是第一次的一半。
2. 这是1950年2月到3月间的事情。

第十八章

《一诗一便士》

一九二七年,我出版了《一诗一便士》(*Pomes Penyeach*)。

每隔一段时间,乔伊斯就会写一首诗,而且据我所知,写完后,他也就顺手把诗"扔掉了"。但有些诗被他收在一边,一九二七年,他交给我十三首诗,并问我愿不愿意将它们结集出版。那时巴黎的烤面包师傅们做生意,总是买一打,送一个,价钱为一先令。利菲河桥上的卖苹果的老妇人做生意也遵循这一规则。他把这本诗集定名为《一诗一便士》,在他看来,这些诗只值这么多。当然,他在标题中所用的Pomes一词,和法文里的苹果(pommes)形音相近,所以,这是一个文字游戏。他也要求书的封面和卡维尔苹果的绿颜色一模一样,那是一种特别细致的绿色。这说明,乔伊斯虽然视力不好,但他还是能够分辨出不同的颜色。

我去拜访了住在巴黎的英国印刷商赫伯特·克拉克(Herbert Clarke),他那里有一些非常漂亮的字体。我向他解释说,作者想出一本看上去很廉价的小册子，每本定价一先令[1]。他非常不情愿地印了一本样书，那是本可怜兮兮的绿色小册子，他说这像药品的宣传册。我能看出来乔伊斯也挺失望，但是他还是坚持他的原则。是我实在无法忍受出版这么一本小怪物，我很喜欢这本诗集，当然也希望能把它出得漂漂亮亮的。

克拉克说，如果我们用硬纸取代薄纸做封面，效果会好很多，但是，那样成本就会比较高，价格也就不能定在一先令。按照一九二七年的汇率来算，一先令才值六法郎五十分。我预定了硬纸板，但是价格还是按照标题所示，定在一先令。这是一本漂亮的小书，另外，我还为乔伊斯和他的朋友们印了十三本大开本的，乔伊斯在这十三本上都签了名，他签的不是全名，只是他的名字的缩写。

乔伊斯希望不只是他的诗歌，他的其他作品也都应该低价出版，这样，他真正的读者们就能买得起他的书了。但是，他对如何出版他的书有许多很特别的要求，为了达到这些要求，他全然不顾他的出版商的经济利益。如果他对我们所面临的问题有所注意的话，那么我们出他的书就能容易得多。但是，他对这一点是完全没有知觉的。所以，你要么让出版这块生意躲得远远的，让他根本插不上手，要么就和他密切合作。当然，后者更加趣味无穷，当然也就更昂贵。

乔伊斯将那十三本大开本的书送给了以下众人，第一本：西尔维亚·毕奇；第二本：哈里特·韦弗；第三本：英国诗人阿瑟·西蒙斯（Arthur Symons）[2]；第四本：拉尔博；第五本：乔乔；第

---

1. 英国旧制，一先令等于十二便士，此书标题《一诗一便士》，售价一先令，里面有十三首诗，正是作者所希望的"买一打送一个"。
2. 阿瑟·西蒙斯（1865—1945），英国诗人、作家。1902年，叶芝介绍乔伊斯与他相识，此后，西蒙斯一直是乔伊斯的一位有力的支持者，特别对于乔伊斯早期著作的出版，西蒙斯起了至关重要的作用。

六本：露西亚；第七本：阿德里安娜·莫尼耶；第八本：克劳德·萨克（Claude Sykes）；第九本：麦克莱许；第十本：尤金·约拉斯；第十一本：艾略特·保尔；第十二本：玛容·那廷夫人（Mrs Myron Nutting）；第十三本：乔伊斯自己。

乔伊斯把这本小书称之为《P.P.》，和《尤利西斯》相比，将这本书拿在手上，要令人愉快得多。在伦敦，它是由诗歌书店"经手处理"的，很受大家的欢迎。但是我觉得，总的来说，乔伊斯的大手笔之下出现了这么一本其貌不扬的小册子，这让他的读者们有些不知所措。这本书不能算是"伟大的诗歌"，但是，谁也没有说过它多伟大。乔伊斯知道他在诗歌上的才华有限，他觉得他在散文上更能表达自己，他曾经问过我是否同意他的观点。对他来说，叶芝才是他心目中最伟大的诗人，他经常对我朗诵叶芝的诗作，并希望我也能成为叶芝的崇拜者。他的努力当然无济于事，因为我所感兴趣的诗人是瓦莱里、佩斯（Perse）、米修（Michaux），当然还有阿德里安娜·莫尼耶和T.S.艾略特。

他的这本小诗集之所以吸引我，是因为它和他的其他作品一样，充满着一种神秘感，还有他在作品中所表现的自己。在这本诗集中，让我感受最深的是两首诗：《在法塔那的海滩上》（*On the Beach at Fontana*）和《一位祈祷者》（*A Prayer*）。

后来，有十三位作曲家为这十三首诗谱了曲，牛津大学出版社为了表示对乔伊斯的敬意，也将这本诗作和乐曲结集出版，这给乔伊斯带来了巨大喜悦。这本书在一九三二年的"圣帕特里克日"[1]的前夜出版，里面的作者画像由英国画家奥古斯特·约翰（Augustus John）创作，爱尔兰音乐家赫伯特·休斯（Herbert Hughes）写了编

---

1. 圣帕特里克（St Patrick）是爱尔兰的保护神，圣帕特里克日（每年3月17日）是爱尔兰的一个重要节日。

者按,前言和后记的作者分别是爱尔兰小说家和诗人詹姆斯·史蒂芬(James Stephens)和阿瑟·西蒙斯。好玩的是,这本书是由西尔维亚出版社印制的,真是巧合。我从来没有见过其他任何"乔伊斯之书"让他这么高兴。我想作家喜欢偶尔有人把书题献给他们,乔伊斯也不例外。而且,他可能是得到音乐家献礼的唯一的一位作家。像其他作家同仁一样,乔伊斯也非常憎恨批评,事实就像是儿歌里所说的那样:"就像一把裁纸刀插在我的心上。"当埃兹拉·庞德收到了《一诗一便士》那本小书后,他曾不屑一顾轻蔑地说道:"这样的诗应该藏在家里的圣经里。"这让乔伊斯很受伤害。

在《一诗一便士》出版之后不久,阿瑟·西蒙斯到我的书店来了一次。我立刻打电话告诉了乔伊斯,乔伊斯一听说西蒙斯在书店,说他马上就会赶过来。在《室内乐》(*Chamber Music*)[1]刚刚出版时,西蒙斯曾写信赞扬此书,这事乔伊斯一直不曾忘记。

那时,阿瑟·西蒙斯刚刚从一次精神崩溃中走出来[2],到欧洲大陆来度假。与他同行的是一位面目慈善的大胡子男人,原来他就是赫弗罗克·蔼里士医生(Dr Havelock Ellis)[3]。这两个人结伴一起旅行,看上去真有些奇怪。西蒙斯是那种脸色苍白弱不禁风的诗人,他的面色就像化妆出来的一样。蔼里士医生的头看上去像一位传播福音的使徒,但正是这个脑袋瓜写出了那些性学的书籍,启蒙了一代被这些问题困扰着的人们。我和蔼里士医生的友谊开

---

1. 乔伊斯早期的诗集,1907年由英国的埃尔金·马修斯出版。
2. 西蒙斯的第一次神经崩溃是在1908年,并被送进精神病院,以后一直没有痊愈过。毕奇这里所说的神经崩溃应该是在1927年之后。1930年,他出版《忏悔:病理研究》(*Confessions: a Study of Pathology*),记录他神经崩溃并且接受治疗的过程。
3. 赫弗罗克·蔼里士医生(1859—1939),英国医生、心理学家,他的皇皇巨著《性心理研究》(*Studies in the Psychology of Sex*)写作于1897—1910年,研究的课题在当时都被视为禁忌。他与西蒙斯相识于1888年。

始于一些生意上的往来：我是他的著作《性心理》(*The Psychology of Sex*)在巴黎的代理商。

蔼里士医生和阿瑟·西蒙斯有天过来请我到一家餐馆吃午餐。坐在这两位神仙中间，那经历真是再奇怪不过了。他们俩所点的菜都最能代表他们的性格，西蒙斯是一位美食家，他和服务生以及侍酒师交换着意见，他所点的佳肴和美酒立刻就赢得了那两位的尊重。而蔼里士医生只点了蔬菜，不要酒，谢谢，只要水就行，那位服务生就拖了很长时间才帮他搞定这些东西。而我所点的菜是介于这两个极端之间的。

几乎是西蒙斯一个人在说话，蔼里士医生和我根本就插不上嘴，不过我们也不在乎。我一向就不擅长边吃饭边说话，无法同时专心做这两件事。面对佳肴，不应该让其他任何念头侵入；如果要聊天，不管是谈生意还是谈艺术，都应该专心倾听，又如何能同时享受美妙的食品呢？我也注意到在饭桌边，法国人除了谈论食物之外，从不讨论任何话题，总是要等到吃完第二轮菜后，他们才可能开始考虑其他事情。

乔伊斯当然是让西蒙斯特别感兴趣的话题，除了他以外，西蒙斯唯一感兴趣的就是他在这次旅途中丢失的一双鞋。他告诉我，当他们在法国南部旅行时，这双鞋从车子里掉了出去。

除了乔伊斯之外，我们的共同爱好还有布莱克，区别是，西蒙斯是一位布莱克的鉴赏大家，而我只是布莱克的爱好者。在我的书店里，他仔细审视了我从埃尔金·马修斯那里购买的两幅布莱克的素描，然后他宣布这两幅画都是真迹，并且说它们可能是为诗人布莱尔(Blair)[1]的作品《墓园》(*Grave*)而创作的插图。他说

---

1. 指苏格兰诗人罗伯特·布莱尔(Robert Blair, 1699—1746)。

这两幅画都是上乘之作，他还祝贺我能有幸获得它们。另外一位布莱克的鉴赏家，后来以悲剧结束自己生命的爱尔兰诗人戴伦·费格斯（Darrell Figgis）[1]，也曾经看过我这两幅画，并说毋庸置疑，它们肯定是真迹。

《我们……之考察》

一九二九年，我出版了第三本（也是最后一本）与乔伊斯有关的书籍。这本书的书名十分冗长，叫《我们有关〈创作中的作品〉之从无到有化虚为实之考察》（*Our Exagmination Round his Factification for Incarmination of Work in Progress*），在此书后来的各种版本中，这个题目有所缩短。

这个书名，当然是乔伊斯想出来的，书后的"垃圾"（Litter）这一部分，可能也是由他命名的。这本书中包含了十二位作家对于乔伊斯的《创作中的作品》的十二篇评论，这些作家是：塞缪尔·贝克特，马塞尔·布鲁恩（Marcel Brion），弗兰克·布京（Frank Budgen），斯图尔特·吉尔伯特，尤金·约拉斯，维克多·罗纳（Victor Llona），罗伯特·麦卡蒙，托马斯·麦克格力威（Thomas McGreevy），艾略特·保尔，约翰·罗德克（John Rodker），罗伯特·塞奇（Robert sage），威廉·卡洛斯·威廉斯。这些作家从一开始就对《创作中的作品》非常关注，每人都有不同的视角，但对乔伊斯的这一实验都极感兴趣，并且比较欣赏。

乔伊斯觉得这本书中也应该包括一篇批评他的文章，但是，我所认识的人都是《创作中的作品》的追随者，所以，要在身边

---

1. 戴伦·费格斯，爱尔兰作家，新芬党的积极分子，1925年自杀，时年43岁。

找一个持批评意见的人还真不容易。但是，我听到我的一位顾客说她非常不喜欢乔伊斯的这种新的创作手法，她是一位记者，我就问她是否愿意为这本书写一篇文章。而且，我真是没有远见，竟然告诉她可以想怎么写就怎么写。这位女士就写了一篇题为《一个普通读者的意见》（Writes a Common Reader）的文章，把乔伊斯批评得体无完肤。文章用了G.V.L.斯林史比（G. V. L. Slingsby）这个笔名，出自李尔（Lear）的谐趣诗《海上游》（The Jumblies）[1]。在我看来，这篇评论，根本就算不上好文章。

也就是在这个时候，邮递员给我送来了一个模样古怪的大信封，寄信人的名字是"弗拉德米尔·狄克逊"（Vladimir Dixon），信封背后留的地址是"由布兰托尼书店转交"（c/o Brentano's）。里面是一篇仿照乔伊斯的风格写成的文章，写得很聪明，乔伊斯觉得这篇东西甚是好玩，就要我将它也收入到文集里。就这样，这篇"垃圾"就成了书中的第十四篇文章。

据我所知，我从来没能有幸与狄克逊先生见上一面，但是我也常常怀疑他的真身就是我们这位"细菌的选择"（Germ's Choice）先生[2]。在我看来，狄克逊的手迹有一两处也大有乔伊斯的特点，当然，我的判断也可能是错误的。[3]

也许他曾经是位老师的缘故，乔伊斯总是渴望能与别人分享他的看法。从某种意义上来说，《我们……之考察》就是还了他的

---

1. 据陈荣彬译本所注，这个名字的出处应该是英国谐趣诗人李尔（Edward Lear）的另一部作品，《环游世界的四个小孩》（The Story of the Four Little Children Who Went Around the World）。
2. 与James Joyce发音很相近。
3. 许多人都认为这篇文章就是乔伊斯自己所作，这包括乔伊斯的传记作者艾尔曼（Richard Ellmann）。但是1979年，《詹姆斯·乔伊斯季刊》（James Joyce Quarterly）上发表文章说狄克逊真有其人，他是位住在巴黎的俄国作家，出生于1900年，乔伊斯的崇拜者。因为他去世时年仅三十岁，而且他的写作主要是俄语，所以，就一直不为人注意。

这个心愿。他喜欢引导他的读者们，甚至是误导他的读者们。

我对《我们……之考察》的贡献是封面的设计，我将书名排成一个圆圈，然后将作者的名字排成连接圆弧和中心的直线。我是从一本书名为《天文学：1928》(*Astronomy: 1928*)的出版物中的一篇文章得到的启发，这本书可能是一本年鉴，一位住在新泽西州布兰西维尔的W.L.巴斯（W. L. Bass）先生寄给我的。那篇文章中有一幅钟面的插图，上面画的是十二个钟点，而我的钟点则是我的十二位作者。

当艾略特先生建议此书可以由法伯和法伯出版社出版时，我觉得这是最恰当的了，以后，《芬尼根守灵夜》的出版也可以交给他们[1]。

在《创作中的作品》的早期，乔伊斯曾请我当此书最终的出版人，但是，乔伊斯外加莎士比亚书店的各种事务已经让我觉得筋疲力尽，而且对于乔伊斯在经济上的需求，我也越来越无能为力，所以，当韦弗小姐和艾略特先生决定要接管《芬尼根守灵夜》时，我如释重负。

海盗版

乔伊斯的第一部作品是他九岁时写成的，那是本关于帕尼尔[2]的小册子，如果有人告诉我那时就有他的盗版本了，我都不会惊

1.《芬尼根守灵夜》最后于1939年5月4日由英国的Faber & Faber出版，此书名直到最后装订时才被公开，之前一直被称为《创作中的作品》。书名中的Wake一词的意义为"觉醒"。
2. 帕尼尔，指Charles Stewart Parnell，爱尔兰信仰英国国教的地主，爱尔兰民族运动的领袖，主张土地改革，爱尔兰国会党的创始人和领袖，乔伊斯的父亲一直支持他。1891年，帕尼尔去世后，乔伊斯写了一首诗 *Et Tu Healy* 纪念他，乔伊斯的父亲将此诗印成小册子，并送给罗马教廷一本，以抗议天主教对帕尼尔的迫害。

讶。但我所知道的乔伊斯的创作被海盗劫持，是一九一八年出现在波士顿的《室内乐》的盗印本。一九二六年后，《尤利西斯》的盗版更为严重，直到许多年后，兰登书屋在美国出版此书，它的版权才正式回到作者那里[1]。

那时，《尤利西斯》在美国没有受到版权的保护，因为要得到版权保护，此书必须在美国出版，所以，对这本禁书来说，那是不可能的。当然，任何稍有声望的美国出版商都不会想到要从乔伊斯以及其他无数欧洲作家的这种状况中占便宜，但是，趁火打劫的人依然存在。

一九二六年，英美的文学周刊上发表了一整页的广告，宣布《两个世界》(*Two Worlds*)杂志将要全文刊登《尤利西斯》，另一本杂志《两个世界季刊》(*Two Worlds Quarterly*)将要发表乔伊斯的另一部尚未命名的新作。这两本杂志的主编都是塞缪尔·罗斯(Samuel Roth)[2]。他的另一本杂志《美》(*Beau*)[3]将要发表T.S.艾略特的作品。广告中还宣称，这几本杂志的撰稿人囊括了那个时代所有最好的作家，反正，读者们要读什么就有什么。

塞缪尔·罗斯的杂志旗下的这些撰稿人，大多都未曾授权于他，所以，大家都很气愤。就像乔伊斯一样，艾略特也是受害者之一，因为《美》的创刊号整本刊登的全是他的作品。他立即写信给我，愿意和我们一起抗议罗斯的行为，许多报纸和杂志都刊登了他和我写的信。接着，就有人以书的形式出版了《尤利西

---

1. 1934年，兰登书屋将《尤利西斯》在美国出版。
2. 塞缪尔·罗斯（1893—1974）本人也是一位诗人和作家，1929年，因出版《查泰莱夫人的情人》的盗版本被纽约反腐委员会查抄，并被判刑入狱一年。1933年后，他因为印刷并发行黄色读物多次被拘禁。他最有名的事件应该是1957年"罗斯诉合众国"一案（Roth v. United States），此案对淫秽读物进行重新定义，法院也认定，淫秽读物不受美国宪法第一修正案的保护。
3. 美国第一本专门面向男性的绅士杂志。

斯》，这些盗版书虽然也有莎士比亚书店的出版标记和印刷商的名字，但是，如果你熟悉原作的话，还是很容易认出哪本是假的，因为里面的文字被改动了，纸张和铅字也与原书不同。所以，在以后的几年中，许多盗版书商成功地把钱捞进自己口袋里，这些钱原本应该属于作者，这位作者不仅花了无数年的心血创作这部作品，而且，他的视力越来越糟糕，他的经济状况也越来越拮据。

一位从美国中西部来的访客，他也是一位书商，他向我描述了这些"书籍走私贩"如何向商店提供他们的货物。一辆大卡车会开到书店的门口，每次都由不同的司机驾驶，司机问书店老板要多少本《尤利西斯》或《查泰莱夫人的情人》，如果他们要十本以上的话，那么每本只须付五美元，然后就能以十美元的价格卖出。司机扔下书后，就一走了事。

乔伊斯觉得我应该到美国去一趟，对这些盗版书采取行动。但是，我不能把莎士比亚书店的一摊事丢下不管，而且，只有这本书在美国正式出版后，才能够消除盗版。但我也确实觉得我们应该尽最大努力呼吁此事，引起公众的关注，所以，和在巴黎的朋友们商量之后，我们决定起草一份抗议书，邀请与我们有联系的所有作家在上面签字，然后把抗议书交给全世界各大出版物进行发布。

这份抗议书是由路德维克·陆为松起草的，为了保证它的合法性，阿契伯德·麦克莱许进行了修改。我把抗议书印制了许多份，我认识的所有的人都签了名，并且答应帮助我去争取更多的签名。除了当时在巴黎的那些作家之外，我觉得也应该请欧洲其他国家的作家们签名，包括英国、德国、奥地利、意大利、西班牙、北欧等地的作家们。要拿到北欧去请作家们签名，这让乔伊斯特别焦虑，好像如果得不到挪威诗人奥拉夫·布尔（Olaf Bull）的签名的话，整个计划就将前功尽弃。（当然，在乔伊斯的丹麦语老师的帮助下，我还是成功地取得了诗人的签名。）乔伊斯和其他许多人都给我提了不少建议，但是我要说，签名者中的大多数人，包括那些法兰西学院的院士们，都是我自己的主意。我花了许多小时寻找他们的地址，几乎每一个作家，我都亲自写了信。我也收到许多有趣的回信，签名者中，许多人都是盗版书的受害者，所以，他们对此深有感触。我小心谨慎地保留了这些信件，我所收到的签名简直就像当代作家的点名册[1]。回信蜂拥而来，乔伊斯常常站在我的身后看我处理它们，对于作家同仁们的这番热情，这位"禁书作家"表现出一种让人心动的感激之情。

这封抗议书在世界各地的文学评论期刊和杂志上发表了，《人文主义者》(*The Humanist*)杂志给了它整整一版的空间，并且发表了其中一部分签名。杂志的主编亲自选择那些他要登的签名，我就应他的要求让我在巴黎的印刷商对这些签名进行了复制，我现在还有一整盒小印版。顺便提一句，有好几位法兰西院士也签了抗议书，所以，有一个"来自法兰西学院"的小标签原来应该是放在其中一位的签名下面的，结果阴差阳错被排在了欧内斯特·海明威的名下，但是，没有人对此提出抗议。

对于这份抗议书，罗斯非常气愤，他指责"那位邪恶的泼妇，乔伊斯的秘书西尔维亚"居然把一些死掉的作家也算在签名者中。但是我可没有做过这样的事，只有他这种人才会做出这种勾当。我所保存的那些信件足以能证明抗议书上所有签名的真实性。当然，我得承认，有一两位签名者因为年老体弱，在签名之后不久

---

[1] 这份抗议书非常成功，共得到167位世界各地的作家的签名，包括毛姆、高尔斯华绥、托马斯·曼、叶芝等等，发表于1927年，让罗斯一夜之间成为文坛的"贱民"。

就去世了。唯一拒绝签署抗议书的作家是埃兹拉·庞德,埃兹拉的脾气就是那样[1]。

尽管我做了如此的努力,但是《尤利西斯》的盗版仍然在继续。

有一次,在斯坦顿岛上,我看到一则"杀虫服务"的广告,保证一个月之内除尽你家里的害虫。我和乔伊斯还真能用到这种服务。世界上总是有损人利己的人存在,所以,乔伊斯也就一直是盗版商的猎杀对象。他们总是宣布自己是乔伊斯的"忠实的崇拜者",然后就以盗版来证明他们的崇拜。连遥远的日本都有他的这种"崇拜者"。我收到过四本厚厚的东京版的《尤利西斯》,出版商还有脸附言对我致以问候!每次,当我对这种强盗行为表示抗议,他们总是反过来骂我太贪婪。

《一诗一便士》就像一朵小雏菊一样,被美国中西部的一位年轻的出版商给摘走了。他那么急于出版这本书,根本就无法等待作者或者我的同意。当时,我刚刚出版了此书,克利夫兰的一位这些诗歌的崇拜者就给我带来一则令人不安的消息,说另一个版本也马上就要出来了。为了能在华盛顿取得政府版权的保护,我请我父亲到普林斯顿大学出版社将此书印刷出来,至少印刷足够申请版权的数量。但是,未经授权的版本还是捷足先登,它们当然都标着"私人非卖品"的字样,所以,作者也就从来没有拿到每本十二个便士的报酬。这书应该改名为《一诗零便士》。

---

1. 其实,拒绝签署这份抗议书的著名作家有两位,一是萧伯纳,二是庞德。萧伯纳在1926年12月18日给毕奇的一封长信中阐述了他的理由(此信比他1921年拒绝订购《尤利西斯》的信要稍微客气些),但是他仍认为"抗议书都是一派废话"。庞德之所以拒绝签名,是因为他认为抗议书无法取得预期的效果,他要向整个的美国法制系统挑战,"和声名狼藉的美国法律相比,罗斯先生的罪行简直不足挂齿"。

第十九章

《尤利西斯》的后继者

我不知道乔伊斯是什么时候开始构思《芬尼根守灵夜》的，但是因为他的创作灵感从来就没有停止过，所以，我相信伊厄威克先生取代布卢姆先生，肯定就在《尤利西斯》完成后的第二天。他将《尤利西斯》脱手之后，虽然可能仍对它的投资价值进行关注，但是作为一部作品，他立刻就失去了兴趣，他也希望别人与他谈话时，不要再提及这个话题。他很愿意讨论他的新作品，我也就对他新书创作的每一步进展都有所了解。我发现自己对伊厄威克先生一家人的兴趣，并不低于我对《尤利西斯》中各位人物的兴趣。在整个过程中，他用符号、图画和字母向我解释，我觉得他的任何一个想法都是有趣好玩且可信的。我相信等他完成全书之时，我肯定已对整本书相当熟悉，对他的写作方法驾轻就熟了。他把自己的创作方法称为"多层次的写作"，有别于其他作家所采用的平面式的写作。他认为传统的描写人物的方法通常会遗漏这个人物的许多方面。在创作语言上，萧伯纳曾说，现有的英文单词已经足够用了，不需要再创造新的词汇，而乔伊斯完全不同意这一观点。乔伊斯相信文字游戏的乐趣是无穷无尽的，不应该加以任何限制。对于《尤利西斯》，特别是《芬尼根守灵夜》的创造者来说，法国人所理解的"有分寸"这几个字，是完全不适用的。有时他也承认他可能不对，另一种写作方法可能更好，但是他更觉得采取另一种方法进行写作，对玩耍文字之妙趣，可能连一半都体会不到。

在乔伊斯刚开始创作新作品的那个年代，英国的倾向是把英文限制在一定的范围之内。英语文法书告诉你哪些说法正确，哪些不正确，外来的新词的引入有着很严格的限额，哪些是美国英语，哪些是俚语，等等，这些都分得很清楚。C.K.奥格登先生的《基本英语》，只提供了五六百个英文单词给人使用，和乔伊斯洋洋泛滥的词汇相比，形成了非常有趣的对照。

乔伊斯曾经给我讲了这么个故事，解释他为什么会选择巨人作为他新书的主题。他请哈里特·韦弗小姐给他出个题目，她告诉了他在英国的康沃郡，有一种"巨人的墓园"。于是，他就赶到康沃郡去做了实地考察。在他告诉我这个故事之后不久，尤金·约拉斯也从乔伊斯口中听到了同样的故事。早在一九二二年，乔伊斯就对巨人很感兴趣，当时他说弗兰克·哈里斯的《王尔德传记》中最让他震惊的是萧伯纳的序言，其中写到了王尔德的"巨人症"。

我有一张一九二三年乔伊斯戴着一顶海峡帽前往英国的博格诺镇（Bognor）采访"巨人"的照片。

一九二四年，他和《尤利西斯》的法文译者奥古丝特·莫瑞尔（Auguste Morel）一起前往法国的卡纳镇（Carnac）参观远古巨石碑，他们俩还给我寄来一张明信片，上面他提到了"独眼巨人"。

接下来是河流。一九二五年夏天，他完全"投入"到了河流之中。我收到他从波尔多（Bordeaux）发来的一张明信片，上面写着："加隆河！加隆河！"天知道乔伊斯与多少河流有着私人交情。我知道他深爱塞纳河，称之为他的"安娜·塞夸纳"（Anna Sequana）[1]，我还记得阿德里安娜和我曾经开着我们的雪铁龙，把他载到塞纳河上游的一个地方，他要去参观那里的供水工程。在看过供水工程后，他坐在河岸上，专心致志地凝视着河流以及河上漂流着的许多东西。

对于一个视力日趋衰弱的人来说，乔伊斯常能出人意料地看见许多东西。但是我想也许因为他的视力越来越差劲，他的听力则越来越敏感，他也就越来越多地生活在声音的空间里，所以，要想更好地理解《芬尼根守灵夜》，读者最好是听这本书。其实在他的早期作品中，乔伊斯就非常注重声音，因为大家都知道，从孩子时起，他的视力就一直很不好。

一提起战争，就会让乔伊斯发抖，他甚至无法忍受他周围的朋友们吵架，他总是会说："我是一个爱好和平的人。"但是，到了一九二六年，他却对战争大感兴趣。我给了他一本爱德华·S.克里斯（Edward S. Creasy）的《世界十五场决定性的战斗：十二种战术》（*Fifteen Decisive Battles of the World: 12 Plans*）[2]，他看过之后，就带着他的全家前往滑铁卢去参观那里的博物馆和战场遗址。在他的书中，他描写过混成一团的各种战场，他的"林破伦的士兵们"，穿着皮靴，戴着三角帽，坐在白屁股上，是他的作品中最好玩的段落。第二年，他又从比利时写信给我，信上注明的日期是"滑铁卢日"，他在信中告诉我他所下榻的旅馆里的服务生向他推

---

1. 安娜·塞夸纳，在古代欧洲神话中，塞夸纳女士是塞纳河之神。
2. 克里斯为英国历史学家，此书出版于1851年。

荐了一种酒,这种酒是"最盛期"[1]里酿造出来的。乔伊斯也总是把写书看成是一场真正的战役。我想读者对第二部杰作的反应让他有些泄气,说得好听点,是大家不太感兴趣,说得难听些,就是读者的态度充满敌意。我常想,他在滑铁卢的博物馆里,沉思的究竟是什么?

我认为乔伊斯有时确实以误导读者为乐。他告诉我历史就像一种在客厅里玩的传话游戏,一个人对他旁边的那位先耳语些什么,第二个人又把这话含糊地向第三个人重复一遍,就这样一个一个传话下去,等到最后一个人听到时,这句话已经变得面目全非。他还向我解释说,《芬尼根守灵夜》之所以晦涩难懂,因为它是一部"黑夜的作品"。我想,这本书就像作者的视力一样,常常是模模糊糊的。

当乔伊斯创作这部新作时,他受到了一些批评,而且,让他惊讶的是,批评他的人中,有些当年曾对他创作《尤利西斯》时所做的努力表示欣赏[2]。我记得一九一九年,哈罗德·门罗(Harold Monro)告诉我说,他认为乔伊斯在写了《一个青年艺术家的肖像》后,就应该停止创作,也许,一些《尤利西斯》的崇拜者也认为乔伊斯应该在那本书后就封笔。

乔伊斯一直可以依靠T.S.艾略特对他的友谊和鼓励,每次去拜访他之后,乔伊斯就会高兴许多。但是,其他的一些作家同仁们就不是这样了。

---

1. 乔伊斯这里用的词是"oen bloem",与拿破仑(Napoleon)音似。
2. 从20世纪20年代到30年代,《芬尼根守灵夜》就以《创作中的作品》的形式陆续在各种文学杂志上发表,其中的章节也以单行本的形式出版,所得到的几乎都是负面的评论,有些人当年曾经为《尤利西斯》叫好,也对新作表示失望,例如埃兹拉·庞德、H.G.威尔士、纳博科夫,也包括乔伊斯的长期赞助人韦弗小姐,她1927年写信给乔伊斯说:"你在浪费你的天才。"他的支持者的文字都收入了前文所提到的《我们……之考察》中。

詹姆斯和两个约翰

有两位歌唱家,都是乔伊斯的爱尔兰同胞,对《芬尼根守灵夜》中山姆和山恩的形象做出了贡献。

在乔伊斯刚刚开始创作这部作品时,作者就被约翰·麦考马克(John MacCormack)的歌声征服。他们年轻时在都柏林,曾经同时出现在一场音乐会上,从那以后,乔伊斯就迷上了这位约翰,一步不差地追踪着约翰·麦考马克的演艺生涯。乔伊斯从来没有放弃过他自己也可能成为一名歌唱家的梦想。他阅读了报纸上关于约翰·麦考马克的所有报道,他的爱情故事,他的网球技术,他的衣着打扮以及他拳曲的发型。麦考马克根本不知道,他正在成为乔伊斯笔下一位人物的原型。

乔伊斯整天把约翰·麦考马克挂在嘴边,所以,我也买了他所有的唱片。我喜欢《偷洒一滴泪》(*Una Furtiva Lagrima*),阿德里安娜则钟情《亲爱的老伙伴》(*Dear Old Pal of Mine*)。当然,乔伊斯最感兴趣的是《莫莉·布兰尼根》(*Molly Brannigan*)[1]。他还问我是否觉得他的歌喉和约翰·麦考马克的有着惊人的相似之处?可能是因为他们都带着爱尔兰口音,他俩的声音还真挺像。

现在,莫莉·布卢姆·布兰尼根已经被安娜·利维亚·普拉贝尔代替,而这位女士的儿子山恩也开始在《创作中的作品》中出场。当然,乔伊斯笔下的每个角色身上都有许多真人的影子,但大多数都是零碎的,起的只是辅助作用,而真正的原型只有一个。有一次,我和乔伊斯一起去听约翰·麦考马克的独唱音乐会,我觉

---

[1] 与《尤利西斯》的女主角同名。

得我遇到的正是邮差山恩。

麦考马克美妙的男高音和他伟大的表演艺术是无法抗拒的，我和乔伊斯一样，热情地为他鼓掌。他问我是否注意到麦考马克走上和走下舞台时的内八字脚，又问我是否觉得他的胖乎乎的身材，他拳曲的头发，他鞠躬谢幕时的样子都充满了魅力？我当然完全同意，但是让我觉得最了不起，让我最感动的，是乔伊斯在倾听他的歌声时，所表现出的那种心醉神迷和那种无与伦比的情感。

乔伊斯对唱歌感兴趣，但麦考马克对写作却没有兴趣。就像对待其他歌迷一样，他接受了乔伊斯所表达的崇拜之情。我觉得他只关心自己，他并不在乎其他人。其实，乔伊斯和他半斤八两，在完成了《山姆和山恩》那一章后，他也就不再需要麦考马克，所以，那个名字也就不曾再被提起。

另外一位歌手，也是位爱尔兰人，名字也是约翰（John Sullivan），却比另一位约翰要敏锐得多。乔伊斯对他所表现出来的兴趣，也远远超过了他对麦考马克的兴趣。关于乔伊斯生活里的这段插曲，后来由艾丝华斯·梅森（Ellsworth Mason）和理查德·艾尔曼（Richard Ellmann）[1]撰写成文，发表在西北大学的文学评论杂志《分析家》（The Analyst）上。

认识乔伊斯的朋友们都知道他是多么迷恋歌剧和歌剧明星们，了解到这一点，我们其实可以把《芬尼根守灵夜》比作一出庞大的歌剧，里面有它的特里斯坦和伊索尔德（Tristans and Isoldes）[2]，

---

1. 理查德·艾尔曼（1918—1987），是美国文学批评家，曾撰写乔伊斯、王尔德和叶芝的传记。他的《乔伊斯传》（James Joyce）出版于1959年，并获得1960年的国家图书奖。艾尔曼和梅森曾共同编写过一本《乔伊斯评论集》（The Critical Writings of James Joyce）。
2. 瓦格纳的歌剧。

也有威廉·退尔（William Tells）[1]这样的角色。只是他这出戏更像是带着乔伊斯风格的《指环》[2]，并充满着那种特定的"暗藏的恐怖"（Veiled Horror）[3]。当然，对于这本包含着各色人等万事万物的书来说，这只是其中的一个方面，但在我看来，这也是非常具有乔伊斯特色的一个方面。

我和尤金、玛丽亚·约拉斯以及斯图尔特·吉尔伯特夫妇一起，看到了乔伊斯-苏利文关系发展变化的整个过程，我要说，对于乔伊斯的一生来说，这份关系真是不同寻常。

乔伊斯全家人都是歌剧迷，当年住在的里雅斯特港时，他们就经常去看歌剧，他们就像意大利人一样，对歌剧演员要求非常严格，紧盯着他们唱出的每一个音符，如果唱到高音C时稍作偷懒，就会对他们穷追猛打，严加批评。乔伊斯告诉我说，最后一个能演唱威廉·退尔的男高音一百年前去世了，所以，在意大利，《威廉·退尔》也就从此停止上演，因为他们还没能找到替代那位男高音的演员[4]。意大利人还在等待他们的威廉·退尔，乔伊斯也在等待。

现在，乔伊斯需要退尔这个角色给《芬尼根守灵夜》的创作带来灵感，他最好每天晚上都能去看这出歌剧。巴黎歌剧院的那位演唱威廉·退尔的男高音，柔美的声音和迷人的艺术让法国观众们倾倒，可惜，乔伊斯却觉得他不怎么样。他的高音C还差一定的火候，他的表演实在让乔伊斯懊恼，他告诉我说他决定不再去看《威廉·退尔》的演出。

---

1. 15世纪瑞士民间故事中的英雄，有许多以他为主角的文学艺术作品。这里提到的歌剧是由意大利作曲家罗西尼（Gioachino Rossini）谱曲的。
2. 指瓦格纳的另一出歌剧《尼伯龙根指环》（*Der Ring des Nibelungen*）。
3. 语出《芬尼根守灵夜》。
4. 也有人认为这出歌剧之所以在意大利很少上演，是因为它的政治内容，因为它塑造的是一位反叛权威的英雄形象。

但是有一天，在仔细审视了贴在歌剧院外的海报之后，乔伊斯注意到退尔这个角色换了演员，出演的是一位爱尔兰人，叫约翰·苏利文。乔伊斯看后非常兴奋，快步跑上台阶，来到售票处，买了当天晚上的四张歌剧票。乔伊斯一家四口坐在歌剧院的第一排，第一次倾听了约翰·苏利文宏伟壮丽的声音，这次演出，就像《尤利西斯》的文本一样，"全版照演，毫无删节"。苏利文的歌喉完全让乔伊斯倾倒。他告诉我说，那声音有一种纯净的功能，让他联想到每天清晨来收垃圾的清洁工人。他看了《威廉·退尔》的每一场演出，每天都坐在第一排，充满激情地为苏利文鼓掌，并且站起身来大叫着要他回来谢幕。那些戴着缎带帽的年老的女领座员们也起劲地鼓掌，乔伊斯总是大方地给她们小费，她们可不在乎给谁鼓掌。而且，剧院里坐满了乔伊斯的朋友们，仿佛大家都专门是来捧场的。我们都去观赏《威廉·退尔》，我们都崇拜约翰·苏利文，整个剧院都是乔伊斯动员来的苏利文的崇拜者，当然，也有许多乔伊斯的崇拜者。幸好我还是喜欢《威廉·退尔》的，其他许多不喜欢歌剧的人，虽然有些不情愿，但也都应召而来。

约翰·苏利文长得英俊高大，貌似天神。他的音域非常宽广，仿佛是从退尔家乡山顶上发出的一样。但是，他是一位冷冰冰的演员，对他所表演的角色好像并不感兴趣。他的演出仿佛是公事公办，根本不在乎观众的趣味如何。在舞台上，苏利文缺乏热情，也没有麦考马克的那种魅力，在他身上，一点戏剧色彩都没有。

乔伊斯和苏利文有一个共同之处，这就是他们俩都有一种幻觉，总觉得有人在迫害他们，详情可见乔伊斯的文章：《从一位被禁的作家到一位被禁的歌唱家》（*From a Banned Writer to a Banned Singer*）[1]。

---

1. 乔伊斯为了帮助苏利文的艺术生涯而写的一封公开信。

（其实，我一直觉得《尤利西斯》被禁是一件好事，否则，只有那极小一部分喜欢《尤利西斯》的读者会知道乔伊斯是谁，这位大作家可能要等上好几百年才会出名。但是乔伊斯总是觉得自己是被迫害的对象，这点我并不同意。）

作为一位男高音，苏利文能够在巴黎歌剧院演出，当然已经很不错了，但是，他更应该是在大都会歌剧院或米兰大歌剧院中演出，这一点，乔伊斯是正确的。他真是那个年代最好的男高音之一。但是，可能是歌剧界的勾心斗角让他成了牺牲品，所以，他也就一直没有受到重视。

对于苏利文所遭受的不公平待遇，乔伊斯非常同情，被禁的作家和被禁的歌唱家成了好朋友[1]。每次在《威廉·退尔》和《雨格诺教徒》（*Les Huguenots*）（苏利文在里面扮演若乌这个角色）的演出之后，乔伊斯，苏利文，还有一大帮朋友都会到对面街上的和平咖啡馆吃晚餐。这位舞台下的歌手充满魅力，对于乔伊斯的友谊，还有乔伊斯致力于让他得到世界公认的决心，都非常感动。

乔伊斯向来不愿意接受采访，但是现在，为了能宣传苏利文，他对记者有求必应。还有他认识的那些有权有势的人，他向来都不会向他们卑躬屈膝，现在为了让他们能提拔苏利文，他也与他们接近。乔伊斯下定决心，一定要把苏利文弄到大都会歌剧院中去演唱，但是他的一切努力都是白费。对于乔伊斯的请求，我看到过几封回复：他们都说他们可以为乔伊斯做任何事，但是对他的朋友，他们却帮不上什么忙。

---

1. 乔伊斯曾对韦弗小姐说："苏利文不仅是当代最具戏剧性的一位男高音，也是我的一位伟大的崇拜者。"乔伊斯的传记作家艾尔曼这样分析："乔伊斯把苏利文看成他的另一个自我，苏利文所追求的事业是乔伊斯曾经放弃的，他俩在音乐和文学上所受到的阻碍非常相似，乔伊斯的激情被这另外一种艺术点燃，他对苏利文充满了一种母亲般的关爱。"

乔伊斯在巴黎歌剧院的作为可能有些过了头,我觉得反而帮了倒忙。首先得罪的是歌剧的导演,也激起了其他人的嫉妒,甚至是法国人的排外心理。苏利文所出演的威廉·退尔这个角色被另一位男高音取代了,乔伊斯当然也就不再去听歌剧了。但是,当苏利文突然发现巴黎歌剧院把自己从几乎所有的戏单上都除了名,他有些惊慌失措。乔伊斯就要求我们大家帮忙,我们就都去歌剧院的售票处预订《威廉·退尔》的票子,预订整个包厢,但是,我们说得很清楚,我们订票是为了看约翰·苏利文的演出。等我们被告知苏利文已经不出演了,我们立刻取消我们的预定。但这种事经常发生,后来也激怒了售票处的人员,他们不再接听电话。

苏利文之事让乔伊斯简直着了魔,越是不成功,他就越是要更努力。乔伊斯夫人对此事实在非常厌倦,最后,她禁止在家里再提苏利文这个名字。

第二十章

去远方

我愿意尽我所能为乔伊斯做任何事,但是,我还是坚持周末一定要离开巴黎,到乡下去。所以,每到周六我们出发时,乔伊斯总是要和我发生一些争执。如果没有阿德里安娜在另一边拉我,那我可能永远都不会挣脱出来。快到周六时,乔伊斯总是想法子给我弄一大堆需要处理的杂事,而且每次他好像都能得逞似的。但我也很顽固,再加上阿德里安娜坚持我们周末一定要到乡间去休息,我也就能一再地抵抗住乔伊斯。

我们的这些周末,去的都是阿德里安娜父母在爱荷洛瓦地区(Eure-et-Loir)的罗克风(Rocfoin)庄园,这个庄园位于去夏赫特市(Chartres)的路上,包斯地区(Beauce)的乡下以种植小麦为主,从没有树的田野望出去,远处是天主教堂的十字尖顶。(为什么这里的乡间很少有树,拉伯雷的解释最为可信:巨人庞大固埃之类的人物骑马驰骋在这片土地上时,他们的马尾巴左右扫荡,结果把树都给扫倒了。)

阿德里安娜父母亲的住处离任何城镇都很遥远,他们好像从来都不需要电话、汽车或其他便利生活的设施。当然,如果有机会的话,他们也想把他们的茅草房顶换成瓦片的,但让我觉得幸运的是,他们的这一愿望还没能实现。我非常喜欢这种紫灰色的草屋顶,所以,莫尼耶一家人就常常要取笑我这个美国人的古怪嗜好。我想万事习以为常,见怪不怪,任何东西你见多了,这样东西也就没有魅力了。

我们的每个周日都在罗克风的花园里度过,花园里有一棵高大的榆树,如同一把撑开的大伞,这种树在当地很罕见。沿墙种的是桃树和梨树,花园里还有各种各样的花,养着鸡鸭,各种鸟和猫,当然,还有那两条狗——穆萨和泰迪。

罗克风是没有浴室的,日常用水都由地下抽水机供应,洗澡的另一个办法是穿过田野到小河里去和狗狗们一起洗澡。

至少我们周末度假的去处交通还算便利,如果你不介意步行的话,那里离最近的火车站只有三英里。夏天时我们每年都到荒漠山(Les Déserts)去度假,那是乔伊斯特别反对的。每次假期将近,当我们快要出发时,他总是把自己弄得情绪极其紧张,总是要在最后一刻给我一张"杂货清单",上面列着他需要我在离城之前帮他办理好的一系列事情。"可真会没事找事!"我从来不会让任何人或任何事阻止我前往阿尔卑斯山,但是每一次,我都得和我那位不服输的对手进行一场游戏大战。

发现荒漠山这一风水宝地,也得感谢莫尼耶一家。阿德里安娜妈妈的家族就来自那片山区,山坡上散布着许多小村庄,每个村庄都有自己的名字,但是它们又都属于荒漠山这一共同的社区。那里也有一个首府,其实也就是众村子的中心,那里的法院、学校和邮局都在同一个建筑里,还有一个杂货店,一个烟草店兼修鞋店,一家小酒馆。要到荒漠山的其他角落里去,那就只能靠爬山了。山里的每一平缓之处都会有个小村庄,登上最后一段陡坡后,你就能到达费克莱高原(Plateau de la Féclaz)。夏天时,所有的村民们都会赶着他们的牛群迁徙到这里,用牛车拉来他们一些简单的器具,这里是他们夏天的营地,每户都有一间或半间干草搭顶的牧人小屋。

这个高原也就是我们度假的地方,对于乔伊斯来说,这里简直太落后了。首先这里四千英尺的高度就让他受不了(他不喜欢高的地方),这里来去很不便,没有邮局,没有交通工具,也没有任何现代化的设施。但这也正是我们喜欢费克莱高原的地方。我们甚至不在乎每次过来都得经历的那番长途跋涉。来这里得搭乘一班夜车,很讽刺的是,这班长途火车的名字是"快乐列车",是每年夏天开出的特殊列车,专门运送萨瓦亚人(Savoyards)回家帮忙收割农作物的。这些人的祖先当年穿着塞满稻草的木头鞋一路步行到巴黎去找工作,也只有这些人的后代才会把乘坐这种火车称之为"快乐"。但是这些人天生乐呵呵的,一路上唱着歌,这也是我仔细观察我们的萨瓦亚人的好机会。

清晨,我们到达香贝里市(Chambéry),第一段旅程也就告一段落。下面的旅途更辛苦,但也更令人兴奋,因为我们要爬山了。等我们坐着骡车到达荒漠山时,天已经黑了。

第一次到荒漠山度假时,我和莫尼耶夫人以及阿德里安娜一起,我们住在一个小酒馆里。这个小酒馆正在改建,等到第二层楼造好,床运来,这个酒馆就会变成一个客栈。但我们在那里时,还只能睡在干草堆上。房子和屋顶之间有一个空间,那是堆草并将它们风干的地方。山高风冷,寒风从这个空间里穿堂而过,干草的气息虽然充满清香，但冷风吹过来的草叶刺进耳朵，就像无数根绒线针那么扎人。小酒馆的主人也是我们的亲戚，他们很愿意让我们搬进房子里与他们同住，但是他们那一间屋子里已经睡了四个人。

从第二个夏天开始，当地的一对夫妻让我们搬到他们那里去住。他们在干草棚里给我们隔出了一间小小的卧室，我们得从房外的梯子爬进去。这个小卧室下面就是牲口住的地方，所以，我们没有错过牲口圈里发生的一切重要事件。早上三点，一头母牛在灯笼光下产了一头小牛，全家人都在一旁观看；半夜里，一只猪发生事故，它被一头母牛给踩了，结果缝了好几针，一个女人哭着说，这只猪挥动着它的前蹄，仿佛在用当地的方言说"再见了，再见了"。天蒙蒙亮时，牲口圈门打开，一群牛挤搡着出来，就像散场时观众离开剧院。为了不打扰我们睡觉，阿德里安娜的表姐菲娜在牛铃里面塞了纸团，但是牧牛犬把牲口赶到田野上去时，还是会不停地狂叫，她又如何能堵得住这种叫声呢？

在干草棚里，隔出来的那个角落只能放下两张小床；我们的更衣室是干草堆，梳妆台是一只木条箱子，菲娜在箱子里关了一两只母鸡，它们被喂肥之后就将是周日的晚餐。我的牙刷总是从木条缝里掉下去，落在那可怜的小动物身上，当我伸手进去摸索我的牙刷时，母鸡就咯咯乱叫。

高原上所有这些牧人小屋，都是房主人自己建造的，房主人也自己打制了家具——床、桌子、长条凳、小板凳、椅子等等。这种牧人小屋的房顶都是用干草搭成，一楼有个小房间，那是起居室，靠里面有个隔间，那是他们睡觉的地方。靠北边有一个壁橱，墙上有一个通风的小孔，那是他们储藏食品的地方，就像一台冰箱一样。起居室里只有一个小窗子，所以光线暗淡。房门的右边是牲口圈的门，牲口圈比起居室大，它的前面是肥料堆。茅厕位于小屋旁的路边上，这样，你在方便的时候还能和路上经过的人聊聊天。

菲娜是个非常好的厨子，但在那些日子里，我们几乎吃不到肉。我们的主食是汤、通心粉、鸡蛋、她自己搅打出来的奶油、土豆，还有一种名叫"土姆"的萨瓦当地的奶酪。

这些分散在高原上的牧人小屋经常受到雷电的袭击，这是当地人最害怕的事。如果被雷电击中，干草的屋顶会立刻燃起大火，里面的人得马上跳到屋外，要不然就会被塌陷的屋顶和火焰团团困住。也得把牲口及时赶到外面才行，所以，在暴风雨时，男人们不会离开他们的牲口圈一步。而且，在这个时候，你根本想都不要去想抢出个人财物。有一个雷鸣电闪的夏夜，我们谁都没有睡觉。菲娜在圣母马利亚前点了根蜡烛，她的丈夫则拿着一盏点着的灯笼一直守在牲口圈的门口。那天晚上，荒漠山的三个牧人小屋遭到了雷电的袭击，除了一堆石头外，什么都没有留下。

晚上，一天的工作结束之后，邻居们会互相串门，他们用当地的方言进行着对话，配着手势，气氛非常活跃，这些山里人是充满激情的。阿德里安娜能听懂当地的方言，我也试着去倾听他们的谈话。他们谈论着一辆运干草的牛车下山时翻倒了；一头母牛掉下了陡峭的悬崖，落在突出的崖壁上，高原上的所有男人都去了，大家一起用绳子把它给拖上来；还有一头年轻的母牛拒绝和弗地纳家里的公牛交配；等等。有时候他们会聊到女巫的事。如果你问他们，他们都说他们不相信巫术，但是情绪上来时，他们就会讲起许多怪诞的事情。这些故事中总是会有一些老太婆——谁都不会指名道姓，但大家都知道她们是谁——发生在你身上的那些怪事情，都是这些老太婆所为，她们负有责任。你的一位邻居对你怀有怨恨，你的小牛犊死了，你的黄油老是打不出来，你莫名其妙摔了一跤，你就知道你的邻居肯定去见了这位或那位老太婆。如果想要阻止这一连串倒霉的事发生，那你就在一个大锅里煮上一大堆生锈的钉子，或者把牲口圈地板上的一些木条子给掀起来，看看下面会不会藏着一只癞蛤蟆。我们一位朋友的父亲被虫子缠绕，他刚换上的干净衬衫，一个小时后就会爬满虫子。他看见一位老太婆从他家门口走过，他就冲了上去，抓住她的双臂，恐吓她说，如果她不把施加在他身上的诅咒去掉，他就要痛打她一顿。她害怕极了，赶紧做了一个什么手势，从此以后，连一个虱子都不再来惹他。

在荒漠山中，就像所有的人一样，这里的狗也得辛苦地谋生。从来就没人帮它们梳洗它们那身蓬松的毛，无论冬夏，它们都住在外面。它们的任务是照看母牛群，如果有牛走岔了路，它们就要大声狂吠着把牛给赶回来。那些负责放牧的小主人们对它们的要求非常严格。如果听到了"到这……来"的喊叫声（我听到的声音就是这样），没能立刻来到小主人身边的狗，境遇就会很悲惨。一条纯种的牧羊犬的特征是它的眼睛：它们肯定一只是蓝色的，一只是灰色的。

我们每天都在无边无际的松树林里漫步，在山丘上爬上爬下，和一位绰号"厨师"的人一起度过许多愉快的时光，这位"厨师"是一位文盲，他签名的时候只会打一个十字。

电报这种对于乔伊斯说来至关重要的东西，在荒漠山人们的日常生活中所起的作用非常小。如果有电报的话，那也是靠邮递员每天上山送信时才带过来，那些忙着农活的人们不会停下手中的活计，特地把电报送到费克莱高原上，因为，除非是宣告谁去世的消息，这里的人轻易不打电报，而这类消息，收电报的人越晚知道越好。我也曾收到过一封电报，那电报让我们的女房东如此惊慌失措，紧张万分，以后，我就央求发来电报的乔伊斯，以后有事要和我联系，请千万只写信给我。邮递员把电报交给女房东，因为他以为电报上会是什么巨大的噩耗，他不愿意直接交给我。女房东把电报藏在她的围裙里，去问阿德里安娜她该怎么处理这份电报。女房东转身去取一种用朝鲜蓟酿制而成的酒，她总是备着这样一瓶酒，专门对付这种情况。阿德里安娜拆开了电报，电报是乔伊斯发过来的，仅仅是要告诉我他的下一个通信地址。

乔伊斯的生活方式

我所收到的乔伊斯的信件，大多数都是夏天我在山中度假时或是他旅行在外时写来的。当然，他总是要求我最晚"第二天"就必须回信，要求"特快"寄出，或是"由送信的邮差直接带回"。而且，习惯成自然，他总是缺钱花，当我出门在外时，莎士比亚书店里的一切事务都由玛西尼照料，而乔伊斯总是能从玛西尼那里搞到些钱。因为玛西尼知道，不论他的账户里是否还有节余，照顾《尤利西斯》的作者，是我们义不容辞的责任。[1]

乔伊斯的花销可真不小，当然，他有个四口之家，而且，他喜欢花钱，就像有些人喜欢攒钱一样。有一次，乔伊斯请一位来访的出版商出去吃饭，饭后，出版商来对我说："他花钱，可真像

---

[1] 美国作家、评论家考利（Malcolm Cowley, 1898—1989）曾说："乔伊斯接受别人给他的好处，或是要求别人替他做什么时，仿佛他不是一个人，而是一个神圣的使命。他好像是在说，能够献身给他，那可是一种特权，谁帮他还了债，以后是能在天堂里得到报酬的。" T.S.艾略特后来回忆说，乔伊斯去英国看望他时，他惊奇地发现乔伊斯竟然没有银行账户，"他需要钱花时，就写信给西尔维亚，她会很快给他寄一张银行汇票来，然后他就可以到我的银行里把它兑换成现金"。

一个喝醉了的水手。"这人口出此言，可真有些滑稽，因为虽然他说的是事实，但毕竟乔伊斯刚请他吃过饭呀。

乔伊斯和他的家人如果出去旅行的话，去的地方肯定和他正在创作的作品有关系。例如他曾经从比利时给我寄来过一系列的明信片，是当地邮局发行的壁画的复制品。他写信告诉我说他的佛兰德语进步很快——他已经上了四十节课——而他的荷兰语已经非常流利。乔伊斯一家人还穿过英吉利海峡去看望韦弗小姐，艾略特先生，乔伊斯的哥哥查尔斯，还有他们在苏黎世时结交的朋友弗兰克·博根（Frank Budgen）。有时候斯图尔特·吉尔伯特一家会和乔家一起旅行，但是他们从不和乔家一起住在当地的皇宫酒店中，吉尔伯特先生说他们住不起那里。其实乔伊斯他们也住不起。

我和阿德里安娜的生活非常简单，我们才刚刚能做到收支平衡。但是乔伊斯喜欢像有钱人一样生活，可能是因为他年轻时的生活环境太穷困不堪了，所以，他要把那种生活抛得远远的。而且，按照他的声誉和他所取得的成就，他应该得到一些物质上的舒适，他有这种想法也非常合理。而且，他大手大脚地花钱，喜欢一掷千金，但这钱往往都花在别人身上，而不是为了他自己。对于诺拉和孩子们来说，没有什么好东西会超出限度，如果他们出门旅行的话，一切安排都得是头等的。

如果和乔伊斯在写作上所花的工夫相比，那么他的收入真是很微薄。而且，在经历了许多年的艰苦生活后，他觉得应该过几年的好日子了，这种想法也对，但是，他得是那种能赚钱的作家才行。

在巴黎，乔伊斯一家人每天都去饭店吃饭。在二十年代初期，他们常去吃饭的是蒙帕纳斯车站（Gare Montparnasse）对面的那家特里亚农饭店（Les Trianons）。饭店的老板和所有的雇员都对乔伊斯专心侍奉，他的出租车一到门口，还不等他下车，他们已经到车前迎候他。他们陪他到特地为他预留的座位前，这座位被安排在饭店的后面，这样就不会有人来打扰他，不会有人捧着他的著作要请他签名，或在他吃饭时紧盯着他看。

服务生领班会将菜单上所有的菜肴念给乔伊斯听，这样就省去许多麻烦，否则他要替换好几副眼镜，可能还要拿出放大镜来。乔伊斯假装他对美酒佳肴很感兴趣，其实对他来说，食品根本没有意义，除非那食品和他的作品有关系。他劝一起进餐的家人或朋友挑选菜单上最好的菜，他喜欢看着他们吃得心满意足，并劝他们品尝这种或那种美酒。而他自己几乎什么都不吃，喝的也是最平常的白葡萄酒，只要这酒能源源不断就行了。因为白天他总是滴酒不沾，所以，到了晚餐时，他肯定已经非常口渴。服务生不断地往他的酒杯里斟酒，如果不是诺拉决定要回家，乔伊斯可以和他的家人朋友以及他的白葡萄酒一直在那里待下去。他最后总是要遵从诺拉的决定，这对夫妻互相非常了解，他们之间有许多默契，这只是其中之一。

无论乔伊斯走到哪里，他总是会受到皇室般的接待，这是因为他个人的魅力，也是因为他事事为他人着想。当他要到楼下的盥洗室去时，好几个服务生会立刻起身陪他下楼。他几近失明，这也让他更引人注目。

乔伊斯所给的小费也是很著名的，饭店里的服务生，给他叫出租车的男仆，所有给他提供服务的人，都可以因他而发财退休了。虽然我付小费从来也不吝啬，但是我知道乔伊斯的情况，在我看来，他支付的小费是有些太多了。

所有曾到乔伊斯的晚会上做过客的人都知道他是多么好客，

也知道这位男主人是多么有趣。他总是会请最棒的酒宴承办人来供应菜肴，也要请服务生来进行招待。乔伊斯总是在客人的盘子里堆满了菜，并在他们的酒杯里倒满酒，那酒往往是圣帕特里克酒庄（Clos Sant Patrice）的葡萄酒[1]，他曾经送给我一箱这种酒。另外一种他最喜欢的酒是教皇新堡（Châteauneuf du Pape）出产的葡萄酒[2]，当然，这些酒庄也都是他的老关系了。但是，在餐具柜上会放着他自己要喝的那种白葡萄酒，他会时不时地给自己斟满一杯。

晚餐之后，我们会坚持让乔治（我们曾经都叫他乔乔）唱歌给我们听。乔乔继承了家族中唱歌的天赋，他的父亲非常引以为荣。他会唱一首他最喜欢的歌，例如《我的宝贝》（*Il Mio Tesoro*），这也是我最喜欢的。

在最初的那几年中，邀请来参加这些晚会的客人中有两对美国夫妻，也是乔伊斯家的好朋友，他们是理查·沃利斯夫妇和马龙·那廷夫妇。那廷先生是位艺术家，他曾经为乔伊斯画过一幅肖像画，我一直很喜欢这幅画，但是不知道它现在流失到哪儿了。乔乔有一位姓费南德（Fernandez）的朋友，他的姐姐伊娃（Yva Fernandes）是《都柏林人》的法文版翻译者之一，也是早期的这些晚会上的客人。

到了二十年代中期，尤金和玛丽亚·约拉斯出现了，他们让乔伊斯晚会的气氛更为活跃。玛丽亚·约拉斯的嗓音优美，她真可以成为一位歌唱家，她的那些美国歌曲让乔伊斯欣喜若狂，有一

---

1. 根据陈荣彬译本注，爱尔兰保护神圣帕特里克曾在法国北部一带游历，为了纪念他，那里有很多村镇都是以他的名字命名。这里所提到的酒庄，相传就是由他开始开垦的葡萄园。
2. 法国著名酒庄，据说1305年，教皇克莱蒙特五世因政治原因来这个地区避难，生活了很长时间，在这里建起了自己的城堡，城堡四周到处都是大片的葡萄园。后来人们为了纪念他，将此地称为教皇新堡。

首歌每次他都要请她演唱,这就是《再见,泰坦尼克》(*Farewell Titanic*)。这是一首很凄惨的小曲,却让人着迷,玛丽亚用她充满戏剧性的女高音唱来,给人至深的印象。我注意到乔伊斯也很喜欢她的另一首歌,歌的内容是关于一位"害羞的安"(Shy Ann),可能这个角色让他联想到他笔下的人物安娜·利维亚。

一定要等晚会将近尾声时,人们才能劝乔伊斯亲自登台,他的几首爱尔兰歌曲总是晚会的收场节目。他坐在钢琴前,倾身俯在琴键上,弹奏着一些老歌,他甜美的男高音以独特的方式演唱着,还有他脸上的那种表情,这都让人很难忘怀。

乔伊斯从来不会忘记别人的生日,还有如圣诞节这样的特殊日子,他总要送出一些用鲜花装饰的礼物。花的种类和颜色是和他正在创作的作品有关联的。当他在《银船》上发表了《安娜·利维亚·普拉贝尔》之后,阿德里安娜收到一条波提夏宝餐厅(Potel and Chabot)味道鲜美的巨大的腌鲑鱼。即使是他送给诺拉的礼物,也总是和他的书有关。

第二十一章

《尤利西斯》去美国

乔伊斯所付出的劳动和心血远远大于他的收入，这真是作为天才的悲哀。而乔伊斯又往往入不敷出，所以，他常常会有惊慌失措的时刻，莎士比亚书店的经济状况也是这样。人们可能会觉得我从《尤利西斯》中赚了不少钱，其实，乔伊斯的口袋里肯定装了一块吸铁石，所有赚到的钱都被吸到他那个方向去了。我就像那首歌曲里的西尔维斯塔（Sylvester）："不管我如何努力／所有的钱币还是从我身边悄然溜走"，从来就没有人会说："西尔维斯塔，别找零了。"当然，我从一开始就知道，和乔伊斯一起工作，为乔伊斯工作，所有的乐趣都是我的——确实也是其乐无穷——而所有的利润都是他的。他的作品能赚到的钱，那些通过我的努力才赚到的钱，也都属于他[1]。为了不让我的书店被拖垮，这也是我

---

[1]. 在1922年《尤利西斯》出版后，莎士比亚书店将此书重印过十一次。因为文坛对此书的兴趣和热情不减，所以，大家都觉得这本书赚了不少钱，乔伊斯的太太和儿子也这么认为，他们还给乔伊斯施加压力，让他去叫毕奇把账算清楚，到底有多少利润。但是，在花了多少，赚了多少上，莎士比亚书店确实只有一笔糊涂账，所以，这

唯一能做的事情。

一九三一年夏天,《尤利西斯》盗版猖獗,绝望之中,乔伊斯请他在伦敦的经纪人詹姆斯·平克(James Pinker)到美国去看看有没有出版社愿意出版此书。确实有一些出版社感兴趣,但都是些出情色书籍的出版社。在我的记忆中,唯一一家稍有声望的出版社是乔伊斯在美国已有的出版商,许布希先生。但是他提议要出版一本《尤利西斯》的删节本,乔伊斯当然不同意。所以,我觉得在许布希先生的书单上,已经有了《一个青年艺术家的肖像》《都柏林人》《流亡者》这些作品,《尤利西斯》无法成为其中的一员,实在令人遗憾。

平克找到其他一些有可能出版《尤利西斯》的出版社,但是我和乔伊斯都觉得他们好像没什么兴趣,而且,我们俩也不喜欢他们信中的语气。

这些出版社的来信都是写给莎士比亚书店的,但是他们都把书店称为是乔伊斯在巴黎的代理,而不是他的出版社。很明显,肯定是乔伊斯让平克对他们这么说的。他们的来信仿佛是要出版一部手稿,而不是再版一本十年前已经出版过的书。我觉得这种处理事情的方法可真不恰当,我等着乔伊斯出面说些什么,但是他一直没有发表意见。我和他一样焦急地盼望着这本当代文学中最伟大的作品能够在英语世界中正式出版,不再被贴上"禁书"

也是以后乔伊斯、毕奇关系恶化的原因之一。为此,阿德里安娜一直想把毕奇从乔伊斯身边拖开,1931年5月19日,她写了一封很愤怒的信给乔伊斯,因为纪德曾经说过乔伊斯对名和利漠不关心,简直是圣人,所以,阿德里安娜在信中说:"有一点纪德并不知道——就像我们要在诺亚的儿子身上盖一块遮羞布一样——正相反,其实你对金钱和成功都非常在乎!"信的最后,阿德里安娜也道出她们的苦衷:"我们现在的生活很困难,但是更困难的还在后面呢,我们现在只能坐三等席了,再过一段时间,我们只能骑着棍子出门。"这封信虽然让乔伊斯很受伤害,但是他没有和阿德里安娜开战。但是他与毕奇的关系没有再恢复过。据玛丽亚·约拉斯记载,乔伊斯曾这样说过毕奇:"她把她生命中最美好的十年当作礼物送给了我。"

之类侮辱性的标签，能让公众购买到。《尤利西斯》能够通过正常途径在我的祖国出版，我原本想也没想过我是否会因此得到一些好处。但是等我意识到别人也压根没有想到我的利益时，我反而在乎了。我告诉乔伊斯，我因被人忽视而愤怒，我还指出，如果要让别人觉得我只是想把《尤利西斯》快点处理掉，这样可不好，我问他是否觉得我应该要一些回报？他没有说好，也没有说不好，所以，等到我收到下一封要求出版《尤利西斯》的信时，我就回复说，要我放弃版权，是要给我一定的报酬的。那人又写信回来问我价格是多少，我说要两万五千美元。当然，这人以为我在开玩笑，后来，平克的有关信件被公开后，其他人看到我的这一要求，也笑我疯了。（我向乔伊斯解释说，我所提出的这个价格只能说明我对这本书的价值的评价之高。）我问这人那么他觉得公平的价格应该是多少，他不愿说出一个价格，他和其他人一样，丝毫没有觉得我的要求是认真的。

当然，有一家出版社例外，许布希先生答应要支付给我一部分版税，但是，这笔钱要从乔伊斯的版税里分出来，这是我不可能接受的。这种事，我想都不会去想，而且，乔伊斯也不可能接受。

对于我和乔伊斯来说，合约向来不重要。在我最初出版《尤利西斯》时，我确实向乔伊斯提出过关于合同的事，但乔伊斯根本不想签什么合约，我也不在乎，所以，从那以后，我就没有再提合约的事。但是，在一九二七年，当我出版《一诗一便士》时，乔伊斯自己要求我起草一份合同，一九三〇年，他突然也要一份《尤利西斯》的合同[1]。这些合约的条款都是完全按照乔伊斯的要

---

[1] 原因可能是因为他们当时仍在与盗版商罗斯打官司，诉讼费用越来越大，而且，乔伊斯已经在一份宣誓证词中声明，《尤利西斯》是毕奇的财产，所以，他想以合同来确认此书的所有权属于谁，并由谁来负责任。合同中说毕奇拥有此书的"世界版权"（毕奇后来讽刺道，这个"世界"原来只是乔伊斯自己的世界）。

求拟出的，他阅读同意之后才签了名。《尤利西斯》的合约所用的纸张还是那种正儿八经盖了章的合约用纸。我得承认这些合约并没有经过"律师"的见证，但是当时没人觉得有这个必要。

我想乔伊斯突然要拟定这些合约，肯定是因为当时他正参与的某一事项需要他证明《尤利西斯》是属于我的且与他无关的财产。在他写给一位负责起诉盗版商的律师的信中，他非常简单明了地说明：《尤利西斯》属西尔维亚·毕奇所有。我一直不知道乔伊斯的这封信，一直到后来，才有人给我看。

渐渐的，不再有人到我这里来提出要廉价收购《尤利西斯》的版权，也有一段时间我和乔伊斯没有再见面。但是，几乎每天，他的一位老朋友都要来看我，这位老朋友总是先去住在如比亚广场（Square Robiac）的乔伊斯那里，然后再到我这里，他会告诉我乔伊斯有关《尤利西斯》新的出版社的建议。他催促我放弃版权，因为版权属于我这种说法，只是我自己幻想出来的。所以，有一天我问："那么我们的合约呢？难道那也是幻想出来的么？""合约是不存在的。"这位老朋友说，他也是位诗人，我从少年时代起就对他充满敬意。他重复："你的合约，是根本不存在的。"当我对他的这个宣言提出异议时，他说了一句更让我震惊的话："你是在损害乔伊斯的利益。"[1]

等他一离开书店，我就立即打电话给乔伊斯，我告诉他说，关于《尤利西斯》，他可以随意处理，我将不再坚持我对这本书拥有任何权利。

---

1. 乔伊斯这位老朋友是爱尔兰作家Padraic Colum，这一段中，原本还有这样的文字："我从来没有见过一个像他这样会耍阴谋的人。当他要弄别人的时候，我只觉得那是无伤大雅的小游戏，当他这样对待我时，可就一点都不好玩了。"后来被她删掉。在这期间，Colum也向乔伊斯汇报说毕奇把乔伊斯的照片从墙上取下，乔伊斯也曾向韦弗小姐写信说毕奇曾对他怒吼过。

我想乔伊斯已经通过家里人的关系，和兰登书屋进行了联系和商谈，虽然他什么都没有告诉我[1]。对他来说，这件事实在太重要了，所以，他决定如此来处理《尤利西斯》在美国出版之事，可能确实是最好的办法。

后来，兰登书屋果然出版了一部精美的《尤利西斯》，我收到此书的同时，也收到了约翰·伍尔斯法官（Judge John M. Woolsey）宣布这部伟大的作品无罪的判决书[2]。乔伊斯亲自告诉我，他已经收到了出版社支付的四万五千美元。我知道他是多么需要这笔钱，他女儿的病情所需要的医药费越来越多[3]，他自己的眼疾也越来越严重。对于他能够拿到这样一笔钱，能够解决他财务上的困难，我由衷地为他高兴。至于我个人的情感，我并不以此为荣，而且现在我怎么想都无所谓了，我也就应该及时将这样的情感抛开。[4]

对我来说，我和乔伊斯签的那两份合约都毫无用处，合约的白纸黑字确实声明，如果其他出版社想要出版这两本书，那么要

---

1. 1932年初，乔伊斯通过儿媳的哥哥与兰登书屋联系，同年2月，毕奇放弃了她所拥有的《尤利西斯》的版权，3月14日，乔伊斯和兰登书屋签约。
2. 兰登书屋在与乔伊斯签约后，就开始考虑如何应付"禁书"这一关。1933年，兰登书屋的总裁瑟夫（Bernard Cerf）请乔伊斯的新经纪人保尔·里昂准备一本法国版的《尤利西斯》寄往美国，并在书中夹了许多赞扬此书的评论文章，因为塞夫知道，如果开庭，这些评论都会被视为是证据。同时，兰登书屋也通知海关这部禁书将要到达，在船靠岸的那天，并派人过去保证此书被海关没收，因此他们就能抗议此书被没收，并能借此机会为《尤利西斯》翻案。经过一些延迟后（法官得有足够的时间审阅此书认真读过才能作出判断），1933年11月25日，"美利坚合众国诉《尤利西斯》"（United States v. One Book Called Ulysses）开庭，12月6日，地区法官伍尔斯作出判断，宣布此书不算淫秽书籍。吉尔伯特称这一判决为"开始了一个新纪元"。1934年1月25日，兰登书屋版的《尤利西斯》出版。
3. 乔伊斯的女儿患有精神分裂症。
4. 在毕奇这本回忆录删节掉的部分中，她这样评论乔伊斯："这以后，我看到了他的另一面，他不仅仅是一位非常伟大的作家，他也是一位相当精明的生意人，手腕非常强硬。"并称他"虽然讨人喜欢，但也相当残忍"。同时，在当时给姐姐霍莉的信中，她写到："他就像拿破仑一样，觉得其他人都是为他服务而存在的，他可以把他们的骨头磨成面粉，做成他的面包。"这些都是她所不引以为荣的想法，所以，回忆录定稿时全被删去。

与莎士比亚书店进行协商。但实际上,《尤利西斯》和《一诗一便士》后来都由其他出版社出版,完全没和这两本书的最早的出版社进行任何协商。然而,从《尤利西斯》这本书来说,我确实告诉乔伊斯他可以随意处理此书。这些书毕竟是乔伊斯的作品,就像一个孩子当然应该属于他的母亲,而不是接生婆,对不对?

乔伊斯曾劝说我出版欧洲大陆版《尤利西斯》的平价本,但是,我对这个提议却不感兴趣。我的经济状况实在很困难,而且,如果我答应的话,就意味着我得继续向乔伊斯提供所有的服务,这点我不再能做到,因为我的书店非常需要我,而且,我也觉得自己太累了。正巧在那时,奥德赛出版社(Odyssey Press)的一位成员前来看望我,他非常爽快地接受了我的建议,他会去和乔伊斯接触,让他答应由他们来出版《尤利西斯》的欧洲版。据我了解,奥德赛出版社是曾经出版过《一位青年艺术家的肖像》的陶赫尼茨出版社的一家分支。乔伊斯接受了奥德赛出版社的提议,至于如何处理我的合约,我说就让他们和乔伊斯做决定。他们做事很正规,一定要给我一份版税,而且,因为给我的版税并不影响他们给乔伊斯的报酬,所以我就接受了。奥德赛出版社出版的《尤利西斯》非常漂亮,而且,斯图尔特·吉尔伯特修正了书中所有的错误。[1]

同时,乔伊斯的那些永远处理不完的事务也从莎士比亚书店转到了保尔·里昂(Paul Léon)[2]手上,他是乔伊斯的挚友,从那以后,乔伊斯的所有事务都由他掌管了。

---

1. 奥德赛版本的《尤利西斯》出版于1932年,两卷本,许多批评家都认为在至今所有的《尤利西斯》版本中,经过吉尔伯特修订的这一版是错误最少的。
2. 1921年移民到巴黎的俄国犹太人,律师出身,乔伊斯的儿子和儿媳的朋友,1930年和乔伊斯相识。

三十年代

到了三十年代,塞纳河左岸的风景改变了,所谓"迷惘的一代"——其实这一代人真的不应该用这个名字来形容——已经长大成熟并且功成名就。我的许多朋友都返回了美国,我很想念他们,也很怀念过去发现某一家小型文学评论或小出版社的那种乐趣。二十年代是一个让人愉悦的年代,因为那时刚从一次世界大战中走出来,而三十年代则要进入到另一次世界大战中去,并且面临着世界经济的大萧条。但是至少在一段时间里,有几位好朋友还是留在拉丁区里,海明威在圣苏普勒教堂(Saint Sulprice)附近租了一套公寓,而麦克莱许夫妇计划在卢森堡公园附近定居下来,我们不得不和庞德告别,因为他更喜欢意大利的拉普罗(Rapallo),但是我们还有乔伊斯,尤金和玛丽亚·约拉斯,杂志《变迁》,还有克里斯街上住着的格特鲁德·斯坦因和艾丽斯B.托克拉斯。海明威的公寓位于圣母院广场街(Notre Dame des Champs)的一家锯木场的楼上,他的许多早期的作品就是在那里写成的。埃兹拉·庞德的工作室也在那附近,人们常能看到他戴着丝绒的贝雷帽走出走进。凯瑟林·安妮·波特(Katherine Anne Porter)[1]的公馆也在那里。

凯瑟林·安妮有一只长得很帅的名叫船长(Skipper)的公猫,它的女主人很会做菜,"船长"也就越来越胖。凯瑟林发明了一种瑞典式的运动系统,将滑轮挂在一棵树上,这样可以强迫"船长"在花园里锻炼身体,但是,"船长"天生就不是那种苗条的猫。

---

1. 凯瑟林·安妮·波特,美国记者、散文家、小说家、政治活动家,1966年曾获普利策文学奖。

有一天,"船长"死里逃生,它坐在靠街的大门那里看路人过往,有一个女人居然要把它装进一个大筐里,幸亏它的女主人出来及时看到,她大叫道:"等一等,那是我的猫!"如果晚一分钟,那可就糟了。巴黎有许多肥猫失踪,因为它们是做兔肉煲的好材料。

我的朋友卡洛特·威勒斯［也就是詹姆斯·布里基斯太太（Mrs James Briggs）］曾经邀请凯瑟林·安妮·波特到巴黎的美国妇女俱乐部里去做过一次演讲,一般来说,我是不喜欢"演讲"之类的活动的,但是,她的演讲,就像她平时说出的话和写出的文章一样,非常精彩。后来,她也把演讲的打字稿送给我保存。

二十年代末,阿兰·泰特（Allen Tate）[1]取得了一笔奖学金后第一次来巴黎时,我们就成了朋友。现在,他带着妻子卡罗兰·泰特（Caroline Tate）重回巴黎,我常常和凯瑟林·安妮·波特一起与他们见面。我觉得这两位的作品虽然代表着完全不同的两极,但在当代文学中都很重要。如果要对他那一代诗人进行一个总结,我认为阿兰·泰特应该占到比较高的地位。这些诗人中,有一些也非常有趣,非常独特,他们的原创性很了不起,但是我读阿兰·泰特的诗作,就像阅读优秀的英国诗歌一样,感到心旷神怡。

塞纳河左岸的苏让别墅（Villa Seurat）是亨利·米勒（Henry Miller）活动的中心[2],从二十年代开始,文坛上就能听到他的声音,到了三十年代,他的声音更响了。他有一位长得像日本人的

---

1. 阿兰·泰特（1899—1979）,美国诗人。
2. 1931年夏和1934年1月到1939年5月,米勒（1891—1980）曾经两度住在苏让别墅18号,这里成为当时巴黎的文学中心之一。这个别墅也是《北回归线》中波勒兹别墅的原型。

朋友，那是可爱的安娜斯·尼恩（Anais Nin）[1]小姐。有一天，他俩一块来找我，问我是否有兴趣出版他最近一直在写作的《北回归线》（*Tropic of Cancer*）。这是一本很有趣的小说，将文学与性爱相结合。我建议他将手稿给杰克·坎恩看看，坎恩欣然接受了这位文坛新秀的作品。坎恩一直喜欢那种赤裸裸的性爱主题，他出版了《北回归线》、《南回归线》（*Tropic of Capricorn*）和米勒的其他作品。我也喜欢米勒自己在苏让别墅出版的散文集《哈姆雷特》（*The Hamlet*），接着是一本书名很有庞德风味的小书《金钱以及它如何变成这样》（*Money and How It Gets That Way*）。我最后一次听到有关米勒中心的消息，是"一封致各色人等的公开信"，标题为《你要拿阿尔夫怎么办？》（*What Are You Going to Do About Alf?*）[2]，阅读的人很快就会知道他到底想说些什么。

托马斯·伍尔夫（Thomas Wolfe）在《时光与河流》（*Of Time and the River*）出版之后没多久[3]，就来到巴黎，也来了我的书店。他说麦克斯·伯金斯（Max Perkins）[4]给了他一张支票，然后把他送到开往欧洲的船上。他谈起乔伊斯对他的创作的影响，还说，他正在试图摆脱那种影响。毋庸置疑，伍尔夫是一位极有天赋的年轻人，但是对人情世故却有诸多不满。他到巴黎来时，带来一封给

---

1. 安娜斯·尼恩（1903—1977），法国作家，以情色作品和她的日记著称，米勒在巴黎期间的情人，不仅支付米勒的生活开销，还资助了《北回归线》1934年的第一版。
2. 这里的阿尔夫是米勒的朋友，奥地利作家阿尔夫莱德·培勒（Alfred Perlés），1933年他们曾经同租一套公寓。这封公开信是米勒自己印刷且发行的，出版于1936年。
3. 托马斯·伍尔夫（1900—1938）是美国"垮掉的一代"的代表人物，《时光与河流》出版于1935年。
4. 麦克斯·伯金斯（1884—1947），美国最著名的文学编辑之一，曾是海明威、菲茨杰拉德和伍尔夫的编辑。伍尔夫一方面感谢伯金斯对他的发现和栽培，一方面又痛恨别人把他的成就归功于他的编辑。但是1938年，伍尔夫自杀之后，伯金斯继续管理他的文学遗产。

阿德莲·玛西（Adelaide Massey）夫人的介绍信，后来，是玛西夫人一直像母亲一样照顾着他，而他也真是需要别人的照顾。

我亲爱的玛西夫人，是穷人的朋友，也是我的朋友。她的老家是弗吉尼亚州的米德堡（Middleburg）。她一边在英国学院（British Institute）学习，一边帮助玛丽·瑞芙修女（Sister Mary Reeves）进行慈善工作，她可是瑞芙修女的左右手，她还要抽时间到莎士比亚书店里当义工。[她现在仍然从事着由安·莫根（Ann Morgan）发起的救济工作，并因为她的贡献被授予勋章。]她对写作很感兴趣，但只局限于别人的写作。她其实也很有写作的才华，所有的人都认为她可以也应该从事创作，只有她自己不这么认为。

有一段时间我的书店里找不到帮手，玛西夫人每天都来救援。还有一段时间我年轻的助理经常感染一些孩子的疾病，玛西夫人总能来填补空缺，这让我觉得非常幸运。有一次，我出门好几天，等我回来时，发现莎士比亚书店的助理感染了麻疹，被救护车送到医院去了，而玛西夫人正忙着为整个书店消毒。

我一直没有足够的经费支付我的助理们一份像样的工资，所以他们来为我工作真是得不偿失。但是我很幸运，因为总是有朋友愿意来帮忙，他们不在乎我有多难弄，也不在乎我的书店里的诸多缺陷。

从我的书店开张之初，经过三十年代，直到四十年代，总有人愿意来做莎士比亚书店的助理。我的第一和第二任助理完全是为我做义工，她们是路西亚·舒伍夫（Lucie Schwoff）和苏珊娜·麦和比（Susanne Malherbe）。然后是玛西尼·莫丝乔斯，她在书店里工作了九年。我所有过的第一个也是唯一的一位专业的助理是简·凡·米特（Jane van Meter），现在是卡尔顿·辛曼夫人（Mrs Charlton Hinman），她的丈夫是一位莎士比亚专家。我当时在巴黎的《先驱论坛报》上刊登一则找助理的广告，米特小姐前来应征，能有她当助理，真是一件非常幸运的事。

在三十年代后期，虽然战火近在眼前，我可爱的教女西尔维亚·彼特（Sylvia Peter）还是从芝加哥到巴黎来读书，并在我的书店里帮忙。接任她的是能力很强的埃莉诺·奥登伯格（Eleanor Oldenburger），然后是那位迷人的女孩普利斯拉·克特斯（Priscilla Curtiss），她临走的时候真让我难分难舍，如果不是战争迫在眉睫，她是会留下来的。

从战争开始一直到法国被德军占领，年轻的法国女性普莱特·列维（Pauletter Lévy）女士经常过来帮忙，她的丈夫当时正在前线打仗。还有一位名叫露丝·坎普（Ruth Camp）的加拿大学生，在德军拥入法国之时还在书店里帮我，我想尽办法劝她回家，但是她说什么也不肯离开。

莎士比亚书店之友

现在，书店已经很有名了，书店里总是挤满了新老客户，报纸和杂志上也有越来越多的有关书店的报道。美国运通旅行团的大巴也会在剧院街十二号门口停留数分钟，导游向游客指点出我的书店所在之处。但是尽管如此，大萧条对莎士比亚书店的打击还是比较严重。因为很多美国人离开巴黎，书店的生意已经不如以前，现在更是在走下坡路。我的那些法国朋友都还在，他们原本可以填补那些回了家的美国人所造成的生意缺口，但是大萧条对他们也有不小的影响。

到了三十年代中期，情况更是一落千丈，一九三六年的一天，安德烈·纪德过来看我，问我书店的生意如何，我告诉他我正考虑是否要关门大吉呢。纪德听我这么一说,简直吓呆了,他大叫道:"我们不能放弃莎士比亚书店!"然后,他冲到街对面去问阿德里安娜我说的是不是真的,咳!她也只能确认我的说法!

纪德立刻纠集了一批作家,开始计划如何拯救我的书店。他们的第一个主意是向法国政府递交请愿书,请他们援手资助书店。许多知名的作家和一些巴黎大学著名的教授都在请愿书上签了字,但是,政府的经费有限,更不会来资助我这样一个外国人的小店。后来,这些作家们就组织了一个委员会,成员包括乔治·杜哈梅尔、路克·杜赫滕(Luc Durtain)[1]、安德烈·纪德、路易·吉列(Louis Gillet)[2]、雅克·德拉克莱特(Jacques de Lacretelle)[3]、安德烈·莫洛亚、保尔·莫然(Paul Morand)[4]、让·保兰(Jean Paulhan)[5]、儒勒·罗曼、让·施隆伯杰和保尔·瓦莱里。我的好朋友施隆伯杰起草了一封求助信,发表在委员会印刷的通讯中,呼吁大家援手帮助莎士比亚书店。信中邀请二百位朋友注册为莎士比亚书店的会员,每年的会费是二百法郎,为期两年,两年后,莎士比亚书店应该能够渡过难关了。委员会中的作家们答应轮流在书店里朗读他们尚未出版的作品,每个月一次,"莎士比亚书店之友"的注册会员们有资格来参加这些朗读会。虽然想要入会的人远远多过两百人,但会员的名额却限制在两百之内,因为我这个小店中最多只能挤得下这么多人。同时,我的一些朋友也对书店进行了额外的捐赠,他们包括:詹姆斯·布里基斯夫人(Mrs James Briggs)、玛利安·维拉德(Marian Willard)小姐、安·莫

---

1. 路克·杜赫滕(1881—1959),法国医生、作家。
2. 路易·吉列(1876—1943),法国艺术史家、文学史家。
3. 雅克·德拉克莱特(1888—1985),法国作家。
4. 保尔·莫然(1888—1976),法国外交家、作家。
5. 让·保兰(1884—1968),法国作家、文学批评家、出版家。

根（Ann Morgan）小姐、W.F.彼得夫人（Mrs W. F. Peter）、海琳娜·罗宾斯坦夫人（Mrs Helena Rubinstein）、阿契伯德·麦克莱许先生、詹姆斯·希尔（James Hill）先生。

第一位进行朗读的是安德烈·纪德，他朗读的是他的剧本《吉纳维芙》（*Geneviève*）。在他之后是让·施隆伯杰，他朗读的是他尚未出版的小说《圣萨托恩尼》（*Saint Saturnin*）。下面一位朗读的是让·保兰，他是《新法兰西评论》的社长，也是一位伟大的哲学家，他朗读了他的新书《塔赫布之花》（*Les Fleurs de Tarbes*）的第一部分，这本书虽然有趣，却晦涩难懂，我们都承认这本书对我们来说实在太高深了，只有那个替我做杂务的女孩除外，她说书里的每一个字她都能理解！安德烈·莫洛亚朗读了他新创作的还没有发表的一则令人愉快的故事。保尔·瓦莱里朗诵了他的一些优美的诗篇，并且应乔伊斯的特别请求，朗诵了诗作《蛇》（*Le Serpent*）。T.S.艾略特特地从伦敦赶过来，在书店里进行朗读，这很让我感动。欧内斯特·海明威一直有一个原则，那就是不在公众面前朗读他的作品，但这次也破了例，但他的要求是英国诗人史蒂芬·斯班德（Stephen Spender）[1]和他一起出场，所以，我们就举行了一场双人朗读会，非常轰动。

那时候，因为我们非常荣幸能与这么多著名作家合作，媒体也对我们进行了许多报道，生意渐渐好了起来。

因为朋友们帮了我这么多的忙，所以，我觉得我自己也应该做一些牺牲，我决定拍卖一部分我最珍贵的收藏。我和伦敦一家著名的拍卖行进行了联系，他们对我所提供的清单非常感兴趣，并开始安排拍卖的相关事务。后来，在我的要求下，他们进行了

---

1. 史蒂芬·斯班德（1909—1995），英国诗人、作家、散文家，诗歌中常常反映社会的不公平和阶级斗争。

一些咨询，主要是针对那些与乔伊斯特别是与《尤利西斯》有关的藏品，他们需要了解乔伊斯是否有权没收这些藏品。他们得到的回答是，这是很有可能发生的。所以，我们就很不情愿地放弃了拍卖计划。

这件事过后，我自己发行了一本小目录。[1]也许那些喜欢收集与乔伊斯有关的藏品的收藏家们没有看到这本目录，也许在三十年代还没有什么对乔伊斯感兴趣的收藏家，反正，我所收到的大多数来信都是问我有没有与海明威有关的藏品。我非常不情愿地将一副我所珍藏的海明威的拳击手套出手了，上面还有他珍贵无比的签名。

也差不多在这个时候，我回了一趟美国，去拜访了我的朋友玛瑞安·威拉德，现在，她已经是丹·约翰逊太太（Mrs Dan Johnson），当时她在纽约开了一家威拉德画廊（Willard Gallery）。我将那套经过修改的《尤利西斯》校对稿出售给她，哈佛大学的西奥多·斯班塞（Theodore Spencer）教授购买了《一个青年艺术家的肖像（英雄史蒂芬）》第一稿的手稿，接下来我出售掉的是《室内乐》《都柏林人》《一诗一便士》的手稿。我想尽了办法想把这些手稿保存在一起，但是，最后还是不得不分批将它们出售。可悲的是，我最终只能屈服于现实，当然这让我十分痛苦。

"一九三七年博览会"

我从来就不喜欢参加博览会，但是巴黎一九三七年的博览会

---

[1]. 在小册子发行之前，阿德里安娜曾写信去问乔伊斯他是否反对毕奇出售他的手稿，回答是不反对。但是，他写信告诉韦弗小姐他非常不希望《一个青年艺术家的肖像》最早的手稿《英雄史蒂芬》出现在公众面前，"我很不喜欢《肖像》的第一稿被出售，它大约有1000页左右，因为它们简直就是垃圾！"

非同一般。当时的教育部长是保尔·瓦莱里的崇拜者，他请诗人负责博览会上关于法国文学的那部分展览。他们给了他整整一个展览馆，他可以展览现代文学从起源到最新发展的相关文件。博览会中的这部分展览非常受欢迎，从早到晚都挤满了人。当然，阿德里安娜出版的作品也是展览的一部分，但是因为这个展区只展出法文作品，所以，我的出版物就没能被包括在这部分里。但是，在出版社的专区内，我还是负责一个为英国杂志《今日生活与文学》而设的展位，莎士比亚书店是这个杂志在巴黎的发行人。我是受了布莱荷之邀，才成为博览会上的一个"展商"的。最新出版的《今日生活与文学》被陈列在显眼的位置上，还有许多色彩鲜艳的封面样本和宣传物，我的展位处在严肃的《两个世界评论》(*Revue de Deux Mondes*)和孩子们最喜欢的《米老鼠》(*Mickey Mouse*)之间。

《今日生活与文学》一直致力于在英国推广法国文学，在过去的期刊中，它曾经发表过纪德、瓦莱里、米修以及其他作家作品的译文。为了向博览会致敬，这一期是"法国文学专号"。

第二十二章

战争和沦陷

一九三九年夏末,萨瓦省到处都张贴着征兵的告示,征集年轻人入伍。所有的家庭都弥漫着哀悼的气氛。我搭乘了最后一班汽车下山后,年轻的司机就去参军了,汽车也被军队征用。香伯利的车站挤满了背着枪械装备的士兵们,我想方设法才挤上去巴黎的火车,在同一节车厢里还有一位年轻的英国女人,她带着她的宝宝和保姆。她们急着要赶回英国去。她的丈夫在站台上和她们道别,他说他不久就会回英国和家人团聚,他还是不相信战争真会爆发。

莎士比亚书店照常开张,战争愈演愈烈。突然间,德国军队横扫法国,他们离巴黎越来越近,在巴黎居住的人们纷纷逃离,或是准备逃离。不管是白天还是夜晚,剧院街上一直人流涌动。人们在火车站旁安营扎寨,晚上也睡在那里,希望能够挤上一列火车。有些人开着私家车逃难,但是不久,就因为没有汽油只能把车子弃置在路边。大多数人都是靠着两条腿逃走的,抱着孩子,扛着行李，也有推着童车或手推车，还有一些骑着自行车。同时，不断拥入的还有北方或西北过来的难民，包括比利时人，他们抛开了所居住的农庄和城镇，经过巴黎往西边逃难。

阿德里安娜和我没有加入逃难的浪潮，为什么要逃呢？我的助手加拿大学生露丝·坎普曾试图逃走，结果在壕沟中遭到机枪的扫射，后来还是被俘虏了。

一九四〇年一个美丽的六月天，阳光灿烂，晴空万里。只有两万五千人还留在巴黎。我和阿德里安娜来到塞巴斯托普大道（Boulevard Sébastopol），含着眼泪看着逃难的人群穿过城市。他们都从东门进城，经过圣米歇尔大街（Boulevard St Michel）和卢森堡花园横穿巴黎，然后从奥林（Orléans）和意大利门出城。他们的牛车上堆满了各种家当，家当上面坐着孩子、老人、病人、怀孕的和抱着婴儿的妇女，还有装在笼子里的鸡鸭、狗和猫。有的时候，他们会在卢森堡花园停留，让牛在那里吃草。

我和老朋友伯特兰-方丹医生一起坐在医院的窗口前吃中饭，看着最后一批难民拥进城里，与他们接踵而来的是德国军队。无休止的机械部队挺进巴黎：坦克车，全副武装的军车，戴着钢盔的士兵双手交叉坐在里面，这些士兵，这些机器，全都是冰冷的灰色，在轰隆隆震耳欲聋的响声中向前行进。

在巴黎，有一些支持纳粹的人，他们被人称为是"法奸"，但这些人只是例外。我们所认识的人，个个都是抵抗派。伯特兰-方丹医生就是抵抗运动中非常活跃的分子。她的儿子雷米（Rémi）二十岁的时候死在奥地利毛特豪森（Mauthausen）集中营里，这个集中营最为声名狼藉，环境最恶劣。

那些从逃难中幸存下来的人后来回到巴黎，我的法国朋友们看到莎士比亚书店仍在开张，都非常高兴。他们一头钻进我的书堆里，我忙得不可开交。当时有一个名叫弗朗索瓦·伯恩韩（Françoise Bernheim）的年轻的犹太女孩自愿来帮我，她在巴黎大学学习梵文，后来，因为纳粹的新规定，她被学校开除，但是，她的导师鼓励她抄写那些非犹太学生的笔记进行学习，在导师和同学们的帮助下，她坚持着学业。

美国大使馆千方百计说服我回美国，都被我给拒绝了。（回美国的路线是绕道里斯本，他们列出的交通费用非常吸引人，其中有一项是："运送一只鹦鹉，六美元。"）相反，我和朋友们一起在纳粹占领下的巴黎居住下来。因为我经常和弗朗索瓦一起出门，所以，我和她一样也经历着犹太人所受的各种特殊限制，当然，她必须在她的外套或裙子上配戴那个巨大的黄色"大卫之星"，而我则不用。我们总是骑着自行车出门，那也是当时唯一的交通工具。我们不能去公共场所，例如剧院、电影院、咖啡馆、音乐厅，或是坐在公园的长凳上，甚至连街上的长凳都不能坐。记得有一次，我们在一个阴凉的广场里吃中饭，我们坐在一条长凳旁边的地上，一边鬼鬼祟祟地看着周围，一边很快吞下水煮蛋并喝下热水壶里的茶。这种经验我可真不想重复。

莎士比亚书店消失了

在美国宣战以后，因为我的国籍，还有我和犹太人的关系，在纳粹的眼里，莎士比亚书店就被判了死刑。作为美国人，我必须到纳粹总部去注册自己的身份，并且每周得到我所居住的那个区的委员会去报到（犹太人每天都得去报到），因为没有几个美国人在巴黎，所以我们的名字都被记在一个草稿本上，而这本子又经常被乱丢而找不到，我常常帮那里的人一起找。在我的名字和有关我的记录旁边，还有一条小注释："没有马匹"，我一直没有搞明白他们为什么这样写。

我一向很少有德国客户，当然，在我变成"敌人"之后，他们根本就不来了——直到最后一位德国"贵客"光临，是他终结了一切。一天，一位德军的高级官员坐着辆巨大的灰色军车来到我的书店，下车后，他盯着橱窗里的《芬尼根守灵夜》看了一会儿，然后进到店里，用完美的英文告诉我他要买那本书。"但这本书是非卖品。""为什么？"我向他解释说那是我最后的一本，我要保留着它。为谁保留？为我自己。他非常生气。他对我说他对乔伊斯的作品很感兴趣。但我的态度还是很坚决。他大步跨出书店，我赶紧把《芬尼根守灵夜》从橱窗里取下，放到安全的地方。

两个星期以后，那位官员又昂首阔步来到我的店里。那本《芬尼根守灵夜》呢？我说我已经收好了。他气得声音发抖，说："今天我们要来没收你书店里所有的东西！""请便吧。"我说。他开车走了。

我赶紧去和门房商量，她将三楼的那套没人住的公寓打开（我自己住的公寓在二楼），我和朋友们就用洗衣筐将所有的书籍和照片搬到楼上，还有所有的家具。我们甚至把灯具都给拆了下来，我又请了一位木匠师傅来拆卸所有的书橱。仅仅花了两个小时，书店里就空无一物。一位油漆匠过来将剧院街十二号外的莎士比亚书店的招牌给粉刷掉。那是一九四一年。那些德国人有没有来没收莎士比亚书店所有的东西？如果他们真的来了，他们连书店都找不到了。

最后，他们还是过来把莎士比亚书店的主人给抓走了。

在集中营里被关押了六个月以后，我又回到了巴黎，但这次，他们发给我一份公文，上面写着德国军队可以随时任意将我抓走。朋友们都说，与其等着他们再把我送回集中营，还不如我自己来个隐身术。莎拉·沃森（Sarah Watson）小姐就把我藏在她的学生旅馆里，这间学生旅馆位于圣米歇尔大街九十三号。我很高兴地住在房子顶层一个小小的厨房里，同住的还有沃森小姐和她的助手玛赛尔·福尼尔（Marcelle Fournier）夫人。她们给了我一张出入学生宿舍的会员卡，我觉得我仿佛回到了学生时代。德国人好几次试图接管学生宿舍，沃森小姐也被拘禁了一段时间，但是靠着福尼尔夫人神奇般的能力，那里一直开张着，住满了正在学习的学生们。旅馆是美国人开的，也是美国人在管理，但是，因为它是巴黎大学下属的一个机构，所以，大学的负责人设法把沃森小姐弄出了集中营，让她回到原来的职位上。

我每天都要到剧院街去，当然是偷偷去的，所以我知道阿德里安娜书店里每天发生的事情，我也看到了午夜出版社（Editions de Minuit）出版的最新作品[1]。午夜出版社的出版物都是秘密发行的，而且发行量很大。它的出版人是我的朋友伊芙·德斯维涅（Yvonne Desvignes），她这么做真是冒着极大的风险。抵抗运动中的所有著名的作家们都有书出版，其中，诗人艾利亚（Paul Eluard）[2]出版的都是些小册子。

---

1. 午夜出版社是1941年由作家让·布鲁勒（Jean Bruller）和皮埃尔·德勒斯克（Pierre de Lescure）在巴黎成立的一家地下出版社，法国被德军占领期间，所有的媒体都在纳粹的控制之下，午夜出版社在1944年8月25日巴黎解放时才公开，在这期间，他们冒着生命危险出版了许多反对德军占领的作品，作家包括纪德、阿拉贡、尚松、艾利亚等，但基本上都是用笔名写作。二战后，午夜出版社继续活跃至今，50年代，他们最早出版了塞缪尔·贝克特（Samuel Beckett）的法文作品，由他们出版的作家还有阿兰·罗伯-格里耶（Allan Robbe-Grillet）、克罗德·西蒙（Claude Simon）、玛格利特·杜拉斯（Marguerite Duras）等。
2. 艾利亚（1895—1952），法国诗人。

第二十三章

解放

巴黎很快就要全部解放了，但是你何时能摆脱德国军队的控制，还要看你是住在哪个区里。我们所居住的卢森堡花园区，是德国党卫军的驻扎地，他们在这里修筑了战壕，所以，这里也是最后被解放的地区之一。

在第十四区刚刚被解放时，阿德里安娜的妹夫贝卡兴冲冲地跑来看我们，他是骑自行车来的，车上还装饰着一面小法国国旗。而这一天，是我们这个地区最悲惨的一天，他到我家时，正好从我的窗口看到康耐尔街上的康耐尔老饭店（Hôtel Corneille）陷入一片火海之中。德国军队的总部就设在那里，他们撤离的时候，就把整个饭店连同德军的文件一起给烧毁了。我对康耐尔老饭店很有感情，因为乔伊斯当学生的时候就住在那里——他那段时间的笔记现在保存在布法罗（Buffalo）的洛克伍德图书馆（Lockwood Library）里——在乔伊斯之前，叶芝和爱尔兰剧作家辛恩（John Synge）也在那里住过。

贝卡对我们的祝贺为时过早，他回家时，只能扛着自行车穿过各家各户的地下室回去，根据当时民防的规定，所有人家的地下室都被打通了。

每天早上十一点左右，纳粹部队都要从卢森堡花园开着坦克车驶向圣米歇尔大街，朝四周胡乱开枪。而这时候，正是我们去面包房排队买刚出炉的面包的时候，所以，这让我们很恼火。还有一件很让我恼火的事，就是他们常在我们住的街上进行枪战。进行抵抗的孩子们就将家具炉子以及垃圾桶等物堆在剧院街的街口，在这些街垒后面，戴着抵抗运动袖章的年轻人手上拿着各种各样的老式武器，瞄准驻守在街那一头大剧院的阶梯上的德国士兵们。这些士兵们充满威胁，但是，抵抗运动的年轻人根本就无所畏惧，在解放巴黎的过程中，他们起了很大的作用。

最终，我离开了学生宿舍，又搬回到剧院街上去住，因为老是这么来回走动实在不方便。而且，在有过一次可怕的经历之后，阿德里安娜和我晚上就不再出门了。事情是这样的，我们听说"他们"要撤离了，就和一群兴冲冲的巴黎市民一起，沿着圣米歇尔大道游行，一边唱歌，一边挥动着刷厕所的刷子。我们都非常高兴，真的感觉被解放了。但是"他们"也正巧在这一时刻撤离，带着他们残余的机械武器，挤满了整条街。"他们"可不喜欢我们的庆祝活动，他们恼羞成怒，用机枪向路边的人群扫射。就像所有的人一样，阿德里安娜和我也是趴在地上，爬到最近的一个门洞里。当扫射停止，我们站起来时，我们看到人行道上到处都是血，红十字会的担架正在抢救受伤的人。

海明威解放剧院街

剧院街上一直枪声不断，我们大家都受够了。有一天，一队吉普车从我们的街上开来，停在我们的门口。我听到一个低沉的声音在喊："西尔维亚！"接着，整条街上所有的人都喊起来："西尔维亚！"

"是海明威！是海明威！"阿德里安娜大叫道，我飞奔下楼梯，和他撞了个满怀。他把我抱起来，转着圈子，亲吻着我，街上和窗前的所有人都大声欢呼起来。

我们来到阿德里安娜的公寓，请海明威坐下。他穿着军服，脏兮兮的，满是血迹。他把机关枪哐当一声扔在地上，问阿德里安娜有没有肥皂，阿德里安娜把自己最后的一块给了他。

他问我们还有什么事需要帮忙，我们就问他是否有办法对付这条街房顶上的那些纳粹狙击手们，特别是阿德里安娜房顶上的那些。他叫他的部下从吉普车上下来，他们一起上了房顶。接着我们就听到一阵枪击声，这也是剧院街的最后一次枪击。海明威和他的部下从房顶上下来，坐上吉普车呼啸而去，按照海明威的话说，他们这次是要去"解放丽思酒店的酒窖"。

译 后

又来到塞纳河左岸巴黎圣母院旁边的那个绿色门面的书屋，莎士比亚书店。每次来巴黎总要到这里来买一本书。

第一次来到这家书店，是二十年前，那时，当堂而坐的是八十岁的老人乔治·惠特曼。他穿着色彩并不搭配的背心和外套，一头白发上有火烧的痕迹。据说他很少去理发馆，头发长了就用蜡烛烧掉，说这种剃头法又快又省钱。记忆中书店中的顾客并不多，所以，当时我还与老人聊了会儿天。他问我是否要咖啡，又问我是否有住处，接着就兴冲冲地告诉我他和中国还有一段缘分：幼年时曾随父亲住在南京，曾坐蒸汽火车去上海，曾在苏州见过一位天下最美的姑娘，又说起那之前五年，他重返中国，想在南京开一家英文书店，但没能成功，只余遗憾。他还告诉我他是美国大诗人惠特曼的孙子，他心中的女英雄是西尔维亚·毕奇，而毕奇心中的英雄则是他爷爷，毕奇曾经收藏过他爷爷的手稿，还举办过一个惠特曼的展览。当时我竟相信了，后来读到有关他的文章，才知道这是他经常爱说的一个"传奇"，他的父亲确实叫沃尔特·惠特曼，是一位外科医生，只是与大诗人同名而已。那次从书店中买了一本书，就是毕奇的回忆录《莎士比亚书店》，可惜，这二十年来无数次搬家，这本书已经找不到了。

惠特曼二战之后来到巴黎，一九五一年在目前地址上开了一家英文书店兼图书馆，继承的完全是原莎士比亚书店的精神。与毕奇相比，惠特曼的性格更为古怪，他把自己的小店称为"假装成书店的社会主义乌托邦共和国"，一个波希米亚的庇护所。他的书店也是旅行者的邮政总局、免费咖啡馆，而且，较毕奇更进一步，他在书店里增加了更多的横七竖八的床位，可以让多位付不起旅店费用的文学青年在这里过夜，这些住客们可以在书店中帮忙，惠特曼对他们的唯一要求是每天必须读一本书，当然，也有人滥用惠特曼的好客热情，据说曾有一位英国诗人在这里一住就是七年。

惠特曼的书店名气渐响，也吸引了一批作家，贝克特、亨利·米勒、劳伦斯·杜威尔、布莱希特、阿瑟·米勒、克鲁亚克、金斯堡等等，或在这里住过，或来这里朗读过作品。艾纳伊丝·宁曾将她的遗嘱留在这里，以日记著称的她在五十年代的巴黎日记中，曾这样描绘惠特曼的书店："在塞纳河畔有这么家书店，一栋画家郁特里罗笔下的房子，地基不是很结实，小小的窗户，起皱的百叶窗。还有乔治·惠特曼，营养不良，留着胡子，如同他的书堆中的一位圣人，借书出去，让身无分文的朋友住在楼上，并不急于卖书。在书店最里面，是一个窄小拥挤的房间，一张小桌子，一个炉子。那些为书而来的人不停地说话聊天，乔治则试图写信，拆开邮件，预定书籍。一个小小的让人不能相信的楼梯通到楼上，通向他的卧室，或公共卧室，亨利·米勒和其他的来访者们，会在那里住下。"

惠特曼的书店开张时，西尔维亚·毕奇仍住在巴黎。二战中，因不愿将一本《芬尼根守灵夜》卖给一位德国军官,她索性将书店清空关门,战后她无意再重振旗鼓。惠特曼的书店也是她常常光顾的地方,来这里借书买书,与其他作家见面。有这么位疯狂的美国人在这个城市里全面继承了她当年的精神,她应该是欣喜的。所以,她去世前,在一次杜威尔的朗读会上,她同意让惠特曼沿用"莎士比亚书店"这个名字。于是,惠特曼的书店,就名副其实地成了战前莎士比亚书店的继承人。

如同毫无经济头脑的毕奇,惠特曼的财务也是一笔糊涂账。时代发展,全球都在数据化、电脑化,他掌管的书店一直没有任何现代化设施,没有信用卡收款机,架上的书也杂乱无章,没有任何检索系统,店中的书和钱也常常消失,惠特曼总是耸肩以对,不加追究。他的书店如何维持下来,他又如何通过法国税务局对书店的几次查账,这一直是个谜。

二〇一一年,惠特曼老人去世,享年九十八岁。现在,书店由他的女儿掌管(芳名就叫西尔维亚·毕奇·惠特曼)。她是惠特曼唯一的孩子,出生在巴黎,母亲是英国人,她记得她的童年"如同生活在一种童话里,赤脚在书店中走过那些睡着人的床"。但七岁时父母离异,她跟妈妈回到英国,在那里长大。二十一岁时,她来到书店帮助父亲,原本只计划待一个夏天,没想到就没有再离开过。在她的管理下,书店风格依旧,室内装饰也没有改变,书架间的床和沙发等仍在,但比以前干净许多,床单不再油光发亮,沙发也不再露着海绵。她努力要让书店走进二十一世纪,在店里安装了电话、电脑和信用卡付款机。她也建立了书店网站,并把每次在书店中留宿的人数限制到六位。书店还每年举办文学节,并邀请作家到书店签售朗读与读者见面。

现在,亚马逊等网上书店们冲击实体书店,实体书店究竟能维持多久，一直是大家讨论的问题。然而，从财务的角度来说，无论在毕奇还是在惠特曼手下，莎士比亚书店一直就算不上是成功的"生意"，仅仅是维持而已。它之所以会成为巴黎的文化地标，更因为它是英语文学与法语文学之间文化交融的纽带。

希望年轻的西尔维亚·毕奇·惠特曼能有足够的功力，将莎士比亚书店的这一传统继承下去。

最后，要感谢译林出版社的张远帆几年前在苏浙汇的饭桌上说服我翻译这本《莎士比亚书店》，翻译的过程也是对那个趣味无穷的年代的研究，所以，也就拉杂加了许多注释。

恺 蒂

2013年11月28日

1＞ 1920年　毕奇在莎士比亚书店

2＞ 阿德里安娜的妹夫保尔-埃米尔·贝卡1923年给毕奇画的画像

3> 莎士比亚书店的宣传卡

4> 莎士比亚书店的借书卡

5> 乔伊斯与毕奇在莎士比亚书店门外

6> 乔伊斯与毕奇在莎士比亚书店店内

7> 莎士比亚书店首版《尤利西斯》预订单

"SHAKESPEARE AND COMPANY"
— Sylvia Beach —

July 27th, 192 2

ULYSSES
Account Rendered

12, RUE DE L'ODÉON
PARIS (VI°)

Stamps	Frs.	3,200.00
Sundries (taxis)		2,670.00
Transportation		1,800.00
String		300.00
Wrapping paper		650.00
Envelopes		500.00
Wires (including those to Miss Weaver)		643.00
Trip to Dijon of A. Monnier & S. Beach		236.00
Printing of ULYSSES		42,492.00
,, ,, Circulars & cards for subscribers		747.00
Services of Myrsine Moschos		1,200.00
Cable to Rosenycan for Arabian Nights		44.70
Arabian Nights (including postage)		642.00
Case of portraits delivered at 12, Rue de l'Odeon		30.50
Dr. Borsch		500.00
Dr. Marigot de Treigny		550.00
Paid to Mr. James Joyce		39,505.00
Paid to S. Beach		13,978.80
Total	Frs.	109,700.00

Personal expenses of Mr. Joyce: Cable to Rosenycan for Arabian Nights; Arabian Nights; Case of portraits; Dr. Borsch; Dr. Marigot de Treigny

8＞ 毕奇记录的部分《尤利西斯》花费明细

> October 17th 1921.
>
> Dear Miss Beach,
>
> I am doing and shall continue to do my very best to leave as little mistakes as possible in Ulysses, for not only I am personally concerned in its being a successfull work in every point, but it would be a pleasure for me to satisfy you and Mr Joyce. Please be kind enough to tell him that on my part.
>
> The small mistakes he has been complaining of had probably occurred in hand written additions to the last batch composed. They are unfortunately unavoidable, as, on one hand, our typesetters know no English and, on the other, proofs corrected by authors are usually read over by me simply on the "bon à tirer". He has then to take, as patiently as it is possible for him, those little nuisances, for the time being. It would be very desirable however if he could correct the words which have been "crippled" too badly.
>
> Believe me
>   Yours very truly
>   M. Hirschwald

9＞《尤利西斯》排版团队中唯一一位懂英语的工人写信给毕奇，就乔伊斯抱怨校样中错误百出一事进行抗辩

10> 1928年，海明威头缠绷带参加毕奇的生日聚会，与毕奇及莫丝乔斯姐妹摄于书店门前

11> 乔治·安太尔忘带钥匙时，就会顺着莎士比亚书店的招牌爬进楼上的公寓

12＞ 1936年6月6日，T.S.艾略特在莎士比亚书店为朋友们朗读

13> 保尔·瓦莱里在莎士比亚书店（毕奇摄）
14> 哈里特·韦弗在莎士比亚书店（毕奇摄）

15> 菲茨杰拉德画在毕奇的《了不起的盖茨比》书页上的素描：圣詹姆斯节

16> 布朗库斯绘制的乔伊斯肖像

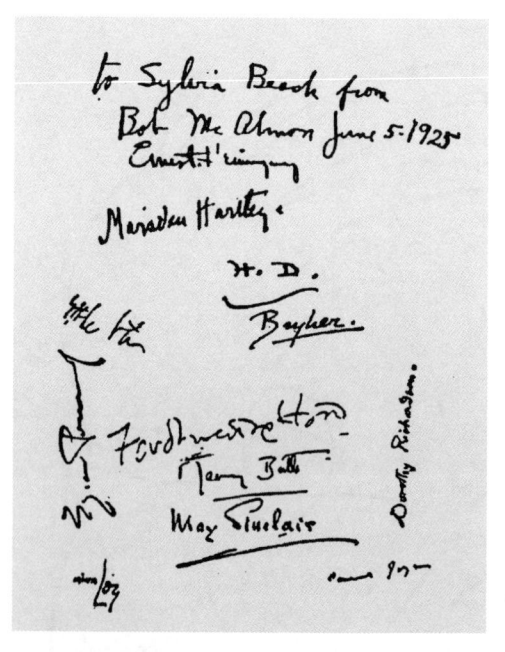

17＞《接触出版社当代作家选集》的作者签名
18＞ 海明威与史蒂芬·斯班德双人朗读会的邀请函

KP 75465

MEMORANDUM OF AGREEMENT made this ninth day of December, 1930 BETWEEN James Joyce, Esquire, c/o Shakespeare & Co., 12 Rue de l'Odéon, Paris (Hereinafter called the Author) of the one part and Miss Sylvia Beach, Shakespeare and Company, 12 Rue de l'Odéon, Paris (Hereinafter called the Publisher) of the other part, whereby it is agreed by and between the parties as follows:
THE AUTHOR HEREBY AGREES:

    1. To assign to the Publisher the exclusive right of printing and selling throughout the world, the work entitled ULYSSES.

THE PUBLISHER HEREBY AGREES:

    1. To print and publish at her own risk and expense the said Work

    2. To pay the Author on all copies sold a royalty on the published price of twenty-five per cent.

    3. To abandon the right to said Work if, after due consideration such a step should be deemed advisable by the Author and the Publisher in the interests of the AUTHOR, in which case, the right to publish said Work shall be purchased from the Publisher at the price set by herself, to be paid by the publishers acquiring the right to publish said Work.

Facsimile of the contract for ULYSSES

19>《尤利西斯》的出版合同

So anyhow Terry brought the three pints Joe was standing and begob the sight nearly left my eyes when I saw him land out a quid. O, as true as I'm telling you. A goodlooking sovereign.

— And there's more where that came from, says he.
— Were you robbing the poorbox, Joe? say I?
— Sweat of my brow, says Joe. 'Twas the prudent member gave me the wheeze.
— I saw him before I met you, says I, sloping around by Pill lane and Greek street with his cod's eye counting up all the guts of the fish.

Who comes through Michan's land, bedight in sable armour? O'Bloom, the son of Rory: it is he. Impervious to fear is Rory's son: he of the prudent soul.

— For the old woman of Prince's street, says the citizen, the subsidised organ. The pledgebound party on the floor of the house. And look at this blasted rag, says he. Look at this, says he. *The Irish Independent*, if you please, founded by Parnell to be the workingman's friend. Listen to the births and deaths in the *Irish all for Ireland Independent* and I'll thank you and the marriages.

And he starts reading them out:

— Gordon, Barnfield Crescent, Exeter; Redmayne of Iffley, Saint Anne's on Sea, the wife of William T. Redmayne, of a son. How's that, eh? Wright and Flint, Vincent and Gillett to Rotha Marion daughter of Rosa and the late George Alfred Gillett 179 Clapham Road, Stockwell, Playwood and Ridsdale at Saint Jude's Kensington by the very reverend Dr Forrest, Dean of Worcester. eh? Deaths. Bristow, at Whitehall lane, London: Carr, Stoke Newington of gastritis and heart disease; Cockburn, at the Moat house, Chepstow...

— I know that fellow, says Joe, from bitter experience.
— Cockburn. Dimsey, wife of David Dimsey, late of the admiralty: Miller, Tottenham, aged eightyfive: Welsh, June 12, at 35 Canning Street, Liverpool, Isabella Helen. How's that for a national press, eh? How's that for Martin Murphy, the Bantry jobber?

— Ah, well, says Joe, handing round the boose. Thanks be to God they had the start of us. Drink that, citizen.
— I will, says he, honourable person.
— Health, Joe, says I. And all down the form.

Ah! Ow! Don't be talking! I was blue mouldy for the want of that pint. Declare to God I could hear it hit the pit of my stomach with a click.

And lo, as they quaffed their cup of joy, a godlike messenger came

Page of proof of the first edition of ULYSSES with changes by the author

20> 第一版《尤利西斯》乔伊斯修改的校对稿